Sylvielle & Dragon
「旅の道づれは名もなき竜」

旅の道づれは名もなき竜

月東　湊

キャラ文庫

この作品はフィクションです。
実在の人物・団体・事件などにはいっさい関係ありません。

目次

口絵・本文イラスト／テクノサマタ

　とある大きな国の山のふもとに、竜の町と呼ばれる町があります。

　その町の広場には、何百年も前に滅びたと言われる竜族の最後の一匹が、生きたまま捕らえられていました。

　竜の背中を貫いて地面に縫い留めているのは、一本の長い剣。大人の身長ほどあるその剣は、雨風に晒《さら》されても、磨かなくても、不思議なことに曇り一つなく輝き続けています。

　それは当然です。その剣は、最後の竜を死闘の末に捕らえた竜殺しの勇者が使った『英雄の剣』なのです。

　勇者はその後、神にその功績を認められ、天に召されて神の一員となりました。

　竜まで捕らえた『英雄の剣』を抜いて自分のものにしようと、力自慢の男たちが次から次と訪れましたが、その剣は誰も抜くことができません。

　いつしかその場所には、生きた竜を見ようと人々が訪れるようになり、その人々を相手に商売をしようと商人が集まり、その商人が家族を呼び寄せて家を建て、彼らを養うために周囲に畑が広がり、そこは国一番の交易地になったのでした。

1　囚われの竜

「――暇だ」

　その朝も竜はぼやいていた。

　背中を剣に貫かれ、土の地面に縫い留められた銀緑色の竜が、太く長い首をだらんと伸ばし、大きな顎を地面に落としてため息をつく。

　竜を中心に広がった円形の広場は、この国一番の観光地だ。幾重にも商店が軒を連ね、国中から集まる民が興味深げに竜を見ながら通り過ぎていく。あちこちで画板を抱えて椅子に座っているのは、竜の絵を描く画家志望の若者だ。捕らえられた竜の絵は、よく展覧会のテーマに使われる。

「暇だ」

　大きな黒い目を閉じて、再び竜は呟《つぶや》いた。この数百年、何千回、何万回繰り返したか分からないぼやきだ。身動きすら取れないのに、下手に力がある生き物のために食べずとも死なず、弱ることもなく、こうして延々と見世物になり続けている。

「暇か。そうだろうなぁ」

ここ何十年か竜の周りを掃除し続けている老人が、竜の頭の横でしゃがみ、気の毒そうに返事をした。

「ガブリン爺《じい》さんよ、憐《あわ》れむなら力自慢の挑戦者を探してきてくれよ」

「そうはいっても、そろそろみんな、この剣が本当に抜けるのか疑わしく思っているからのう。なにせお前が捕らえられてから、五百年、……六百年か？　誰一人抜けた者はいないのだから」

「五百七十八年だ」と竜が答える。

「こんな時には健康で長生きなのもきついもんだなぁ」

憐れみをたっぷりと含んだ老人の呟きに、竜がまたため息をつく。

そのときだった。

「竜よ！　挑戦者だぞ！」

どたどたと駆けてきた町長が大声で報《しら》せを告げた。

「来たか！」と竜が目を輝かせて首をもたげる。

「おお、しかも今日は二人だ！」

「いいじゃないか、早く連れてこい。早く、早く」

長い尻尾の先をばたばたと動かして竜が興奮に身をくねらせる。

暇を持て余した竜の唯一の楽しみが、こうして時折剣を抜きに訪れる力自慢の挑戦者なのだ。

挑戦者の報せを聞いて、その場にいた女性が「まあ運がいいこと。挑戦が見られるなんて。良かったわね」と幼い息子に話しかける。町の人々も商売の手を止めて店から出てきた。誰もがわくわくした顔を隠さない。

町長が連れてきたのは、いかにも力自慢という風体の赤髪の大男と、背はそんなに低くないものの、細身な体格でどことなく繊細な、とても力自慢とは縁がなさそうに見える金髪の少年だった。大男は自分を奮い立たせるように腕を振り足を振りして気力をみなぎらせているが、もう一方の少年はいたって無表情にどこか遠くを見ている。

朝日に透ける淡い色の金髪と緑色の瞳が上品そうな印象を醸し出すのか、彼の姿はあまりに場違いに見えて、「あれで挑戦者だってよ。大丈夫か」とこそこそとしゃべる声が聞こえる。

「では、挑戦者よ。名前と年齢、出身地を告げよ」

「ボルグ＝ガンツ。五十四歳。東のトルヴェスト領だ」と蒸気を吐くようにして大男が答える。それとは対照的に静かに少年が口を開いた。

「シルヴィエル＝フロイエ。十九歳。フロイア国」

見かけよりもはるかにしっかりとした声で少年は答えた。その返答に、町長が驚いた顔をして少年を見上げる。

「フロイア国……というのは、あの？」

「はい。フロイア国です。なにか問題でも？」

「いや。——だが、フロイア国は七年前に滅ぼされて、もう誰も生きていないと……」

「僕がこうして生きています」

　会話を断ち切るように、きっぱりと短く少年は答え、もうやり取りは終わりだとばかりに町長から視線を外した。

　ぐっと息を呑《の》んだ町長が、「まあいい」と呟きながら竜に向き直る。

「では、最後に竜よ。そなたは、仮にこの剣が抜けたとしても、この町、この国、この地の人々に害を為《な》さぬことを誓うか」

「誓う。誓うぞ！」

　尻尾をばたばたと揺らしながら竜が答える。

　あまりにも軽い答えだが、誰もそれは気にしない。今まで何百年も誰一人抜くことができなかった『英雄の剣』なのだ。剣が抜けるとは誰も思っておらず、何百年幾度となく繰り返されたその問いも答えも、すでに形だけのものとなっている。このやりとりはむしろ、祭りの始まりの意味しか為していない。

「では、ボルグ＝ガンツ。挑戦せよ！」

　ふんっと全身に力をみなぎらせ、大男が竜に向かう。それと同時に、わあっと周囲から歓声が上がった。

「ボルグ、頑張れ！」

「それいけ！」

『英雄の剣』を抜こうとする勇者の挑戦は、この町の一番の楽しみで娯楽なのだ。挑戦者が訪れるたび、こうして人々は広場に集まって盛り上げる。

大男が竜の背に上り、剣の柄《つか》に両手を添えた。足場を整え、ぐっと握って力を籠める。

「ふんぬううぅぅぅぅぅっ！」

一気に顔が赤くなり、腕の筋肉だけでなく、背中から足から全ての筋肉が盛り上がった。

「頑張れぇ、ボルグ、頑張れ！」

「それいけ、踏ん張れ！」

人々の応援と一緒に、竜も首をもたげて「ほら頑張れ！」「諦めるな！」と声をかける。

剣を抜こうとする大男がぶるぶると震える。筋肉の上やこめかみの血管が浮き上がり、今にも破裂しそうだ。だが、剣はびくともしない。

それはそうだろう。今でこそ力自慢の民が自分の手で抜こうとしているが、かつては権威を示したい王や貴族が大掛かりな機材を持ち込んで抜こうとしたこともあったのだ。それでもこの『英雄の剣』は抜けなかった。

大男が柄から手を離してぜえぜえと息をつく。

「どうする？　ボルグ＝ガンツ。諦めるか？」

「まだまだあっ！」

町長の問いに大声で答え、ボルグは再び柄に手をかけた。わあっと広場が盛り上がる。

そうしてボルグ＝ガンツは、五度挑戦し、六度目の挑戦が終わった時に力尽きて竜の背中から転がり落ちた。

「いかん、気を失っておる。救護兵！」

町長に呼ばれて兵士が走ってくる。担架に乗せられて大男はその場から連れ出された。

そして人々の視線は、二人目の挑戦者の痩せた少年に移った。

静かな瞳でボルグ＝ガンツのお祭り騒ぎを見ていた彼は、挑戦者としてはあまりにも不適当に見えた。

だから、町長からこんな言葉が出てしまったのだ。

「えーと、シルヴィエル＝フロイエ。どうする、やるか？」

少年はゆっくりと町長に振り向いた。彼は興奮でも緊張でもなく、はたまた怯《おび》えでもなく、まるで静かな湖面とでも表現するのがふさわしいような静謐《せいひつ》な表情をしていた。森の色を映した水面《みなも》のような緑色の瞳が尚更《なおさら》そう思わせる。

「やります。なにか問題でも？」

「い、いや」

「竜に上っていいですか？」

「ああ」

「もしあの剣が抜けたら、貰《もら》って帰っていいんですよね？」

「――ああ、その通りだ」

革の手袋を嵌《は》めながら、少年が竜に向かう。

その静かな後ろ姿に、人々はなぜか黙って息を呑んだ。喝采や激励などの軽い言葉が上滑りしそうな不思議に重厚な存在感があったのだ。

さっきまで騒いでいた竜も口を閉じ、自分の背に上る少年をじっと見上げている。

少年が剣の前に立ち、慎重に柄に両手を添えて、すうっと息を吸い込んだ。目を閉じて祈るように動きを止め、なにかを呟く。それを人々はじっと見つめていた。

少年が目を開けた。静かだった緑色の瞳に思いがけないほどの強い意思が籠っているのが見えた次の瞬間、少年は全身に力を込めて柄を握った。

「うおおおおぉぉぉぉっ！」

少年が叫ぶ。あの細い体のどこからこんな強い声が出るのかと耳を疑うくらいだった。

その瞬間、人々は目を疑った。

ぐぐっと剣が持ち上がったのだ。

「――え……っ？」

その直後、『英雄の剣』はするりと竜の体から抜けた。

銀色に輝く長い剣を、少年が高々と持ち上げて天に向ける。

一瞬の沈黙の後、わあっと歓声が上がった。人々が口々に叫ぶ。

「抜けた！」

「嘘《うそ》じゃないのか、本当に抜けたぞ！」

「あの細っこいぼうずが抜いた！」

剣を両手で抱えたまま、少年が竜の背から飛び降りた。

「では、約束通りこの剣は貰っていきます」と少年は町長に頭を下げる。

「すごいぞ！　抜けたぞ！」

広場は沸騰したかのように熱気に包まれ、興奮が沸き上がっていた。

だが次の瞬間、群衆の中から聞こえた「だめだ。その剣を竜の背に戻してくれ！」という叫びで場が凍った。

集まっていた民がはっとして息を呑み、波が引くように騒ぎが静まっていく。

そして人々は思い出した。そう、この最後の竜は、この剣で突き刺されていたから大人しくしていたのだ。いや、動けなかったから大人しかっただけなのだ。

では、剣がなくなってしまったら……？

「シルヴィエル＝フロイエ！　待ってくれ！」と町長が叫ぶ。

「その『英雄の剣』で竜をもう一度刺してくれ……！」

自分の服の背を摑《つか》み、必死の形相で頼み込む町長に、少年はゆっくりと振り返った。

「いいえ、それはお断りします。頂いていっていいという約束ですよね？」

「困る！　その剣がなくなったら、竜が暴れて……！　この町が……！」

町長から目を逸《そ》らし、少年が歩き出す。

「待ってくれ！」

町長がひときわ大きく叫ぶのと同時に、集まっていた人々が蜘蛛《くも》の子を散らすように逃げだした。

「逃げろ！　竜が暴れる」

「火を吹くぞ！　奇声で家が崩れる！　大風で町が消える……！」

「あああ、あああ。終わりだ、この町も」

かくんと地面に膝をついた町長をその場に残して、大きな剣を抱えた少年は広場の出口に向かって歩き出す。

彼の姿が見えなくなった時、その場に残っているのは、町長と竜だけだった。

のそりと竜が動き、町長が腰を抜かしたように飛びのいて地面に転がる。

真っ青になってがたがたと震えながら、町長は口を開いた。

「悪かった、竜。見世物にして……申し訳なかった。お前が怒って当然だ。だけど、どうかこの町を破壊するのだけは勘弁してくれ。命だけは助けてくれ。みんな悪気はなかったんだ、お願いだ」

それを大きな黒い瞳でちろりと見ながら、竜はふうっと大きな息を吐いた。小さな炎が口から洩《も》れる様子に、町長が「ひいっ」と悲鳴を上げる。

「そんなことしねえよ」と竜が呆《あき》れた声で言う。

「――え？」

「まったく、なんでどいつもこいつも俺が暴れると思ってんのかねえ。失敬な」

「え？　……え？」

翼を畳んだまま立ち上がった銀緑色の竜を、町長が震えながら見上げる。

「約束は守るに決まってるだろ。『この町、この国、この地の人々に害を為さぬこと』。なんで俺が約束を破ると決めてかかってるんだよ」

ぶるぶるっと首を振って、竜は背中の翼を広げた。

「あーあ、ガブリン爺さんまで逃げちまうとはなぁ。あんなに毎日話をしてたのに。せっかく自由になったのに、誰ひとり新たなる旅立ちを見送ってくれやしねぇ」

「――わ、私がいる。見送る。餞《はなむけ》の言葉だ。――素晴らしい旅になることを願おう。だからどうか、……この町に害を為さずに旅立ってくれ」

震えながら声を上げた町長に、竜は黒い瞳を細めた。

「あんがとよ、町長。餞の言葉は受け取った。俺は、この町もこの町の人間も嫌いじゃなかったぜ」

そして翼を大きく広げ、空に飛び立とうとしたとき……。

「おーい、待ってくれ、おーい」と声が聞こえた。ばたばたと老人が走ってくる。

「おう、ガブリン爺さんか」

嬉《うれ》しそうに目を細めた竜に、駆け付けた老人は「剣が抜けたか。良かったなぁ」とはあはあと息をつきながら言った。

「竜よ、これでお前は自由の身だ。どこに行くんだ？」

「さあ。とりあえず旅に出るさ」

「そうか、良い旅になるといいな。それだけ言いたくて走って戻ってきたんだ。間に合って良かった」

長年竜の周りを掃除し続け、話し相手になってきた気のいい老人は、にっこりと笑って言った。

「おう、ガブリン爺さんも長生きしろよ。見送りありがとうな！」

そして竜は再び翼を広げ、今度こそ空に舞い上がった。

激しい風にぶわっと広場の土が舞い上がり、町長と老人が腕で顔を覆って目を閉じる。

土埃《つちぼこり》と砂を吸い込んで激しく咽《むせ》た彼らがようやく目を開けた時、そこにはぽかりと真ん中に隙間があいた、閑散とした広場があるだけだった。

そうして竜は町を去っていった。

2　シルヴィエル＝フロイエ

――やった。やっと手に入れた。

町の人々は誰も気づかなかったが、竜の体から『英雄の剣』を抜き去ったその時、シルヴィエルは実は密かに震えていた。あまりに感動が大きすぎて表情が消えただけだったのだ。

そもそも、大男が挑戦しているときに彼の表情が乏しく見えたのも、懸命に気持ちを落ち着けていたからに他ならない。あまりにも器用に自分の心を鎮めすぎたのだ。

――やった。

町から離れる街道を歩きながら、ぐっと目を閉じて、シルヴィエルはぶるっと全身を震わせた。背中に抱えた『英雄の剣』の重みが頼もしい。

――やっと力を手に入れた。占いの通りだ。これで敵討ちができる。

ところが、がりっと地面を引《ひ》っ掻《か》く音が足元から聞こえて、シルヴィエルは歩みを止めた。

振り向いて下を見れば、剣の先が地面に触れている。

とにかく剣が長すぎるのだ。剣の先が地面に触れているというのに、柄の端はシルヴィエルの頭の上にある。さらに、数百年間竜に刺さりっぱなしだったというのに、錆《さび》も刃こぼれもなく鍛えた直後のように輝いている。

「――さすがは伝説の『英雄の剣』だな」

シルヴィエルは呟いた。

「とはいえ、大きすぎるな。持ち運ぶのも一苦労だ」

ひとりごちながら、肩にかけていた荷物から縄を取り出す。それを刃の根元と真ん中より少し先端寄りにぐるぐると巻いて縛り付け、彼は「よいしょ」と斜めに背負った。

後ろを振り向けば、剣の先はぎりぎりのところで地面には触れていない。こんな持ち方をしていたらいざという時に使うことはできないが、それは普段から腰に下げている自分の剣でどうにかなるはずだ。

「それにしても、軽いな」

とん、と小さく跳ねて、シルヴィエルは感心したように呟いた。

これだけ大きな剣だったら重さも相当なものになると思うのに、意外なことにその重さは自前の剣とほとんど変わらない。それこそ外側を鋼で覆っているだけで、内側は空っぽなのではないかと疑いたくなるくらいだ。

だが、この剣は確かに竜に刺さっていた。それは間違いないのだ。

――『英雄の剣』。かつて竜殺しの勇者が竜を征伐した時の置き土産。特別な力が宿っていて、この世のあらゆるものを斬って倒すことができると言う。これさえあればきっとみんなの敵が討てる。

ぐっと奥歯を噛《か》みしめて前を見据え、シルヴィエルはしっかりとした足取りで迷いなく一歩を踏み出した。


そうしてどのくらい歩いただろうか。

人気《ひとけ》のない街道を歩いていたシルヴィエルは、後ろから「おい」と声を掛けられて顔を顰《しか》めた。

――まったく人の気配なんかなかったのに。

いつの間にそんなに近くに人が来たのだろうと思いながら振り向き、シルヴィエルは心臓が飛び出るかと思うくらい仰天して飛びのいた。「ひっ」と漏れそうになってしまった声を、すんでのところで押しとどめる。

真後ろに竜がいた。

つい数刻前、自分がその背中から剣を抜き去った銀緑色の大きな竜が、首を下げ気味にしてシルヴィエルの顔を覗《のぞ》き込んでいる。尖《とが》った大きな顔の中の真っ黒な瞳がまっすぐにシルヴィエルを見ていた。大きな体でふさがれて、シルヴィエルの視界は一面銀色だ。

咄嗟《とっさ》に腰にある自分の剣に手をかけるが、心の中ではこんな普通の剣ではどうにもならないことは分かっていた。この竜を倒すならば、背中の『英雄の剣』を使わなくてはならない。だがそれは、紐《ひも》を掛けて肩から斜めにぶら下げてある。とても手に取れない。

──とりあえず普通の剣で切りあって、背中の剣を手に取る隙を作るしかない。

歯を噛みしめ、目を吊《つ》り上げて腰の剣を抜いたシルヴィエルに、竜は「おいおいおい」と呆れたように声をかけた。

「なんでそんな問答無用で剣を向けるんだよ。まったく、町の奴《やつ》らといいお前といい、俺が暴れるとしか思っていないのかよ」

「──暴れるんじゃなければ、なんなんだ」

シルヴィエルが歯ぎしりをするように尋ね返す。

「ふーん、そうだなぁ」と竜はひょいとシルヴィエルから視線を外した。

──今だ！

シルヴィエルが背中の『英雄の剣』を手に取ろうと腕を後ろに回す。

だが竜は、銀緑色の鱗《うろこ》を纏《まと》う節くれだった太い指でその手首をひょいと摘《つま》み、笑うように黒い目を細めた。

「たとえば、背中から剣を抜いてくれたお礼を言いに追いかけてきたとか？」

「──……は？」

「あるいは、お前の忘れ物を届けに来たとか？」

「……忘れ物なんてしていない」

竜の手を振りほどこうと、ぐっと腕に力を籠めるが、ちょっと摘んだだけのように見えるのにそれはびくともしない。頑張ればなんとかなるという状態ではなく、到底無理だ。シルヴィエルは振りほどくことを諦めて竜を睨《にら》みつけた。

「……で、なんなんだよ」

警戒心を漲《みなぎ》らせて尋ねるシルヴィエルに、竜は「なんなんだとは？」と尋ね返す。

「なんの用だと聞いている。まさか本当に礼を言いに来たのか？」

「まあ、それもある」

「それも……？」

「一番の理由は暇つぶしだな」

「――暇つぶし……？」

シルヴィエルは半ば呆気《あっけ》にとられながらも竜を睨んだ。

「いやいやいや、本当に暇なんだよ。考えてもみてくれ、五百七十八年ぶりに解放されたはいいものの、仲間はみんな死に絶えてるし、そんなに経《た》ってちゃあ故郷だって消えちまってるわけだよ」

竜は早口に言葉を紡ぐ。

「……せっかく自由になったんだから、五百七十八年間の世の中の変わり具合を見てきたらいいじゃないか」

「えー？」

納得していない駄々っ子のような反応にシルヴィエルは顔を顰めたくなる。

——なんなんだ、このお調子者の口調は。

竜というのは、人や動物を食べ、口から炎を吹いて辺りを焼き尽くし、音のない鳴き声で建物を崩し雷を呼び、翼の大風で町を壊して回る極悪な生き物だと聞かされてきた。だから、神に滅ぼされたのだと。それなのに、この竜の喋《しゃべ》り方はあまりに軽い。

——いや、これも人間を騙《だま》すための手段かもしれない。

気を緩めずにシルヴィエルは竜を睨みつける。

そんなシルヴィエルに、竜は顔を近づけた。そして笑うように真っ黒な目を細める。

「というわけで、俺は今の世の中なんかに興味はない。だけど、お前には興味があるんだな」

ぐっと目を吊り上げてシルヴィエルは竜を睨んだ。

「そう、その目。細っこくて口調も貴族階級っぽく上品なのに、恐ろしいくらいに強い光があるんだよ。ちょっとした化け物なんかはまるで目力だけで射殺しそうにな。いいねぇいいねぇ、なにをどうしたらそんな目になるんだ？」

「——……君に教える義理はない」

「まあそうだ」

そう言って、竜はひょいと指を開いてシルヴィエルの腕を解放した。ようやく自由になった手首をシルヴィエルは小さく振るが、強く摘まれていたために痺《しび》れて手の感覚がない。

――まずい。この腕じゃとても剣なんか握れない。

シルヴィエルはじりじりと後ずさって竜から距離を取り、十分に離れてから、竜に背を向けて全力で走り出した。幸いにして大きな竜の影がシルヴィエルのすぐ横まで伸びているために、それを見れば竜の動きは分かる。

――逃げろ……！

だが、シルヴィエルがどれだけ走っても、竜の影はシルヴィエルの横から動かない。竜が後をついてくるのだ。

走る速度を緩めれば、竜の影の動きも遅くなる。

――なんでついてくるんだ……！

とうとうシルヴィエルは走りを止め、竜を振り返った。

「つ、ついてくるな」

ぜえぜえと息をつきながら竜を睨みつける。

「暇なんだよ」

「そんなことは僕に関係ない」

うか？」

「俺は自由なんだろ？　お前がさっき自分でそう言った。だからどうしようが俺の勝手だ。違
　ぐっとシルヴィエルは言葉に詰まる。

「だとしても、僕についてこられるのは迷惑だ。勝手にどこにでも行けばいいじゃないか」

「じゃあ俺は、ついていくんじゃなくて、勝手にお前と同じ道を歩いているってことでどう
だ」

「やめてくれ。だいたい、そんな大きな竜についてこられたら目立って仕方ない」

「目立たなけりゃいいのか？　だったら……」

　次の瞬間だった。

　小山のように大きな銀緑色の竜の体が光が溶けるように消え、その場に青年が現れた。

　年のころはシルヴィエルの二、三歳上くらい。黒髪で黒い瞳の精悍《せいかん》な男性だ。肩幅は広く、
だが腰は細く、俊敏そうな体形をしている。印象的な生き生きとした表情をしていた。

「――は……？」

　シルヴィエルは呆気に取られて目を見開く。

　そんなシルヴィエルに、竜は「これだったらいいか？」とにやりと笑った。

「目立つのが嫌なんだろ？　これだったら目立たない」

　シルヴィエルは、三度ぐっと言葉に詰まる。

反論のしようがなく、シルヴィエルは悔しそうに奥歯を噛みしめた。

「……勝手にしろ。だけど、悪さをしたらまた封じ込めるからな」

その言葉に、竜は声を出して笑った。表情を裏切らない明るい笑い声だ。

「お前にできるか？　確かにその剣には俺を封じ込める力があるが、はたしてお前が俺にそれを突き刺せるかな？　言っちゃなんだが俺は強いぞ。もし俺がその剣を奪ったら、二度とお前が取り返せないのは確かだな」

竜はにやにやと笑う。

それはかなりシルヴィエルの癇《かん》に障ったが、彼は顔を歪《ゆが》めながらも「そもそも君が悪さをしなければ、そんなことにはならない」と言い捨てた。

「了解、じゃあ、悪さをしなければ俺はお前と一緒に行っていいんだな」と竜が笑った。


街道を歩くシルヴィエルの横を、竜が大股でついて歩く。

大きな剣を背中に抱えた痩せた金髪の少年と、いかにも精悍な黒髪の青年。竜の身長があまりに高いせいで、シルヴィエルだってそんなに低くないはずなのに、見るからに凸凹の組み合わせの二人の姿は遠目に見ても目立った。

「なあ、お前はなんでこの剣が欲しかったんだよ」

歩きながら竜が尋ねる。

シルヴィエルは無視するが、竜は「なあなあなあ」としつこい。

「うるさい。僕たちは同行者じゃなくて、ただ同じ方向に歩いている他人なんだろ」

「そんなのどうでもいいじゃないか。固いなぁ」

「悪かったな。気に食わないなら僕に話しかけるな」

「えー、先は長いのにつまらないじゃないか」

無視しても延々と話しかけられ、シルヴィエルはとうとう立ち止まった。竜を睨みつける。

「うるさい。だいたい、聞いてどうするんだよ」

おっ、と竜が目を輝かせる。

「興味があるんだよ」

「さっきから興味興味って。僕は君の暇つぶしじゃないし、君の相手をする暇もない」

「そう言うなって。とっておきの秘密を教えてやるよ」

むっとして答えたシルヴィエルの言葉をさらっと無視して、竜は勝手に話し続ける。

「実はな、この剣を抜くのに必要なものは力じゃなかったのさ。この剣は、単なる力自慢や権威が欲しいだけの人間には絶対に抜けない。腕っぷし試しなんてもってのほかだ。この剣を抜くために必要なものはただ一つ……」

勿体《もったい》ぶって言葉を切った竜に、シルヴィエルは思わず「なんだよ」と尋ねてしまう。

竜がにやりと笑った。

「『理由』さ」

「理由？」

「そう。のっぴきならない事情、命を懸けるほどの決意、この剣はどうしてもこれを使ってやりたいことがある人間にしか抜けないものだったんだよ」

心の奥底でどきりとしながら「なんで君がそんなこと知ってるんだ」と睨んだシルヴィエルに、竜がひょうひょうと答える。

「俺を封じ込めた『竜殺しの勇者』、転じて『竜殺しの神』が言い置いていったんだよ」

シルヴィエルが顔を顰めた。

「それを公表すれば、君はもっと早く誰かに剣を抜いてもらえたんじゃないのか？　なんで言わなかったんだよ」

「そのことを口に出せないように、神の力で封じられていたんだよ。ついでに言うと、剣が刺さっている間は俺の体の時を止めて死ねない体にしたのもあいつだ。意地悪くねえ？　おかげで俺は五百年以上暇してたってわけさ。で、お前はこの剣で何をしたいんだよ」

「……教えない」とシルヴィエルは竜に背を向けて歩き出す。

「えー、教えろよ。興味があるんだよ。五百七十八年、誰にも抜けなかった剣が抜けたほどの強い決心、理由がいったい何なのか」と竜が付きまとう。

「君に教える義理はない」

「えー」

「だいたい、そんな特別な理由が僕にあるなら、通りすがりの奴にそれを教えるわけないって思わないのか?」

「ああ、そうか。なるほど」とポンと竜が手を叩《たた》く。

そして意外なほどにあっさりと「分かった」と一歩離れる。

「でも、もし言う気になったらいつでも聞くからな」

笑いながら言われて、シルヴィエルはうんざりとしたため息をついた。

「その気になることは絶対にないから期待するだけ無駄だ」

「承知承知」と竜が絶対に承知していない口調で答えた。


日が暮れた。

運が悪いことにその夜は月がなかった。しかもかなり気温が下がってきたため、シルヴィエルは街道を少し離れた岩場で火を焚《た》くことにする。

枯れ枝を集め、火打石で火を付けてシルヴィエルはほっとした。暗闇を照らす明かりと温《ぬく》もりに心が和らぐ。

……と、焚火《たきび》を挟んで向かい側にひょいと竜が座るのを見て、シルヴィエルは顔を顰めた。

「なんでそこに座る。当然のように火に当たるな」

「いいじゃないか、一人で当たっても二人で当たっても火は減るもんじゃなし。どうせ減らないなら暖を分けて恩を売っておいたほうが後々役に立つかもしれないぞ」

「――勝手なことを」

ぷいとシルヴィエルは顔をそむけた。

「おー、追い出さないんだ」

自分で言ったくせに、竜が驚いた口調で言う。

「……確かに、何人で当たっても減るもんじゃないからな。それに、二人でいたほうが獣に襲われる可能性も減る」

「いいねぇいいねぇ、その合理的な考え方。任せな。俺がしっかり火の番と獣の番をしてやるよ。というか、俺がいれば獣は寄ってこないからな」

「なんでだ」

「忘れたか？　俺は竜だぜ。天下の竜の最後の生き残り。獣は本能で自分より強いものを知っているから竜を避けるのさ。竜を襲うのは人間だけだ」

「ふん」

　胸を張って偉そうに主張する竜からしらっと目を逸らして、シルヴィエルは自分の荷物から乾燥肉を取り出した。額に当てて短く祈りを捧げてから、少し考えてそれを縦に裂いて、「食べるか？」と竜に差し出す。

「おや、ありがたいが俺はいらない」

　喜んで飛びつくかと思った竜は、意外なことに断った。

「いらないのか？　獣の番をしてくれるならと思って分けてやろうとしたのに」

「肉は好きじゃないし、そもそも俺は腹は減らないんだよ」

「減らないのか？」

「減ってたら、この五百七十八年で飢え死にしてるさ」と竜は楽し気に言う。

「死ななかったのは神の力なんだろ？」

「まあそうなんだけど、俺はもともとほとんど食べなくても生きていける竜だし、主食は肉じゃなくて別のものだ。だから、その肉はお前ひとりで食え。気持ちだけありがたく貰っとく」

「べつにありがたがらなくていい。結局受け取ってないんだから」

　不愛想に答えたシルヴィエルに、竜がわずかに首を傾《かし》げた。

「なあ、お前、なんでそんなに愛想悪いの？」

「――……は？」

単刀直入に言われてシルヴィエルが思わず言葉に詰まる。

「もう少し愛想よく可愛《かわい》くしたほうが世の中渡りやすくねぇ?」

「そんなことは僕には意味はない。愛想よくしても死ぬときは死ぬ。可愛くても生きられない」

呟いたシルヴィエルに、「まあそりゃそうだ」と竜がにやりと笑った。

「だけどな、俺だって愛想よくしてたらあの町の奴らが懐いてきたんだぜ。竜の俺に」

「懐かれてなにかいいことがあったか?」

「話し相手ができた。暇つぶしだな」

「僕は話し相手なんか必要としていないし、暇もない。だから愛想は不要だ」

ひゅうと竜が口笛を吹いた。茶化すようなそのしぐさにむっとして、シルヴィエルは思わず口を開く。

「そうやって懐いた人たちだって、君が自由の身になったら逃げたじゃないか。見ていたぞ。たちまち広場から人っ子一人いなくなるのを」

吐き捨てるように言ったシルヴィエルに、竜は「そう言えばそうだ。戻ってきたのはガブリン爺さんだけだったもんなぁ」とにやりと目を細め、「いやいや、痛いところを突かれた」とげらげらと笑う。

——痛いところだったのか。

なんとなくバツが悪くなって、シルヴィエルは竜から目を逸らした。手にしていた乾燥肉に齧《かじ》り付く。

「なあなあなあ」

話しかける竜に「食事中に話しかけるな」とぶっきらぼうに答えたら、竜は肩を竦《すく》めて黙った。

夢を見た。

羽を付けた小さな精霊が目の前をふわふわと飛んでいる。話しかけたら、彼女はくすくすと笑って、幼い両手が包んで温めていたカップの縁に腰かけた。彼女がふっと息を吹きかけると、カップの中の牛乳が温かくなってほかほかと湯気を立てる。

一人で笑っている我が子を両親が不思議そうに見て、温かくなっている牛乳に首を傾げた。

その子は、物心ついたころから精霊を見ることができた。意思疎通までできるその力は、フロイア国の王族以外の庶民に初めて生じたもので、驚いた国王はその子を神殿で預かって育てることにした。大神官が「この子はこの国の民を救う子になるでしょう。神殿に通わせて運命をさらに強いものにすることをお勧めします」と言ったからだ。

そしてその子は国王から『救いの子』シルヴィエルという正式な名を与えられた。

大人ばかりの神殿で、シルヴィエルは可愛がられてのびのびと育った。

――やがて国が滅びるその日まで。

シルヴィエルの夢は、忘れられないその日の記憶に飛んでいく。

町の中のあちこちを生き物のように漂う煙のような黒い霧。霧は精霊たちを包み込んで食べ、そのままフロイア国の民に向かって流れていく。黒い霧に顔を覆われた人々は、空気が抜けた風船みたいに皮だけになって潰れ、くしゃしくゃと地面に落ちていった。

目の前で次から次へと倒れていく信じられない姿に怯え恐怖し、まだ息のある人々が右に左にと逃げ惑う。黒い霧の動きは決して速くはないのでそれから離れればいいだけなのに、最悪なことに、彼らには黒い霧が見えていなかった。

『だめだ、そっちに行かないで……！』

岩壁のように待ち構える黒い霧に突っ込んでいこうとする人々にシルヴィエルは必死で叫ぶが、その声は彼らの耳に届かない。立ちすくむ人を近づく黒い霧から引き離したいのに、シルヴィエルの手は彼らの体を素通りしてしまう。

これはシルヴィエルの記憶でしかないから。

実際に起きたことは変えられない。

これは、どれだけ幸せな夢で始まっても、最後には人々がすべて黒い霧に取りつかれて倒れ、動くものがなくなるまで続く最悪の夢だ。

びくりと大きく震えてシルヴィエルは目を覚ました。

心臓がばくばくと音を立て、全身がしっとりと湿っている。

はあっと肺に溜《た》まった息を吐きだし、横たわった姿勢のままシルヴィエルは周囲を見た。

まだ夜だ。目の前で焚火がちろちろと燃えている。

——ああ、やっぱり寝るんじゃなかった。焚火の明かりがあれば大丈夫かと思ったのに……。

さらに、炎の向こうに竜の姿はない。

——獣の番をすると言ったのに……。

そう思った直後、「大丈夫か」と上から声を掛けられてシルヴィエルは飛び起きた。跳ね上がるようにして身を起こせば、竜は場所を移動してシルヴィエルの隣にいた。

「——なんで……」

「派手に魘《うな》されてたからな」

「魘されてた？」

「ああ、かなりな」

「……僕は言葉を口にしていたのか？」

「ああ。『だめだ』『行くな』と繰り返してたぞ」

そうなのか、と思う。ずっと一人で過ごしていたから、悪夢を見ているときに自分がどうしているのかシルヴィエルは知らなかった。

「だったら、起こしてくれても良かったのに……」

シルヴィエルは額に手を当てて首を振る。額はまだ汗で濡《ぬ》れている。寝ていたはずなのに、体も頭もむしろぐったりと疲れていた。

「やめとけ。夢を見ているときに会話すると、夢と現実の境界があやふやになって夢から戻れなくなるからな」

「そうなのか？」とシルヴィエルは顔を上げた。

「竜はそう言う。だから竜は寝言には絶対に答えない」

「――僕は竜じゃない」

「だが俺は竜だ。竜の言い伝えに従うさ」

肩を竦めてそう言って、竜は「もっと寝ろ。まだ朝は遠い」と囁《ささや》くように言った。

「いや、……起きてしまったからもういい。火の番を代わるから、君が寝たらどうだ」

「竜は寝ない」

「――そうなのか？」

シルヴィエルは驚いて尋ねた。

「寝ないと言うか、寝なくても問題ない。だが人は寝ないと死ぬんだろ？　だからお前が寝ろ」

「目が覚めてしまったら、もう寝られない」

「だったら体だけでも横たえておけ。少なくとも体の疲れは取れるはずだ」

「……分かった。感謝する」

その言葉に、一瞬の間を置いてから竜がくっと笑った。

「なんだ」

「驚いた。お前から感謝の言葉を聞けるとは思わなかった」

少なからずバツが悪くなって、シルヴィエルは「僕だって、感謝すべき時には感謝くらいする」と呟く。

そして心の中で、炎のせいだと思う。

――……だめだ。明かりは警戒心を緩ませる。

シルヴィエルは夜の闇が嫌いだ。悪夢が襲ってくるから。

だから夜はいつも気が休まらないが、それでも焚火をしていたり月が煌々《こうこう》と照っていたりすれば、そのほのかな明るさや温かさを感じながらうとうとすることもできる。逆に、焚火をしない夜は悪夢を見たくないがために眠らずに過ごすことも少なくない。

大きな剣の上にマントをかぶせ、さらにその上にシルヴィエルは再び寝転がった。

だが、案の定眠気は訪れない。ちらりと横を見たら、炎を眺める竜の横顔が目に入った。

――男っぽい横顔。

鼻は高く、彫りが深い。顎も首もがっしりとしている。あぐらをかいた膝についた手も、骨ばっていて分厚くて大きく、いかにも力のありそうな男性の手をしている。

――僕とは違う。

シルヴィエルは自分の手に視線をやる。厚みがなく、指も細い。神殿にいた時に祭儀用の細い剣しか扱っていなかったために、戦うための剣を扱えるようになるまでが大変だった。それこそ血が滲《にじ》むまで振り続けた。今では問題なく扱えるようになったが、それでもシルヴィエルの手はまだ白く細く薄い。

シルヴィエルが眠っていないことに気付いた竜が「やっぱり寝られないのか」と尋ねる。

こっそりと竜の顔と手を見ていたシルヴィエルはわずかに慌てて、「寝る必要も食べる必要もなければ、一日がさぞ長いんだろうな」と早口に呟いた。

「そうだな。だから暇だったのさ、五百七十八年間」と竜は歌うように答える。

「五百七十八年、誰もあの剣を抜けなかった。これからも抜けるとは思えなくて、あとどれくらい俺はここにいるんだろうとうんざりしていた時に、お前がひょいと抜いたんだよ。俺がどれだけ興奮したか分かるか？　あの剣を抜くだけの強い意志がどんなものなのか、ものすごく興味が湧いた。だからついてきたんだ」

シルヴィエルは竜を見た。黒い瞳に、橙《だいだい》色の炎が小さく映って揺れている。

「なあ、どんな理由だったんだ？」

改めて竜に問われ、シルヴィエルは息を詰めた。

少しなら話してもいいかと思ってしまったのは、きっと温かい炎が警戒心を緩めたからだ。

「――敵討ちだ」

ぽつりとシルヴィエルは答えた。

「ほう、敵討ち」と竜が身を乗り出して、横になったままのシルヴィエルの顔を覗き込む。いかにも興味津々というように、黒い瞳が生き生きとしていた。

「誰を討つんだよ」

「僕の故郷、フロイア国を滅ぼした……もの、だ。僕は、フロイア国の最後の生き残りだ」

シルヴィエルは微妙に言葉を濁した。あの黒い霧をなんと呼べばいいのかシルヴィエルは分からない。人ではないし、竜のような怪物でもない。ただの『霧』なのだ。

だが、その『霧』が人々を殺した。シルヴィエルとフロイア国の王族しか見ることができなかったことから、普通の霧ではなく精霊たちに近いものだと思うのだが、その正体はいまだ分からないままだ。シルヴィエルにしか見えていない『もの』だから、誰に聞いてもなにを調べても対処法が分からない。

しかもその『霧』は、今でもシルヴィエルを追いかけてくる。

だからシルヴィエルは『英雄の剣』を手に入れたのだ。霧だから、普通の剣では斬っても刺してても手ごたえがなく、今までは見かけたら隠れて逃げることしかできなかったけれど、竜まで捕らえた伝説の『英雄の剣』なら、あの『霧』をどうにかできるのではないかと。

黙ったシルヴィエルに、竜は「なるほどな」と呟いた。

「で、『英雄の剣』を手に入れて、お前はその敵のところに向かっているんだな」

「そうだ」

「そいつはどこにいるんだよ」

「僕の国があった場所にいる」

「つまりは、乗っ取られたと？」

「まあ、そんなところだ」

「で、お前の国はどこにあるんだよ」

「ここから一月ほど歩いた先だ」

竜はわずかに口を閉じ、考える様子を見せてから、「なあ、せっかく一人だけ生き延びたのだから、それに感謝して穏やかに生きようとは思わないのか？」と尋ねた。

「無理だ」とシルヴィエルが即座に答える。

「僕は、みんなが殺されたときに、その場にいた。生き残った僕だからこそ、敵を討たないと彼らに顔向けできない」

「なるほど」と呟いてから、竜は「それは絶対なのか？」と尋ねた。

「絶対だ」と力を込めて答えたシルヴィエルに、竜が「分かった。手伝ってやるよ」とにっと笑いながら言う。

——は？

耳を疑い、シルヴィエルは顔を顰めながら身を起こした。

「なんで君が僕を手伝うんだ」

「暇だからな」と言われ、シルヴィエルはむっとする。

「僕の敵討ちを暇つぶしにするな」

「というかさ、俺も少しはお前の気持ちが分かるんだよ。今や俺も竜族の最後の一匹だからな。まあ、復讐はともかく、仲間が生きた証《あかし》は取り返したいよな」

思いがけず神妙な口調で言われ、シルヴィエルは言葉を呑み込んだ。

そんなシルヴィエルに竜が微笑《ほほえ》む。

「俺をうまく使え。言っちゃなんだが俺は強いぞ。なんと言っても俺は竜だからな。食いものはいらない、夜は寝ずの番もできる。剣に貫かれた背中の傷が治れば、いざとなったら、お前を背中に乗せて飛ぶこともできる。どうだ？」

ぱちり、と焚火の中で炎が爆《は》ぜた。小さな火の粉が生き物のようにふわりと浮かぶ。

竜の申し出は、シルヴィエルには確かに魅力的だった。

なにより、夜の闇が苦手なシルヴィエルには、火の番をしてくれる存在はなによりもありがたい。

油断させて剣を奪う気なんじゃないかという心配は消えないが、それは今のように剣を体の下に敷いて、しっかりと結いつけて眠ればいい気がした。

「――分かった」

シルヴィエルが答えたら、竜が「よし！」と手を叩いた。

「だったら、お前を名前で呼んでいいか？」

「名前？」

「竜は許可を貰わないと相手を名前で呼ばない。名前は命令する力を持つからな」

シルヴィエルは目を瞬いた。凶暴な怪物と言われているが、竜はもしかして意外と律儀な生き物なのだろうかと思う。

「――ああ。シルヴィエル＝フロイエだ」

「長いな。シルヴィでいいか？」

シルヴィエルはぴくりと震えた。ぐっと息が詰まる。

「……いや、シルヴィエルにしてくれ」

先ほどの竜の言葉ではないが、シルヴィという愛称は、家族や神官など近しいものしか口にしないものだった。今日知り合ったばかりの竜に呼ばれたくはない。

「分かった。シルヴィエルだな」

「で、君の名前は何なんだよ」

「俺？　俺は竜だ」

「名前はないのか？」

「あるが、竜は俺一人しかいないから竜でいいだろ？」

「――なんだそれ。ずるくないか？　僕は教えたのに」

くくっと竜が笑う。

「竜の名前は重いんだよ。名前を呼んで命令されれば力が抜ける。だから、本当に信頼する者にしか伝えない。俺はお前に興味を持ってはいるが、信頼はしていない」

シルヴィエルはむっとしたが、竜に「お前だって俺のことを信頼していないだろ？」と言われて思わず納得する。

「――そうだな。僕は君を信頼していない。もっともだ」

シルヴィエルはふうと息をついた。

「じゃあ僕は君を『竜』と呼べばいいんだな」

「了解、俺はシルヴィエルと呼ぶ。これで晴れて同行者だな」と竜が笑った。

3　花喰いの竜

夜が明けた。

その朝、シルヴィエルは自分の軽率な行動を心から後悔した。

——なんだって、竜なんかと旅することに。

できることなら頭を抱えたい。

——ああ、炎のせいだ……。

温かい炎でつい気が緩んでしまったのだ。

だが、気の迷いだったと取り消すこともできない。竜はすでにいかにも楽しそうにいそいそと出発の用意をしている。

「行くぞ、シルヴィエル！」

声を掛けられてしぶしぶ歩き出せば、竜はひょいとシルヴィエルが肩から掛けていた荷物を取り上げた。

「貸しな。持ってやるよ」と明るく笑う。

「結構だ。自分の荷物は自分で持つ」

「お前は『英雄の剣』も持っているからな。重いだろ。それも持ってやろうか?」

「いや。これは絶対に僕が自分で持つ」

警戒心を漲らせてシルヴィエルは答えた。この剣だけは竜には渡せないと強く思う。

「竜——の荷物は?」

「ないぞ。体一つだ。着替えもいらない。寒ければ冬の格好になればいいし、汚れれば一度竜に戻ってからまた変身しなおせばいい」

「……便利なものだな。というか、竜が変身できるなんて聞いたことなかった」

「まあ、すべての竜ができるわけではないが、俺はできる」

「どんな姿にでもなれるのか?」

「ん?」

「例えば、老人だったり女性だったり子供だったり、そういう者の姿にもなれるのか?」

「なれるぞ」

あっさりと言って、竜はその場で五歳くらいの少年の姿に変わった。今まで大人だった竜が子供になったような、黒目黒髪の元気が溢《あふ》れるような姿だ。

呆気に取られたシルヴィエルに、少年はにっこりと笑った。

「このほうがいい?」

子供の高い声で尋ねられて、シルヴィエルの息が詰まった。ぞわっと鳥肌が立ちそうになって目を逸らす。

「いや、……大人にしてくれ」

「了解」と竜が先ほどまでの青年の姿に戻る。そして、明らかに動揺した様子のシルヴィエルの顔を覗き込んで、「どうした？」と尋ねた。

「なんでもない」と顔を隠してシルヴィエルが首を振る。

「なんでもないという様子じゃないぞ。真っ青だ」

「——いや、気にしないでくれ」

言いながらも、そのまま無視してくれないような気がして、シルヴィエルは強引に話題を変えた。

「……なんでその姿なんだ？」

「ん？」

「大人の男性だったらほかにどんな格好でもできるだろ。なんでその、黒目で黒髪で背の高い男の姿なんだ？」とシルヴィエルは質問の意図を説明する。

「ああ、これは俺の知り合いの姿を模したんだ」

「模した？　じゃあ同じ姿がどこかにいるってことか？」

「そうだな。だが、今はもういない。はるか昔に死んだからな」

その言葉に、シルヴィエルはわずかにどきんとする。

「――死人？」

「人で言うとそうなるな。だが、竜の寿命で言えば若い頃の懐かしい思い出だ。いい奴だった」

シルヴィエルは目を瞬いた。

「もしかして、……友人、だったのか？」

「ああ、そうだな」と竜が微笑む。その微笑みは今までの揶揄《からか》うようなものとは明らかに違って、穏やかで優しいものだった。シルヴィエルは思わず息を呑む。

「――竜殺しの勇者に捕らえられる前の？」

「そうだ」

懐かしむような温かい眼差《まなざ》しに、不思議な思いが湧き上がる。

今まで凶暴な怪物という認識しかなかった竜にも、幼かったころがあり、楽しかった思い出があり、こうして姿を模すくらいの親しい人間がいたのだと思ったら、複雑な気持ちになった。

「……どんな、人間だったんだよ」

くっと竜が笑った。

「なんだ、俺に興味が湧いたか？」

ぐっとシルヴィエルは言葉を詰まらせる。

「――べつに」

「じゃあ、話さない」

ははっと竜が笑った。


シルヴィエルが竜とともに歩き始めて三日が経った。

竜は本当に疲れ知らずのようだった。

――さすが竜だな。

悔しいながらも、シルヴィエルは感心せざるを得ない。

もともとシルヴィエルは運動が得意なわけではない。子供の時は本を読んだり精霊と話をしたりすることのほうが好きで、剣技を磨く時間を避けて回っているくらいだった。今の剣士としてのシルヴィエルの姿は、復讐心《ふくしゅうしん》だけで作り上げたようなものだ。

軽いとはいえ、大きな『英雄の剣』を背負って、その先で地面を擦らないように気を付けながら歩くのは、それだけでも疲れる。

しかも、疲れが溜まってきているのか、軽いはずの剣は日に日に重く感じられるようになってきていた。

「だから俺が持ってやると言っているのに」

剣を逆の肩に掛け替えたシルヴィエルに竜が言う。

「——いや、いい」

シルヴィエルは、剣に縛り付けた縄をぐっと両手で握りしめた。

一緒に歩き始めて三日経ち、シルヴィエルはこの妙に愛想のいい竜を疑う気持ちがじわじわと強くなっていた。

竜は、いつでも気持ちが悪いくらいに上機嫌なのだ。シルヴィエルがどれだけ邪険に扱ってもげらげらと笑う。竜が怒ったところを、シルヴィエルはまだ一度も見ていない。

自分は、はたから見ても嫌になるくらいの不愛想だとシルヴィエルは自覚している。他人を拒絶するためにあえてそうしているのだが、そんな自分に、こんなに楽し気についてきて、手まで貸そうとするなんてありえないと思うのだ。

——きっと、なにか裏がある。

おそらくそれは、この『英雄の剣』を取り返すことだろう。竜が自分と同行する目的はそれしかないとシルヴィエルは信じていた。

そうしてしばらく歩いた時だった。

峠を上り終え、見晴らしのいい峰に辿《たど》り着いた時、斜め後ろにいた竜が、いきなり「おっ」と嬉しそうな声を上げた。

びくっとして振り向けば、竜はいかにも嬉しそうに顔を輝かせて山の斜面を見下ろしていた。

「な、なんだ。いきなり」

「花が咲いてる！」

「――は？」

言われて視線を戻せば、確かに、緩やかな斜面に橙や黄色の花が咲いている。だがそれは、地面を埋め尽くすほど咲き乱れて美しいわけではなく、あちこちでこんもりとした群生を作っている程度だ。

「なあなあ、食べていいか？」

振り向きざまに勢いよく言われて、シルヴィエルは驚いて「食べる？」と尋ね返した。

「なあ、食べたい食べたい。花食べたい。休憩しよう」

繰り返す様子は、一昨日《おととい》竜が変身してみせた子供の姿がぴったりなくらいの無邪気さだ。むしろ大人の姿で繰り返してねだられるほうが不自然だ。

「――あ、ああ」

呆気に取られて呟けば、「やった！」と叫んで、竜は花畑に駆け下りていった。

そのまま彼は、両手で花をむしってむしゃむしゃと食べ始めた。

――本当に花を食べてる。

喜色満面で花を握り、次から次と口に入れる様子はまるで大きな子供だ。シルヴィエルはそれを目を丸くして見ていた。

──というか、そんなに腹が減っていたのか？

何も食べないと言っていたくせに、とシルヴィエルは微妙に不機嫌になる。食べ物が欲しいならちゃんと分けたのに、彼が食べないなんて言うから、悪びれもせずに一人で食べてしまっていたではないか。後ろめたさが苛立《いらだ》ちを呼び起こす。

竜は勢いを衰えさせることもなく、あちこちの群生で花を食べ続けている。

はあっ、と不機嫌丸出しでため息をつきながら、シルヴィエルは木陰に身を寄せて腰を下ろした。胡坐《あぐら》をかき、膝の上に剣を抱える。

竜は飽きもせずに花を食べていたが、唐突に顔を上げてきょろきょろと周囲を見渡し、場所を変えたシルヴィエルを見つけて駆け寄ってきた。

「なあなあなあ」と子供のように言う。

「──なんだ」とぶっきらぼうにシルヴィエルは答えた。

「竜になっていいか？」

シルヴィエルは目を瞬く。

「お前と俺のほかには誰もいないし、もしほかの誰かが見えるところに現れたら即座に人になるから！　約束する！」

「──あ、ああ」

「やった！」

叫びながら、竜はぶら下げていたシルヴィエルの荷物を地面に降ろした。その足で草原に駆けながら、ぽんと竜の姿に戻る。緑がかった銀色の大きな竜は、転がるように群生に走り寄り、顔を地面に近づけ、ばかっと口をあけてばくんと花を食べた。

喜びの表現なのか、背中の翼は中途半端に開いてゆっくりと開いたり閉じたりしている。その一方、尻尾はばたばたと慌ただしく上下左右に揺れていた。

——そんなに美味《おい》しいのか？

手元に咲いている同じ花の花びらを一枚千切って口に入れてみる。

「まず……っ」

それはあまりに苦くて、顔を顰めてシルヴィエルはぺっと吐き出した。

だが、竜は相変わらず全身で喜びを表現しながら草原の花を食べている。

——まるっきり子犬だな。

あまりに楽しそうな様子に呆れつつも思わず笑ってしまいそうになり、はっとしてシルヴィエルは口元を引き締めた。

——復讐を果たしてもいないくせに、笑っている場合じゃないだろ。

とはいえ、目の前には青い空と山脈、その手前に緑の草原の斜面があり、ぽつぽつと浮かんだ橙や黄色の花の群生を子犬のように喜んで食べる竜の姿がある。爽やかな山の空気が頬を撫《な》で、頭上では梢《こずえ》がさらさらと音を立て……。

いつの間にかシルヴィエルは剣を抱えたままうとうととしてしまっていた。

——寝るな。寝ちゃいけない。剣を守らなくちゃ。……それに、寝ると悪夢が……。

そう思うのに、常に警戒しながら竜と歩いてきていたせいもあって、シルヴィエルは猛烈なほどに強い眠りにじわじわと吸い込まれていく。

——でも、今なら、昼間なら……、悪夢を見ないで済むかもしれないし……。


……国王がシルヴィエルを膝に抱く。

国王は、自分たちと同じように精霊と意思疎通ができるシルヴィエルを、自分の王子や王女と同等に扱った。国王を、時折神殿に訪れて遊んでくれる優しい大人の男の人としか思っていない幼いシルヴィエルが彼の首に抱きつくのを、神官たちがはらはらして見守る。

シルヴィエルに「空飛ぶお友達が作り方を教えてくれたんだよ」と野花の冠を頭に載せられて、国王は「そうかそうか」とシルヴィエルの頭を撫でた。

「シルヴィエル、救いの子。そなたは、精霊と触れ合う力を保つために近親婚にならざるを得なかった私たち王族の……フロイア国の希望だ。健やかに育つのだぞ」

幼すぎて国王の言葉の意味は分からなかったが、微笑んで話しかけてくれることが嬉しくて、シルヴィエルは笑いながら「はい」と答えた。心が温かい。

それはまだ幸せな頃の夢。

「おーい。シルヴィエル」

呼びかけられて、はっとしてシルヴィエルは目を覚ました。

――しまった、熟睡していた。

驚いて顔を上げれば、竜の巨大な顔が目の前にあった。真っ黒の大きな瞳に見つめられてシルヴィエルの息が止まる。

幼い頃の記憶から強制的に引き戻されたシルヴィエルは、一瞬自分が置かれている状況が理解できず……、数秒してから大きく息を吐いた。

――そうだ、竜と一緒にフロイア国の都に向かっているところだった。……悪夢になる前に起こされたのか。助かった……。

草原を見ると、かなり竜に食われたのか、橙色や黄色の花がまばらになっている。

ちらりと竜を見れば、自分の顔を覗き込む竜の顔も、心なしかつやつやしているように見えた。膝の上に抱えた剣の感触を確かめてほっとしながら、「満足したのか？」とシルヴィエルが尋ねる。

「おう！」と竜は力いっぱい答えた。

想像以上の勢いに呑まれて目を瞬いてから、シルヴィエルは「そんなに腹が減ってたなら素直に言えよ。食べ物を分けたのに」とため息をついた。

「腹？　減ってないぞ。言っただろ、俺は食べなくても平気だって」

「――あんなに花を貪り食っていたのに？」

「花は別だ」と竜は黒い目を細める。

「五百七十八年、花をたらふく食うのが夢だったんだ。ああ、幸せだった。願いが叶《かな》って心から満足したぞ、俺は！」

竜は両手と翼を大きく広げて満足感を表現する。

「花……なのか？」

ここにきてようやくシルヴィエルは、竜にとって『花』が特別なのだと気づいた。

「ああ。俺は『花喰《はなく》いの竜』だからな。花には目がないんだ。それも、太陽の光をこれでもかと浴びた野に咲く花がいい。食べなくても死なないが、花は食べたい」

「――花喰いの、竜？」

聞いたことのない言葉に、シルヴィエルは首を傾げる。

「そうさ。竜にもいろいろいるんだ。肉食もいれば雑食もいて、草食もいる。肉食は体が大きくて力も強いから、食べないと体を維持できなくて死ぬ。だけど、体が小さくて身軽な草食の中には食べなくても死なないものもいる。その一つが『花喰いの竜』だ。食料はいらないけど、花には目がないんだよな」

「じゃあ、君は本当に花しか食べないのか?」

「ああ」

「獣や人を襲って食ったりもしない……?」

「絶対に食べない。食べたら腹を壊すからな」

ひょうひょうと言う竜に、シルヴィエルは顔を顰めた。

「……そんな竜がいるのか?」

「目の前にいるぞ。俺がそうだと言っているじゃないか」

シルヴィエルが怪訝《けげん》そうな顔をする。

「竜といえば乱暴者で厄介者の代表じゃないか。だから滅ぼされたって」

「まあ、竜にもいろいろいるってことよ」

竜がさらりと言う。

「穏やかな竜もいたって?」

「俺たちを知っている奴らはそう言ってたぞ」

「じゃあ、なんでそんな君たちまで滅ぼされたんだよ」

「所詮は竜だからな」と竜は首を竦めた。

「――竜だから……って」

「人から見たら、どの竜も同じなんだろ。肉食の竜は確かにあちこちで暴れて、獣や人間たちを食い荒らしてたからな。そいつらと俺たちの区別なんかつかなかったんだろ」

「……そんなの、いいとばっちりじゃないか。納得いかないだろ」

なかば唖然《あぜん》としてシルヴィエルが呟いた言葉に、竜はにかっと笑った。

「もう忘れた」

「――忘れた……って！　それじゃ、殺された君の仲間が浮かばれないじゃないか」

思わずシルヴィエルの声が大きくなる。

竜が口を閉じて、その大きな頭をシルヴィエルに近づけた。黒い目でじっと見つめてから口を開く。

「それで、お前みたいに、仲間を殺した竜殺しの勇者や、俺を串刺しにして神になった勇者に復讐しろと？　小さな花喰いの竜が神に敵《かな》うとでも？」

ぐっとシルヴィエルは言葉に詰まる。確かに神に敵うはずがない。だから神は神なのだ。

「でも……」

「死んだ仲間は、俺に敵を討てとは言わなかった」

シルヴィエルの言葉にかぶせるように囁いて、竜は振り向いて山脈を見つめた。

「竜は眠らないから夢を見ない。記憶が巡るだけだ。記憶の中の仲間は、誰も俺に復讐してくれとは言わない。逃げろとは言うけどな」

竜はシルヴィエルに顔を戻した。

「お前の夢には仲間が出てくるのか？　俺も眠れば仲間に会えるのかな。――それだったら、眠ってみたいもんだ」

「もしかして、眠らないいんじゃなくて、眠れないのか？」

「花喰いの竜は眠れない。寝ても目を閉じているだけで意識は起きている。きっと体が小さくて弱いからだろうな。眠ると肉食の竜に襲われるから、四六時中感覚を研ぎ澄ませているんだ」

シルヴィエルは息を呑む。

人から見れば、目の前の竜はじゅうぶん大きい。人にない力を持つ、恐怖に値する生き物だと思う。それなのに、竜族の中では弱かったと言うのだ。

それを恥じることもなく、当然のようにシルヴィエルに告げる竜の気持ちも分からない。今や竜はもう彼しかいないし、実際彼は人間よりはるかに強いのだから、弱いなどと言わずに「強い」と力を誇示してもいいではないか。

もやもやして黙ったシルヴィエルに、「夢に仲間は出てきたか？」と竜が笑って尋ねた。

「え？」

「今さっき眠っていただろう？」

「ああ、そのことか。――ああ、少し」

「そうか、良かったな」

そうとも言いきれないとシルヴィエルは苦々しく思う。

シルヴィエルが見る夢は、いつも必ず最後には大切な人たちが死んだときの光景で終わる。彼らが笑っている幸せな記憶で始まっても、最後には絶望で上書きされることが分かっているから、懐かしい人の笑顔も見るのが怖くなってしまった。希望のあとの絶望ほど苦しいものはない。

心が軋《きし》んで痛くなって、シルヴィエルは首を振った。逃げるように話題を変える。

「もう花を食べなくていいのか?」

「ああ。満足した。これ以上食べると、ここの花がなくなってしまうしな」

「じゃあ、先に進もう」

「分かった」と竜がその場で人の姿に変わる。

便利なものだな、と感心しながらシルヴィエルも立ち上がろうとして腰を上げて……。

突然くらりと眩暈《めまい》を感じて地面に手をついた。

——なんだ?

まだ寝ぼけているのかと思ったが、そんな軽いものではない気がした。現に、心臓が勝手にばくばくと暴れだして息苦しくなりはじめる。まるで全力で剣技の手合わせをした直後のように指先もびりびりと痺れだす。

——なんだ、これ。

初めての状態に焦り、表情を引きつらせて動きを止めたシルヴィエルに、木の根元に置いてあった荷物を取り上げて肩に掛けた竜が「どうした？」と声をかける。

「——なんでもない」

答えて腰を上げようとしたが、シルヴィエルは立ち上がれなかった。膝が崩れて地面に転がる。

「シルヴィエル？」

——なんだこれは。おかしい。

徐々に足先まで痺れて感覚がなくなってきた。運動をした後でもないのに、心臓がばくばくと痛いくらいに暴れている。息が継げなくて苦しい。

顔を歪め、背を丸めて地面に横たわったシルヴィエルを見下ろしながら、竜が特に慌てる様子もなく「あーあ」と呟いた。

「——なんだよそれ……」

こうなることを予想していたかのような竜の口調に、シルヴィエルは痙攣《けいれん》する瞼《まぶた》をこじ開けて竜を見上げた。

「ほらみろ。やっぱりこうなった」

「やっぱりって何なんだよ……」

竜はシルヴィエルの前で腰を屈めた。息が苦しくてぎゅっと目を閉じたシルヴィエルには、竜の表情は見えない。

「お前はこの剣が妖剣だって知ってたか？」

「……妖剣……？」

「妖力を持った剣のことだ。しかもこの剣はものすごく生気を食うんだよ。そもそも人間が扱える代物じゃないんだ。俺を貫いていた時には、俺の力を食って満足していたが、俺から離れた今、こいつはお前の生命力を吸い取り続けている。お前、自分の国に着く前に骨と皮になって死ぬぞ。ほら、その剣から手を離せ。俺が持ってやるから」

なんだそれ、と思いながら、「――嫌だ」とシルヴィエルは剣を両手で抱きかかえる。

「……分かった、それが目的だったんだな。僕が倒れたら剣を横取りするつもりで……、だから大人しくついてきてたんだな」

耳鳴りまでしてきた。

キーンと高く響く音の中で、竜が「おいおい、俺はそんな小物じゃないぞ」と呆れたように言うのが聞こえた。

「奪うつもりだったら、剣が抜けたその場で奪ってるし、今までだっていつでも奪えた。違うか？　だからいいから寄越せって。本気で死ぬぞ」

シルヴィエルは首を振った。

「……絶対に渡さない。……僕はこの剣で敵を……」

――だめだ。声が出ない。

今にも意識が途切れそうになったその時だった。

「あーもう仕方ないなぁ。力を分けてやるよ」

言葉と同時に両腕の付け根を握られて、ぐいと上半身を引き上げられるのを感じた。

えっ、と思った次の瞬間、額にこつんと何かが当たる。

驚いて目をあけたら、焦点も合わないいくらい近くに竜の整った顔があった。竜が自分の額をシルヴィエルの額に触れさせていたのだ。

――……っ。

焦って離れようとするが、そもそも全身の力が入らないために、身じろぐ程度にしか足掻《あが》けない。

「大人しくしろって」

信じられないほど近くで竜の声が聞こえた。そんなことはここ数年一度もなかったことで、シルヴィエルが硬直する。

「ほーら、いい子だ。動くな」

子供をあやす声そのままで囁かれて、なんだそれはと思う。

だが、全身を覆っていた痺れや痛みが溶けるように消えていくのに気づいてシルヴィエルは今度こそ息を呑んだ。

——なに……？

しばらくして「ま、このくらいで足りるだろ」と竜が腕を解《ほど》いた時には、だるさまでも消えうせていた。シルヴィエルは呆然《ぼうぜん》とする。

「今のは……」

「竜の力を分けたんだよ」と竜が笑う。

「力を？」

「おう。ほんの少しだけだがな。竜の力はあの剣の妖力にも負けないくらいにふんだんにある。だからこそ、五百七十八年間力を吸い取られ続けていても俺はこうして生きているんだ」

なんという力だろう、とシルヴィエルは啞然とする。

——僕は、三日間剣に触れていただけでこんな状態になったのに。

「ほら、立ってみろ。力は戻ったか？」

言われて腰を上げ、シルヴィエルは本当に疲労感が消え去っていることに驚く。それどころか、転寝《うたたね》から目を覚ました時以上に元気な気がした。今だったら勢いで走り出すこともできそうだ。

「——あ、ああ。もう平気だ」

動揺しながら答えたシルヴィエルの顔を、竜がにっこりと笑って覗き込む。

「……なんだ」

「こういう時に言う言葉は？」

シルヴィエルは目を瞬いてから、はっとして口を開く。

「あ、……ありがとう。感謝する」

「よくできました。どういたしまして」と竜がにっと笑う。

幼い子に接するような口調に、わずかにシルヴィエルはむっとする。

「助けてもらったことには感謝するけど、――子ども扱いはするな。そういえばさっきも、『いい子だ』とか言わなかったか？」

「言ったぞ。実際俺は、お前のじいさんのじいさんのそのまたじいさんの何人も前のじいさんくらいのお年寄りだからな。甘えとけ」

言われてシルヴィエルは目を瞬く。五百七十八年という年月の意味をようやく実感した。それすらも剣を刺されてからというだけで、その前に何年生きていたかも分からないのだ。

「ぎゅっとしてもらいたいなら遠慮なく言え」と竜が揶揄うように笑う。

「ぎゅ……？」

「本当は抱きしめたほうがさっさと力を分けられるんだよ。だけどお前、そんなことしたら絶対に嫌がるだろ？　だから額にしたんだよ」

さらっと言われて、シルヴィエルは息を呑む。

この竜は、好き勝手しているようで、いろいろと気を使っているのだ。実際、強引ではあるがまめにシルヴィエルの許可を取るし、本当に嫌なことはしない。

「――か、感謝する」

戸惑いながら呟いた言葉に、竜が吹き出すように笑った。げらげらと笑われて、シルヴィエルがじわじわと赤くなる。

「そんなに笑うならもう礼なんか言わない」

「悪かった、悪かった。いやあ、あまりにもしぶしぶ言っているのが分かったから、面白くて」

ぽんと背中を叩かれて、それがさっきの力の受け渡しを除くと、初めての竜との接触だと気づく。竜は勝手にシルヴィエルに触れることもしなかったのだ。

シルヴィエルは、先を進む竜の背中を見つめた。草原の花を眺めながら、見るからに楽しそうに歩いている。

――『花喰いの竜』……か。そんな竜がいたんだ。

どんな竜だったのだろうと思う。もしかして、本当に良い竜だったのだろうか。

ふっとそう思いかけて、シルヴィエルは小さく首を振った。

――良い竜でも悪い竜でも関係ない。他人に気を許すな。下手に信じて、ようやく手に入れた『英雄の剣』を奪われたら、今までの苦労が無になる。

シルヴィエルは、剣に繋《つな》いだ紐をぐっと握りしめる。

――この剣が最後のよりどころなんだ。敵討ちを果たすまで、絶対に剣を奪われるな。

4　山の子供

竜はいつでも楽しそうに歩く。

最初こそシルヴィエルが先を歩き、その斜め後ろを竜が歩いていたが、七日ほど経《た》った今、シルヴィエルはいつでも竜の背中を見ながら歩いている。

一本道だから迷う心配はないが、時々歩調が速すぎて疲れる。なにせ、シルヴィエルと長身の竜では足の長さが違いすぎるのだ。

だが竜は、シルヴィエルが疲れ始めるのに気付くと、何も言わずに自分も歩調を緩め、シルヴィエルと並んで歩きだす。

――見ていないようで見ているんだよな。

実際、竜は気が利く。さりげなくシルヴィエルに手を貸すことも少なくない。仮に竜が人間だったとしたら、かなり女子供や老人に好かれただろうと思う。

それになによりも、竜はいつでも明るいのだ。歩く竜の横顔は、最初の頃と変わらず鼻歌でも口ずさみそうに楽しげだ。

見られていることに気付いて、竜が「なんだ?」と振り向く。

「——いや、いつも楽しそうだなと思って」

「楽しいからな」と竜が笑う。それはいつも同じ答えだ。

「こんな不愛想な僕といてなにが楽しいんだか。本当に、剣を取り戻すのが目的じゃないのか？」

歩きながらシルヴィエルが尋ねる。

「違うって何度も言ってるだろ。シルヴィエルはけっこうしつこいよな」

呆《あき》れたように言われて、シルヴィエルはわずかにむくれる。

そんなシルヴィエルに、竜はくくっと笑った。

「ほら、ふてくされた。シルヴィエルは無表情なようでいて、けっこう表情があるんだよ。分かりはじめると楽しいぞ」

「もっと簡単に表情が分かる明るい奴《やつ》と旅すればいいのに」

「俺はお前の顔よりも、お前の敵討ちに興味があるからいいんだよ。楽しいぞ」

「他人の敵討ちで楽しむな」

「だから、楽しむだけじゃなくて手伝ってやるって言ってるじゃないか」

「余計なお世話だ。これは僕が果たさなくちゃ意味がない」

「誰かの手を借りるというのも、立派な作戦だと思うけどな。どうだ、俺は強いぞ？」

シルヴィエルはその言葉を無視して歩き出す。

「ところで、そろそろ剣に生命力を吸い取られて疲れてきたころじゃないか？　昨日より歩く速度が遅いのもそれだろ？」

ぎくりとしたシルヴィエルににっと笑い、「ほらどーんと飛び込んで来い」と竜が両手を広げた。

「――遠慮する」

ぷいと顔をそむけ、シルヴィエルが歩き出す。

自分はもう子供ではない。いい年して抱きしめられるなんてできるはずがない。あれ以来、竜はしょっちゅうこうやってシルヴィエルを誘うが、シルヴィエルがそれに応えたことは一度もなかった。

「おー、相変わらずそう言うか。でも、このままどんどん速度が遅くなったら、目的地に着くのがずるずると遅くなるんじゃないか？」

ぐっと息が詰まる。

それはシルヴィエルも気にしていたのだ。歩く速度が落ちるだけならともかく、この間のように倒れたりしたら……。

「ほら、来いよ」

竜は相変わらず満面で笑いながら腕を広げてシルヴィエルを誘う。

シルヴィエルは立ち止まり、悔しそうに竜を見上げた。そして、右手で自分の前髪を上げて額をあらわにする。

　一瞬の間を挟んで、竜が吹き出した。

「ぎゅっは嫌でも、額ならいいってか。分かった分かった」

　おかしそうに笑いながら、竜も自分の額を出して腰を屈める。

　ひたっと額と額が触れた。

　――あ。

　シルヴィエルは思わず目を閉じた。

　疲労感が溶けて流れるように消えていく。あるいは、風が雲を吹き飛ばすようにと言ってもいいかもしれない。その効果は覿面《てきめん》だった。

　――体が軽い。

　熱っぽかった首筋も、固くなっていた肩も重しを取り除いたように軽やかになる。

「どうだ」と竜が額を離した時には、まるで別人のように動きが楽になっていて、半ば呆然《ぼうぜん》としながらシルヴィエルは「あ、ありがとう」と呟《つぶや》いていた。

「よくできました。どういたしまして」と竜が笑う。

　その時だった。街道沿いの茂みでがさっと音がした。

　はっとして振り向けば、茂みの向こうから七歳ほどの少年が顔を出している。少年は、黒い瞳を驚きで真ん丸にしながら、シルヴィエルと竜を見つめ、「男と男でちゅっしてた！」といきなり叫んだ。

「は？」と呟いてから青くなり、「そんなことしてない」とシルヴィエルが大声で否定する。

とんでもない誤解だ。

だが少年は「見たもん！　おれ、見たんだから！」と言いながら茂みから出てきた。

「してない！　君が見ていた角度からそう見えただけで、絶対にしていない」と譲らないシルヴィエルを、竜が驚いた顔で見ている。

「してた！」と負けじと言い張った後、少年は「神殿に言われたくなかったら、お金頂戴。そうしたら黙っててあげる」とシルヴィエルと竜に手のひらを差し出した。

——そういうことか。

シルヴィエルは理解した。ため息をついてこめかみを押さえる。

この子はこの街道を通る旅人にいちゃもんをつけて、こうして小金を稼いでいるのだ。きっと常連だ。まだ幼いのに、そんなことを子供にさせている親が悪い、と見たこともない親を軽蔑する。

その一方で「なんだそれ」と訳が分からずに呟いた竜に、シルヴィエルが説明する。

「この国の宗教は、同性の性行為を禁止してるんだよ。神殿が力を持っていて、それに近い行動を目撃されただけでも投獄されて、もう二度としないと誓うまで責め立てられる」

話し終えたシルヴィエルに少年がにかっと笑う。

「神殿に言われたくないよね。だったらお金頂戴」

シルヴィエルはため息をついた。

こんなところで時間を取られている暇はない。それに、もし神殿に連れていかれて、せっかく手に入れた『英雄の剣』を没収されたりしたら元も子もない。

「……分かった」

苦虫をかみつぶすように呟いて、シルヴィエルが自分の懐に手を入れる。小銭入れを取り出して銀貨を出そうとして……、シルヴィエルは少年の瞳に目を留めた。

期待に満ちた目で自分を見上げている少年の白目の部分にうっすらと蜘蛛《くも》の糸のような細い黒い筋が入っているような気がしたのだ。

どきんと心臓が音を立てる。

――瞳の黒も濃い。まさか……。

突然激しく暴れ出した心臓の音を隠しながら、シルヴィエルは少年の手に一枚の銀貨を載せた。

「まいど！」と叫んで、踵《きびす》を返して走り出そうとした少年の腕を、シルヴィエルがぱっと摑《つか》む。

「――なに？」と少年が焦った顔で振り返った。

「君の家は近い？」

「なんで……？」

「良かったら、食料を分けてくれないかな。金ならある」とシルヴィエルは小銭入れの中をちらりと見せる。重なり合った金貨と銀貨の輝きに、少年は一瞬目を輝かせ、それでも躊躇《ためら》ったように口を引き結んだ。

「大丈夫、君が街道で旅人にいちゃもんを付けてこうやって金を巻き上げていることは言わないでおいてあげるよ」

ぱっと少年の顔が明るくなった。

「だったらいいよ。ついてきて」と少年が森の中を指さした。

少年から少し離れて森の中を歩きながら、竜が「何を考えてる?」と小声でシルヴィエルに尋ねる。

「あの子の目が、……気になる色をしていたんだ」

「――目?」

「思い過ごしならいいんだけど……」

厳しい顔をして黙ったシルヴィエルに、竜はわずかに不思議そうな顔をしてから黙った。こうして状況を察してくれるのはありがたいとシルヴィエルは思う。

これ以上尋ねられても、シルヴィエルも詳しく説明しきることはできなかったから。

ただ、あの『霧』は質《たち》が悪いことに、シルヴィエルを追いかけるついでに、そばに居る人間を気まぐれに襲って殺すのだ。それもシルヴィエルが一人で行動している理由でもあった。

ここはフロイア国に向かう街道沿いだ。

――もしあれが、僕を待ち構えていた『霧』で、そのせいであの子の家族が被害に遭っていたとしたら、とても見て見ぬふりはできない。

杞憂《きゆう》ならそれでいい。そうでなかったら、せめて無事な人だけでも逃がさないと、とシルヴィエルは思ったのだ。

少年の家は、林の奥の一軒家だった。

木造りの家の前で父らしき大人が斧《おの》で丸太を割って薪《まき》を作っていた。家の横の小屋には馬と鶏がいる。家の中にいるのは母だろうか、窓から人影が見えた。

「父さん、ただいま！」と少年が駆け出していく。

家の屋根の上に、薄い黒雲のようなものが浮かんでいるのを見て、シルヴィエルは息を呑《の》んだ。それは、雨雲のような鼠色《ねずみいろ》ではなく、墨を流したように黒かった。

「――……やっぱり」

足を止めて呟いたシルヴィエルに竜が振り向く。

「やっぱり、とは？」

「あそこに、――僕の国を滅ぼしたものと同じものがいる。……黒い霧だ」

「黒い霧？　あれが見えるのか？」と竜がわずかに驚いた様子で言う。

「君こそ見えるのか？」とシルヴィエルが目を丸くする。

「もちろん。あれは人よりも俺たちに近いからな。だが、人にも見える者がいるとは知らなかった」

「見えるんだ、……僕には」

詰まった声で呟いたシルヴィエルに、竜が「そうか、『黒影』が見えるのか」と呟く。

その言葉に、シルヴィエルの体が一瞬で熱くなった。

「あれは『黒影』と言うのか？　もしかして詳しいのか？」

「それなりにな」と言われてどくんと心臓が跳ねる。

それは、七年前に祖国を滅ぼされてから、どれだけ一人で敵の正体を調べても欠片《かけら》も分からなかったシルヴィエルが、初めて手にした敵に関する手がかりだった。

「『黒影』は生き物の生気を食べる森の生きものだ。森の中に棲《す》んでいる。だが、――あれは昆虫や、大きくても森の小さな獣の生気を食うくらいの臆病ともいえるほどの大人しいもので、大きな獣や人に手を出すことはなかったはずだが……」

怪訝《けげん》そうな声だった。

「母さん、お客様だよ！　食べ物売ってくれって！」

少年が戸を開けて中に向かって叫ぶのと同時に、父が顔を上げてシルヴィエルと竜に気付いて動きを止めた。

「こんにちは。突然すみません」

シルヴィエルが敷地内に入る。竜は柵の外だ。

家の前で斧を握った男性は、シルヴィエルが挨拶しても返事一つしないで二人を見ていた。それどころか表情もなく、瞬きもしない。

目の様子がはっきりと見える位置まで歩み寄って、シルヴィエルは息を吞んだ。

彼の瞳は洞穴のような黒い深淵《しんえん》だった。さらに白目には黒い網が広がり灰色に濁っている。

――だめだ、もう手遅れだ。フロイアのみんなと同じだ。

シルヴィエルが息を詰め、表情を厳しくする。彼の手元の斧に用心して、さりげなく腰の普段使いの剣に手を近づけたその時、何も言わない父を不思議に思ったのか、少年が父親に駆け寄った。

「父さん、どうしたの？」

次の瞬間、シルヴィエルと少年の目の前で、父親の目と口から黒い霧が勢いよく吹き出た。

――……っ！

シルヴィエルが飛《と》び退《すさ》る。父親は、風船の空気が抜けるように萎《しぼ》み、服を纏《まと》った皮だけになって地面にぺちゃりと落ちた。

「――え……っ？」と少年が呆気《あっけ》に取られ、次いで「父さん！」と悲鳴を上げる。

一方の黒い霧は、迷うことなくまっすぐにシルヴィエルに向かってきた。

――いけない。逃げろ……！

シルヴィエルが息を呑む。逃げなくちゃいけないと頭では理解しているが、目の前の少年を見捨てて自分だけ逃げるわけにもいかず、迷った体が硬直する。

その時だった。

竜が一瞬で銀緑色の本来の竜の姿になってシルヴィエルに駆け寄り、その翼で風を起こして霧を押し戻した。

それと前後して扉を開いて姿を見せた母親も、父親のように目と口から霧を吹いて布切れのように地面に落ちる。

「母さん……っ！」

少年が叫んだ。信じられないという絶叫だった。

「嫌だ、父さん！　母さん！」

――だめだ、この子も霧に取りつかれる……！

シルヴィエルは、叫び続ける少年に咄嗟《とっさ》に駆け寄り、彼に覆いかぶさった。

「嫌だ、お兄さん、離して……！　父さんと母さんが……っ」

シルヴィエルが暴れる少年を引き留める後ろで、竜が強い風を起こして霧がシルヴィエルたちに辿《たど》り着くのを阻んでいる。

「竜！　あいつを退治するにはどうすればいい？」とシルヴィエルは大声で尋ねた。

「光だ」と竜が答える。

「あれは影だから光に弱い。雷があれば一発だが、なければその『英雄の剣』だ。その剣の妖力は黒影より強い。それなら黒影を斬れる。細切れにすれば消滅する！」

「分かった！」

シルヴィエルは少年から離れ、背中の大きな剣を頭上に掲げて黒い霧に向かって走った。

「——消えろ……！」

大きく振りかぶり、霧を真っ二つにするように上から斬り下ろす。左右に分断された霧を、間髪入れずに真横に薙《な》ぎ、そのまま縦横無尽に剣をふるって霧を刻み続ける。

光が透けるほど斬り分けられた黒い霧は、影を保てずに溶けるように消えていった。

「シルヴィエル、もういい。全部消えた」と人の姿に戻った竜に止められた時には、そこには黒い霧はいなくなっていた。

はあっ、はあっ、とシルヴィエルは全身で息をつく。

——……本当に、斬れた……。

シルヴィエルは、両手で握りしめた大きな剣を見つめた。

初めて黒い霧に勝ったのだ。感動すると同時に、無我夢中で剣をふるっていた自分にぞっとする。まるで剣に取り込まれたような感覚だった。妖剣と言った竜の言葉を思い出す。

振り返れば、抜け殻のようになった両親の軀《むくろ》に這《は》いよって、少年が呆然としていた。

「父さん、母さん……。ねえ、……なんで?」

あまりのことに泣くこともできずに真っ青になって震えている少年に、シルヴィエルは歩み寄る。

「君のご両親は、あの黒い霧に全身を食い尽くされていたんだ」

少年が首を振る。

「嘘《うそ》だ。……だっておれ、ついさっき、家を出るときに父さんと母さんと話した。父さんは、いつ薪割りを手伝ってくれるんだって怒って、母さんは気をつけるのよ、って……」

シルヴィエルは唇を噛《か》む。

それがあの霧の厄介なところなのだ。食いつくしているのに、その人の意識は正常に保つ。だから、まだ無事なのか、すでに手遅れなのかが分からない。

「君は兄弟はいるの?」

「——いない」

「じゃあ、この家で一人で暮らすのは難しいよね。……僕たちと行こう」

少年がシルヴィエルを見上げる。

衝撃に引きつっていた瞳があっという間に涙で潤み、わあっと声を上げて少年は泣き出した。

少年の両親の亡骸《なきがら》は、生きていた時のように寝台に横たえて掛布で覆った。

着替えと大事な思い出の品だけを荷物にいれて、少年が家を離れる。家を出る前に、少年は馬と鶏にありったけの餌を与え、小屋の戸を開けっ放しにして「元気でな」と彼らを解放した。

「行こう」

「……うん」

シルヴィエルが少年と手を繋《つな》ぐ。

少年は俯《うつむ》いて、とぼとぼと歩いた。時折ずずっと啜《すす》り上げる音が聞こえる。それに、ひっくとしゃくりあげる声が混じる。

——当然だ。目の前で突然親が死んでしまったんだから。しかも、あんな衝撃的な姿で……。

その気持ちをシルヴィエルも知っている。自分が故郷を失った時の記憶が勝手によみがえり、息が詰まりそうになる。

——だめだ。呑み込まれるな。動けなくなる。

強引に記憶を振り払って、シルヴィエルはふと、自分が彼の名前も知らないことに気付いた。

男の子だから泣かれている姿を見られるのは嫌だろうと、前を向いたまま尋ねる。

「ねえ、君の名前を教えてくれる?　僕はシルヴィエル、隣の大きな彼は……竜と呼んでいる」

だが少年の返事はない。

泣いていて返事がしにくいのかと思ったが、耳を澄ましてみても、もう泣き声は聞こえない。

そして、シルヴィエルの手を握っていた小さな手から力が抜けている。

――？

怪訝に思って少年に振り返り、シルヴィエルは息を呑んだ。

少年の目が空洞になっていた。薄く開いた口から黒い霧が零《こぼ》れている。

「――ひ、……っ」

シルヴィエルが思わず悲鳴を上げそうになるのと同時に、少年の目と口から黒い霧が勢いよく吹き出てシルヴィエルに襲い掛かった。握っていた小さな手が萎んで形を失い、シルヴィエルの手からずるりと抜け落ちる。

黒い霧は迷いなくシルヴィエルの顔に向かってきた。

あまりに突然のことに避けることができなかったシルヴィエルの頭を黒い霧が覆う。

「シルヴィエル！」

物音に気づいた竜が振り返った時には、シルヴィエルは黒い霧を吸い込んで昏倒《こんとう》していた。

5　フロイア国

――温かい。

ぼんやりと目を開けたシルヴィエルが最初に見たのは、ぱちぱちと音を立てて燃えている焚《たき》火《び》だった。

取り囲む森はすでに暗い。炎の光が届く場所だけがぼんやりと橙色《だいだいいろ》に揺れている。

「目を覚ましたか」

頭の上から声を掛けられて、シルヴィエルは自分が人の姿の竜に背後から抱かれて座っていることに気付いた。太い腕がシルヴィエルの体の前に回ってずり落ちないように支えている。

――ああ、そうか。黒い霧を吸い込んで……。

「『英雄の剣』は……？」

思った以上に弱々しい自分の声に驚く。

「そこだ。焚火の前に置いてある」

言われてみれば、『英雄の剣』はちゃんと目に見えるところに横たわっていた。手を伸ばしたシルヴィエルを、竜がぐいと引き寄せる。

「やめとけ。お前、黒影を体内に取り込んじまったんだから。ただでさえ弱っているところに、剣に生命力を吸い取られたりしたら本気で死ぬぞ。ほら、ちゃんと見えるところに置いてあるから信用しろ」

シルヴィエルは大人しく手を引っ込める。

「――あの子は……？」

「家に戻して、両親の間に寝かせてきた。ついでに家を燃やしてきたが良かったか？　『黒影』は明るいところを嫌うから、そうすれば仮にあの家のどこかに『黒影』が残っていたとしても消し去れる」

「――ああ。ありがとう」

シルヴィエルはため息をついて目を閉じた。

そうか、そうすればよかったのかとシルヴィエルは思う。あの時、都に火をつけて燃やし尽くしていたら、もしかしてあの霧は消えたのだろうか。

――でも、そうだと知っていても、……きっと僕にはできなかった。

襲われた時、シルヴィエルは十二歳だった。そんな少年に故郷を焼くという決断は重すぎる。

体を起こそうとしたシルヴィエルを、竜がぐいと引き寄せて妨げた。

「だから、大人しくここにいろって」

「……でも、重いし」

それに、抱かれていることに抵抗があった。恥ずかしい。

「まだ体の中に『黒影』がいるんだよ。夜が明けて太陽を目いっぱい浴びるまでは、こうして俺の力を吸って、焚火の明かりに当たっていろ」

「――分かった。ありがとう」

シルヴィエルは竜の腕の中で力を抜く。実際、あの少年の死を目の当たりにしてしまって、ぐったりと気持ちが沈み込んでいた。このまま気を張って夜を過ごすのも辛《つら》いし、かといって夜闇《やあん》の中で眠れば悪夢を見ることは間違いない。

「素直だな」と竜が小さく笑う。

「助けてもらったから……礼ぐらいは……」

目の前の焚火は明るく温かく、背中に触れている竜の胸は大きく逞《たくま》しい。こうやって誰かの腕に身を委ねるなんてどれくらいぶりだろうとシルヴィエルは考える。

――十年以上前かな……。

神殿に預けられた当初は、師である神官に甘えて膝に上って自分から抱きしめられに行ったりしていたが、年齢が上がってそんなことはできなくなった。

――僕が最後に抱きしめたのは……。

そう考えた途端、思い出すのも辛い記憶に呑み込まれそうになってシルヴィエルは息を詰めた。ぎゅっと胸が痛くなる。

「シルヴィエルは『黒影』が見られるんだな」

おもむろにかけられた竜の言葉が現実に引き戻してくれて、シルヴィエルははあっと息を吐いた。

「――見える。……精霊も」

「だから食べる前に祈りを捧げているのか？」

「いや、あれは神殿にいた時の癖だ。毎日やっていたから、やらないと落ち着かないんだ。……とはいえ、僕は神官じゃなくて見習いだけど」

「神官じゃないのか？」

「神官になる前に神官様が全員死んでしまったから、僕は全てを教えていただくことはできなかったんだ。――あの『黒影』にみんな殺された。誰も信じてくれないけど、フロイア国は『黒影』に襲われて滅びたんだ」

「なんで誰も信じないんだ？」

「……僕以外、『黒影』を見られる人がいないから」

シルヴィエルはぽつりと呟いた。

「僕は、物心ついた頃から精霊が見られたんだ。王族以外でそんな子が生まれるのは稀《まれ》で、だから僕は幼い頃から神殿に預けられて、神官見習いとして育てられた」

なんでこんなことを竜に話しているんだろうと思う。

——ああ、そうか。きっと、フロイア国が滅びて一人きりになった後、ようやく出会ったあの霧を見られる相手だからだ。

「あいつは、旅人の体の中に潜んでフロイア国にやってきた。……彼らの白目に蜘蛛の糸みたいな筋があって、瞳が深淵みたいに真っ黒で僕は気味が悪いと思ったんだけど、そんな悪口を誰かに言えるわけもなくて僕は黙っていた。だけど、だんだんその症状が、その旅人を泊めた宿屋の人や町中の人たちにまで広がっていくことに気付いて……」

シルヴィエルは喉が詰まったようになって口を閉じた。胸がきりきりと痛む。

青い瞳の友人の目が洞穴のような黒い瞳になったことに気付いた時の、ぞっとした寒気はまだ覚えている。

『目、どうしたの？　大丈夫？』とシルヴィエルに尋ねられた友人は『なんのこと？』と答えた。鏡を見せて示したのに、『黒？　いつも通りに青じゃん』と言われ、シルヴィエルはようやく、目の色の変化が自分以外の誰も見えていないことを知ったのだ。

突然黙ったシルヴィエルに竜が「シルヴィエル？」と尋ねる。

「——僕は焦って王様にそれを告げた。町の人たちに変な病気が広がっているという僕の言葉を王様は真面目に聞いて、一緒に城下に出てくださった。でも、その時にはすでにかなりの数の人が感染していて、驚いた王様は、とりあえず、まだ感染していない人を隔離したうえでその原因を突き止めようとしたのだけど……」

シルヴィルははあっと息をついて声の震えを鎮める。

「……もう遅かったんだ。王族の方が総動員で民を見分けて感染者を隔離しはじめたその時、あいつらが攻撃に転じた。さっきの子みたいに、目と口から吹き出た黒い霧が、まだ感染していない人に次々と襲い掛かって、……顔を黒い霧に覆われた人々は萎んで死んでいった」

シルヴィエルはぐっと手を握りしめた。

「最悪なのは、王族の方と僕以外は、神官様でさえ誰もその黒い霧が見えないことだった。『霧に触れるな』『霧から逃げろ』と叫んでも、見えないから逃られない。戸惑っているうちに襲われる。あるいは、自分から霧の中に突っ込んでいってしまう。……あっというまにフロイア国の人々は倒れて動くものはなくなり、最後に王城に逃げた王様たちも霧に襲われて……フロイア国は滅びたんだ。たった一日の、昼過ぎから夕方までの出来事だった」

シルヴィエルは小さく咳《せ》き込む。

「今、フロイア国だった場所は黒い霧に覆われている。だけど、そう見えるのは僕だけで、他の人には青空の下の白い美しい遺跡に見えている」

「そうか」と竜が呟いた。

「『英雄の剣』に突き刺されて見世物になっていた時に、噂《うわさ》で聞いたことがある。精霊に守られていた国が一晩で滅びたと。あれはシルヴィエルの国のことだったんだな」

「――そうだよ。精霊にまつわる国はフロイア国だけだ」

聖なる力が湧き出る地に、精霊に導かれて辿り着いた人々が集ってできた小さな国。

——精霊の力を借りながら、みんなで幸せに暮らしていたのに。

「なんで『黒影』に襲われたんだ？」

「——はっきりとは分からないけど、精霊がいたからじゃないかと思う。あの日、あいつらは嬉々《きき》として精霊を食べていたから。『精霊の泉』にも群がっていたし」

「『精霊の泉』？」

「精霊が立ち寄る場所だよ。その泉に訪れる精霊たちの助けを借りて、フロイア国は成り立っていたんだ」

「生き延びたのは、シルヴィエルだけなのか？」

「ああ。——僕だけだ」

はっきりと言ったシルヴィエルに、竜がわずかに不思議そうな顔をする。

「そうとも言いきれないいんじゃないか？　ほかにもシルヴィエルみたいに逃げた人がいるかもしれないじゃないか」

「いない。病気が都中に広まっていると知った王様が、国の外にそれを出さないようにすべての門を閉じたから」

「じゃあなんでシルヴィエルは逃げられたんだ？」

シルヴィエルはぎゅっと目を閉じた。

「王様が、……僕と数人の神官様に末の王子様を預けて逃がしたんだ。だけど、神官様も王子様も、追いかけてきた黒い霧に襲われて亡くなった。だから、……生き延びたのは僕一人だ」

ぎりぎりと胸が痛い。悲しさと悔しさと、自分への情けなさで頭の中が沸騰しそうになる。

ただ一人だけ黒い霧が見える存在だったシルヴィエルは、神官たちに懸命に指示したのだ。そっちに行っちゃいけない、そこはだめだ、逃げて、と。神官たちはシルヴィエルの言葉を真剣に聞いて、黒い霧を避けながらフロイア国を離れていった。

だがやがて、黒い霧は人の体の中に潜んで神官たちに近づきはじめた。シルヴィエルなら見分けられる洞穴のような黒い瞳も、彼らには普通の青や緑の瞳にしか見えない。気づかずに近づいた神官たちは乗っ取られ、白目に蜘蛛の巣を張り巡らされてシルヴィエルと王子のところに戻ってきた。

シルヴィエルは、襲い掛かる彼らから王子を抱いて逃げ……。

「だから、あの『黒影』をやっつけて敵討ちをしたいのか」

竜の言葉にはっとして、シルヴィエルは目を開けた。

目の前には赤々と燃える焚火。その手前には銀色に光る大きな剣。

「町の占い師に言われたんだ。『五年後、願いを叶《かな》える武器を手に入れる機会が訪れる』と。今年がその五年目だ。僕は占い通り、世の中のすべてのものを斬ることができる『英雄の剣』を手に入れた。凶暴な竜さえも数百年串刺しにしている伝説の剣。――この剣があいつらを斬れることは、さっき証明された。今までは逃げることしかできなかったけど、……これでやっと僕はみんなの敵を討てる」

くくっと竜が笑った。

「分かった。やっぱり手伝ってやるよ」

「――なんで？」

シルヴィエルは思わず振り向いた。

「なんでって、俺はあいつらのことを、少なくとも人間よりよく知ってる。それに、俺がいないとお前は故郷にすら辿り着けないぞ。せっかく手に入れた剣に生命力を吸い取られて行き倒れだ。違うか？」

笑いながら言う竜に、シルヴィエルは「なんで手伝ってくれるんだよ」と繰り返す。

「暇だから、と前にも言ったが？」

「――暇だからなんて……」

「あえて付け足すとすると、俺は人間が好きだからかな」

「好き……？」

シルヴィエルは驚いて問い返す。竜が人間を好くなんて聞いたことがない。

「シルヴィエルが昔のことを話してくれたから、俺も少し話すかな。長い夜の暇つぶしにでも聞いてみるか？」

シルヴィエルは頷《うなず》いた。

「花喰《はなく》いの竜は、竜の中では小柄で大人しくて、花しか食べないから人間は襲わない。だから俺たちは、他の大型の竜と違ってけっこう人間と仲良くやっていたんだ」

竜はシルヴィエルを腕の中に抱いたまま、ゆっくりと話し始めた。

「だがあるとき、人間の間で竜殺しが流行《はや》り始めた。竜をどれだけ殺したかで勇者の格が上がるんだ。たいていの竜は人間にとって敵だったから、人々は勇者を歓迎した。あそこに竜がいた、あそこに竜の巣がある、と勇者に竜の居所を伝えて竜を退治してもらうことが大流行した」

その話は知っている。勇者は殺した竜の爪を勲章として持ち歩いた。今でも竜の爪の置物や、竜の爪の鋭さを生かした武具は高値で取引きされている。

「花喰いの竜の巣も例外じゃなかった。近くの村の者なら俺たちが人間を襲わないことは知っている。だけど、遠くから来た竜殺しの勇者たちには、竜は竜でしかなかった。いつしか花喰いの竜も狙われるようになり、とうとう俺が棲んでいた花喰いの竜の巣も襲われた」

シルヴィエルは息を呑んだ。

「そのとき俺は、その竜の一族の中で最後に生まれた子竜だった。だから勇者が甘く見たのかどうかは知らないが、俺だけはとどめを刺されなかった。小さな爪は自慢にもならないと思ったんだろうな、手や指を落とされてもいなかった」

竜が自分の両手を開いて見せる。確かにその指は十本揃《そろ》っていた。

「瀕死《ひんし》の俺は、普段から仲良くしていた近くの村の村人たちに助けられた。そして、その数日後に、勇者たちによって竜の絶滅宣言が出された。この世のすべての竜は勇者が退治したとな」

――だから、最後の竜なのか……。

「殺したはずの竜が生き延びていると知られたら、今度こそ殺される。だから俺は、村人たちにかくまわれて育った。それで俺は人間が嫌いじゃないのさ」

「――人間を、恨まなかったのか？　仲間をすべて殺した生き物を」

「恨んだというより、最初はただひたすら、ものすごく怖かったな」

シルヴィエルの胸がぎゅっと苦しくなる。そうであって当然だと思う。

「……だが、村人たちが温かかったんだよ」

「温かかった？」

「ああ。体の傷が癒えた時には俺はすでに、仲間を殺した人間と助けた人間を一緒くたにして恨むとか信じるとか考えることができなくなってた。あとは、村の長老の言葉だな。『竜殺しの勇者は何百人もいる。全員を殺すのか？　そうしたら、決して人を殺さなかった穏やかな花喰いの竜は、他の竜と同じ人殺しの竜になってしまう。それでもいいのか？　おまえの仲間はそれを望むか？』と」

シルヴィエルは竜の言葉に耳を傾ける。

「花喰いの竜は、他の竜と交わらない竜だった。体が小さいから、他の大きな肉食竜に蔑まれ虐《いじ》められていたからだ。だから、俺たち花喰いの竜は小さな幸せを大事にする。合言葉は『幸せを見つけたら何よりも大切にすること』だった。恨みや怒りで目の前の幸せを見逃すな。それよりも、その幸せを守れ、常に穏やかであれ、と」

シルヴィエルの息が苦しくなる。

その考え方は、フロイア国が滅ぼされて以降、復讐《ふくしゅう》にすべてを費やしてきたシルヴィエルとは真逆だった。

シルヴィエルは言葉を絞り出す。

「――その村はどこにあるんだ？　自由の身になったのなら、会いに行けばいいじゃないか」

「誰に？」と竜は小さく笑った。

「忘れたか？　俺が串刺しにされてから五百七十八年が経っているんだぞ。会いたい人間はもう誰も生きていない」

「――あ……」

忘れていた。まるでついこのあいだの出来事のように竜の話を聞いていた。

「……それで、守られていた君はどうして『英雄の剣』で刺されることになったんだよ」

「どこから漏れたのか、十年以上経ってから、最後の竜がその村にいるって噂が流れたのさ。俺のことを仕留めようと竜殺しの勇者が先を争ってその村に向かった」

シルヴィエルは息を呑んだ。

「それで、……村人が君を差し出したのか？」

くっと竜が笑う。

「逆だ。村人は俺を隠そうとした。だけどこの大きな体だ。そんなことできっこないだろう？でも、竜がいなければ証拠はなくなる。だから俺は村人を振り払って村から逃げたのさ」

「逃げた？」

「ああ。それで、村からはるか遠く離れた砂漠の真ん中で、思い切り暴れてやった。『俺以外の竜をすべて殺した人間どもに復讐してやる。最後の竜を甘く見るな』とわざと叫びながらな。……それでまあ、いろいろあって、妖剣を携えた勇者が俺を串刺しにして、その功績で神の一族になったわけだ」

「なんだよそれ」とシルヴィエルは呟いた。

「それじゃ、君は全部とばっちりじゃないか。悪さもしていないのに仲間を殺され、村にもいられなくなり、最後には串刺しにされて五百年以上見世物にされて……」

「かもなあ」と竜はのんびりという。

「だけど俺は、最後の花喰いの竜だからさ。『幸せを見つけたら何よりも大切にすること』、この言葉だけは守らなくちゃいけないと思うんだよ」

「――幸せ？　見つけたのか？」

「ああ、見つけたぞ」と竜は目を細める。

「お前だ」

「僕？」

「五百七十八年、俺はずっとうんざりしていた。いつまでここにこうしているのか、竜の寿命が尽きるまでいなくちゃいけないのか、と。そのうちに俺を知る村人たちも死に絶えるほどの時が経った。仲間もすでにいない。俺の願いは単純に、自由に動きたい、歩きたい、飛びたい、花が食べたい、というものになった。だがそれも叶わず、こんなことだったら、串刺しなんかじゃなくて殺せばよかったのにと、ずっとそう思っていた」

　シルヴィエルの息が詰まる。

「俺は、誰かがこの剣を抜いてくれることをずっと夢見ていたんだ」

　竜がシルヴィエルを見て微笑《ほほえ》む。

「いつかこの剣を抜いてくれる人が現れたなら、その人を幸せにすることを俺の幸せにしよう、俺はそう決めて、その時が来るのを希っていた。この剣は、強い願いがなくては抜けない。だからその願いを叶える手助けをしようと」

「――だけど、僕の願いは、……花喰いの竜がやらないと決めた『復讐』だ。それでもいいのか？」

「シルヴィエルが復讐をやめたらやめる。俺の願いは、お前の願いを叶えることだからな」

「――悪いが、やめられない」

「だったら、俺はお前の願いを叶える」

そう告げて、竜は後ろからシルヴィエルを抱きしめた。そして、「さすがに少し話しすぎたか」と自嘲するように笑う。

昔話をしたせいか、いつも楽天的な竜の口調に悲しみや切なさが混じっているような気がして、シルヴィエルの胸がわずかに苦しくなる。

「――竜」

シルヴィエルは囁《ささや》くように尋ねた。

「君のその姿は、もしかして、君を助けた村人……？」

少しの間があった。

「そうだ。よくわかったな。瀕死だった小さな俺を抱えて帰った村の子供。……村を逃げ出すときに最後に見た、大人になった彼の姿だ」

ぐうっとシルヴィエルの胸が苦しくなる。

「──人間は、夢を見られていいな。俺はどれだけ夢を見たくても見られない。あいつに、村の人たちに、俺はもう自由になったから心配するなと言いたいのに、……夢を見られたら告げられたのかな」

そのまま竜は口を閉じた。

ぱちりぱちりと音を立てる焚火を見ながらシルヴィエルはぼんやりと考える。

──この竜を、信じていいんだろうか。

仲間をすべて殺され、自分も殺されかけながら、それでも人を恨まないという花喰いの竜。何百年も自分を地面に縫い留めていた剣を抜いてくれたから、抜いてくれた者を手伝うことが幸せだと笑いながら言う竜。

背中が温かい。

覆われた背中から、胸の前で組まれた大きな手が触れている場所から、じわじわと力が移ってくるのが分かる。

「眠たくなったなら寝ていいぞ。剣を盗んだりしないから」

竜が囁くように言う。

「──そうだな」

「どうした、素直だな」

「なんだか……君は盗まない気がする」

くっと竜が笑った。

「信じていいのか？　そうして油断させて盗む作戦かもしれないぞ」

はあ、とシルヴィエルがため息をつく。

「どっちなんだよ、盗むのか盗まないのか」

「盗まないさ」

「ほら、やっぱり」

短く言って、シルヴィエルは目を閉じた。

ふわあ、とあくびが出る。

——眠いな。

久しぶりに柔らかい気持ちのまま眠れそうな気がした。

——このまま眠ったら、悪夢を見ないで朝まで眠れるだろうか。竜は魘《うな》されても起こさないと言っていたけど……。

夜が明けた。

ぼんやりと目を開けて、シルヴィエルは自分がまだ竜の腕の中にいることに気付いた。

目の前には燃え尽きた焚火。その手前に大きな剣。それらが朝日を浴びてきらきらと輝いている。

——眩《まぶ》しい。

朝日はシルヴィエルにも当たっていた。

——本当に眠ってしまったんだな。

背中が温かい。胸の前に回った両腕の重みが心地よくて、どことなく懐かしい。これは神官様に甘えて膝に乗せてもらった時の温かさではない。もっと幼い時の……。

——ああ、そうか。

祖母の腕の中だ。神殿で暮らしているシルヴィエルが両親や祖母と会うのは精霊祭りで自宅に戻った時くらいだったが、祖母はシルヴィエルがどれだけ成長しても、膝の上で抱きしめたがった。かなり気恥ずかしかったが、こうなってみると、自分はあの温《ぬく》もりが嫌いではなかったのだと思う。

「目を覚ましたか」

耳のすぐそばで後ろから声を掛けられてはっとする。

「——ああ」

「疲れはどうだ？」と竜が問う。

少し考えてから、シルヴィエルは口を開いた。

「僕は魘されたり寝言を言ったりしていた？」

「いや。憔悴《しょうすい》していたのか、人形のように大人しく身動きひとつしないで眠っていたぞ」

「道理で。……かなりすっきりした。礼を言う」

身を起こして振り返ったシルヴィエルに、竜が目を丸くする。

その反応にシルヴィエルの頬がわずかに赤くなった。焦ったように顔を正面に戻したら、竜がくくっと笑った。

「……笑うな」

「いや。最近は頻繁に礼を言われるなと思って」

「笑うなら、もう言わない」

「いやいや、どんどん言え。なかなかいい気分だ。素直なお前もいいもんだ」

「もう言わない」とシルヴィエルが勢いよく竜の胡坐《あぐら》の中から立ち上がれば、「お前は子供か」と竜がげらげらと笑った。

背筋をのばしてシルヴィエルは驚く。意外なほどに体が軽かった。今まではどれだけ眠っても、目が覚めた後は眠らなければ良かったと思うほど体がだるかったのだ。

動きを止めて目を丸くしたシルヴィエルに、竜が「どうした？」と尋ねる。

「――いや、ものすごく体が軽いから……。こんなの、子供の時以来だ」

「今までは熟睡できてなかったんだろ」と竜が目を細めて笑う。

「お前、毎晩魘され通しだったからな。あれだけ歯を食いしばって全身強張《こわば》らせてれば、どれだけ眠っても疲れは取れないだろうな」

「――そんなに……？」

自分が寝ているときの様子を詳しく聞くのは初めてだった。悪夢を見ている自覚はあったが、そんなふうに眠っているのかとシルヴィエルは驚く。

「ああ」と竜が短く答える。

「だが、まだ油断するな。お前の体の中にはまだ黒影がいる。たっぷりと朝日を浴びて溶かしておくんだな」

「わかった。そうする。陽《ひ》があたる場所を歩いて進もう」

「もう行くのか？」

「行く」とシルヴィエルが前を見据える。

「――早く、できるだけ早くあいつを消し去りたいんだ。侵されたあの子を見て尚更《なおさら》強くそう思った」

竜が肩を竦《すく》めて「分かったよ」とあきらめ口調で笑った。

街道を並んで歩く。

面白いくらいに足が軽い。こうなってみて初めて、昨日までの自分がどれだけ足を引きずるように歩いていたのかシルヴィエルは自覚した。

「腹は空《す》かないのか？」

「特に空いてはいない。竜の力は腹も膨れさせるのか？」

「いや。それはないぞ」と竜が首を傾《かし》げる。

「まあいい。食べないで済むならそれに越したことはない。食料を手に入れるための時間が省ける」

「いやいやいや。腹が空かないからって食べなかったら、力がなくなって倒れるだろうよ」

慌てた様子で言う竜に、シルヴィエルはわずかにおかしくなる。

「――僕より、竜の君のほうがよほど人間っぽいな」

「そうか」

「ああ」

竜のほうが感情も表情も豊かで、思いやりも持っていて温かいという言葉をシルヴィエルは呑み込んだ。自分のほうがよほど感情が足りていない。

――恨み以外の感情は捨てたから。

「竜」

「なんだ」

「……やっぱり、君はその村に行ったほうがいいんじゃないか？」

こんな竜だったから、村人も彼を大切に守ったのだとシルヴィエルは思ったのだ。もし子孫が残っているのなら、自由の身になったことを知らせればきっと喜んでくれるだろうし、また竜を迎え入れてくれるのではないだろうか。

――行き場がないと竜は言ったけれど、その村がきっと竜の居場所だ。

「俺がいなくなったらお前は倒れるって言ってるじゃないか」

「そうだけど……」とシルヴィエルは口ごもる。

「じゃあ、僕の敵討ちが終わったら必ず行きなよ」

「なんだ、そういうことか」と竜がはははっと笑う。

「行かないの？」

「先のことは分からんなあ」と竜は歌うように言った。

その時だった。

街道沿いの茂みががさっと揺れる音がして、シルヴィエルはどきりとして振り返った。竜も動きを止める。

そこにいたのは一頭の茶色の馬だった。

「——あ」

シルヴィエルははっとする。

それは、『黒影』に捕らわれて死んだ少年の一家が飼っていた馬だった。額の白い一筋に見覚えがある。少年が家を離れるときに餌をあげて自由にした馬だ。

「……お前、あの子の匂いを追いかけてきたのか？」

ぐっと息が苦しくなる。そうだとしても、もうあの子はいない。死んでしまった。

「——だけど、あの子はもういないんだよ。それでも良ければ、一緒に行くか？」

シルヴィエルが馬に歩み寄って手を伸ばす。

茂みの奥が見えるくらいに近寄って……、シルヴィエルはどきりとして動きを止めた。

馬の足元に十羽近い鶏がいた。鳴きも動きもしないで、黙ってシルヴィエルを見上げている。

鶏らしくない姿に、なぜかぞわっと鳥肌が立ったその瞬間、「シルヴィエル！」と竜が叫ぶのが聞こえた。

「避《よ》けろ！」

——え？

顔を上げた時には遅かった。

馬が後ろ肢《あし》で立ち、シルヴィエルの頭の上にその前肢《まえあし》を振り下ろしていた。

シルヴィエルの目に映ったのは、見開かれた馬の瞳。それは洞窟のように真っ黒だった。

咄嗟に避けたものの、シルヴィエルの背中に馬の肢が激しくぶつかる。目の前が一瞬暗くなるほどの衝撃だった。地面に叩《たた》き落とされたシルヴィエルに、二撃目を与えようと馬がまた後ろ肢で立ち上がる。

——踏みつぶされる……！

馬の肢蹴の威力はシルヴィエルだって知っている。直撃を受ければ大の大人だって命を落とすことがある。死ぬ、という意識がシルヴィエルの頭の中に弾《はじ》けた。

その時だった。

銀色の塊が横から馬に体当たりをした。

巨大な竜に弾き飛ばされた茶色の馬はもんどりうって地面に横倒しに倒れ、起き上がろうと足掻《あが》く。それをシルヴィエルは地面に横たわって見ていた。

「シルヴィエル！　大丈夫か！」

人の姿に戻った竜が駆け寄る。

——大丈夫じゃない。息ができない。

胸を掻きむしりたいのに、少しでも腕を動かそうとすると背中に激痛が走って動けない。

「シルヴィエル！」

竜がシルヴィエルを抱き起こして掻き抱く。

――……っっ！

あまりの痛みと苦しさに目の前に火花が散った。

意識を失う直前にシルヴィエルが見たのは、布切れのようにぺしゃんこになって地面に落ちている馬と鶏たちの姿だった。


苦しい。息ができない。

大きく息を吸おうとすると胸が突き刺されたみたいに痛くて体が動きを止めてしまう。ひ、ひ、と浅い息を繰り返すが、まるで溺れたみたいに空気が足りない。苦しい。怖い。死ぬ。

「落ち着け、シルヴィエル」

ぼわんと声が聞こえる。

背中を撫《な》でられると少し楽になる。それでも苦しくて怖くて、子供の頃みたいに泣き出しそうになる。

――助けて。誰か、助けて。

頭の中で自分の悲鳴が渦を巻く。

――どうしていいか分からないんだ。なんで僕しか黒い霧が見えないの。行かないで、駄目だってば、そっちに行かないで！　霧がいる。行くな！　行くなってば！

後ろ姿が遠ざかる。あれは神官様。あっちは王子様。

──なんでそっちに行くんだよ。僕の声を聞いて。どうして僕の声が聞こえないの！　お願いだから、行かないで！

黒い霧が待ち構えている。その方向にみんなが走り去っていく。

──なんで！　どうして……！　僕を一人にしないで！

「シルヴィエル！」

耳元で叫ばれて、はっとして目を覚ました。

ぱっと目に入ってきたのは、あかあかと燃える焚火の炎。周囲は橙色に染まり、影はどこにもない。

その視界に、精悍《せいかん》な青年の顔が入り込んだ。

──……竜、だ。

明らかにほっとした表情で竜がシルヴィエルの顔を覗《のぞ》き込む。

──夢を見ている者は起こさないと言っていたのに。

そう呟こうとして口を動かしかけ、胸を貫いた痛みに顔を歪《ゆが》める。

「喋《しゃべ》るな。背中と胸の骨が折れてたんだからな」

──背中の骨……。そんなの生きていられるはずがない。

目を開けていることもできない。あまりの痛みに呻《うめ》くこともできず、シルヴィエルは朦朧《もうろう》とした意識の中で思った。

——竜がなんとかしてくれたんだろうか。

どうしてそこまでしてくれるのか。剣を抜いてくれたからと竜は言うけれど、それだって自分のためにしただけで……。

浅い息をつきながら痛みをこらえるシルヴィエルの頬に、竜の手が触れる気配がした。

薄く目をあけて、間近に竜の顔があることに気付いて驚き……、さらにその唇が自分の唇に重ねられて仰天する。

——……っ！

身じろぎたいが、全身を覆う痛みに邪魔されて動けない。声を出そうにも胸が引きつって言うことを聞かない。

「大人しく受け入れろ。額を付けたり抱きしめるくらいじゃどうにもならない状態なんだから」

竜がわずかに顔を離してシルヴィエルに囁く。

そんなことを言われても、動揺しないはずがない。目元を赤くして睨《にら》んだシルヴィエルに、竜が呆れたようにため息をついた。

「まったく。これだったら意識がない時のほうがやりやすかったな。——諦めろ。これは治療だ」

そして再び唇が重ねられる。重なっただけではなく、唇を割って舌が入り込んできて、シルヴィエルは情けなくも泣きそうになってしまう。

治療だということは頭では理解していても、感情がついていかない。神官見習いのシルヴィエルは、特にそういったことを制限されて育ったのだ。国がなくなった後はずっと他人を拒否してきたから、尚更そんな縁はない。

——……？　……っ！

さらに動揺を増したのは、いつの間に服をはだけられたのか、それとも最初から半裸だったのか、胸に置かれた竜の手が布越しではなく直接肌に触れたことだ。

——なんだよ、これ……っ！

少しでも動こうとすると全身を激痛が貫いて動きを妨げる。力を入れると体が壊れそうで動けない。その隙に乗じて、唇を奪われ、あらわになった肌に触れられ……。

シルヴィエルの顔が熱くなる。嫌悪なのか羞恥なのか、はたまた別の感情なのか自分でも判断がつかない。もちろん竜に他意はなく、怪我《けが》を治すためだと分かってはいるが、気持ちがついていかない。

竜の唇が熱い。胸に触れた手も熱い。

そのうちに、その熱さが染みた場所から痺《しび》れるように痛みが和らいでいくのを感じた。それはほんのわずかで、痛くて苦しいことに違いはないのだが、その感覚は明らかに救いだった。

――あ……。

全身の緊張が緩み、ほんの少しではあるが、今までよりも大きく息ができるようになり、シルヴィエルは目を瞬いた。

――空気って、こんなに爽やかで美味《おい》しかったんだ。

いつも当然のように身近にあったもののありがたみを思い知る。

ゆっくりと竜が身を離し、シルヴィエルの顔を覗きこんだ。

半ば呆然として見上げたシルヴィエルに、竜が目を細めて微笑む。

「少しは楽になっただろ?」

それは疑いようのない事実で、シルヴィエルは小さく頷くことしかできなかった。

「もう少し触れるぞ。な?　いい子だから我慢しろ」

二十歳近い自分に対していい子もなにもないと思うが、竜の穏やかな口調と微笑みはあまりにも慈しみに満ちていて、シルヴィエルは大人しく瞼《まぶた》を下ろした。

唇が重なるのを待ってそっと目を開ければ、視界を埋め尽くした竜の頭の横から、わずかに周囲が見えた。

シルヴィエルと竜は、浅い洞窟のようなものの中にいて、シルヴィエルはその底に横たえられているようだった。

洞窟の入り口にはあかあかと燃える焚火があり、その明かりが洞窟の中を照らしている。焚火の向こうには夜の森の漆黒が広がっているのに、そのおかげで洞窟の中は温かく、そして影が周囲にほとんどない。

——黒い霧が近づいてもすぐに分かるから……？　それとも、黒い霧が近づかないように？

夜闇が嫌いなシルヴィエルには、それだけでもありがたい。気持ちが楽になってふうっと息が漏れた。

目を閉じる。

体は痛い。胸も苦しい。身じろぐのも辛いくらいなのに、心はそれと真逆に穏やかで、ゆったりと安らぎが覆っていく。

——なんでこの竜は、こんなに僕に尽くしてくれるんだろう。

竜の慈しみに対して、自分は何も返せていない、とシルヴィエルは思う。

——ただ、剣を抜いただけなのに……。

包み込まれるような安堵《あんど》とともに、シルヴィエルは先ほどとは違う穏やかな眠りに落ちていった。


夜が明けた。

まぶしさを感じてぼんやりと目を開けたら、朝日がシルヴィエルと竜を照らしていた。目の前に竜の顔がある。生き生きとした黒い瞳と表情が彼の魅力だが、瞼を閉じていても、彼は十分に端整だった。

体の痛みは驚くくらいに減っている。深呼吸は無理だが、息も普通につける。しみじみと幸せを感じてゆっくりと深く息を吸い込んだら、竜がぱちりと目を開けた。

「起きたか」

「ああ。起きた」

普通に喋れることに驚く。夜中に目を覚ました時には声を出すことすらできなかったのに。

竜の手は、体を横に向けて横たわるシルヴィエルの背中に触れていた。きっと、夜の間ずっとこうやって触っていてくれたのだろうと思う。

「体は痛くないか」

「――ああ。昨日の夜に比べると雲泥の差で楽だ。……夜の間、ずっと力を与えてくれていたのか？」

シルヴィエルの言葉に、竜がふっと笑って身を起こす。

広くなった視界の中で、洞窟の前の焚火はまだあかあかと燃えているのが見えた。夜中ならまだしも、太陽が出れば焚火が必要なほど寒くはない。

「夜が明けたのに、なんでまだ焚火？」

「『黒影』避けだ。あれがないと、この窪《くぼ》みはむしろ影になって、『黒影』の好きな闇ができるからな」

「──そうか」

「腹は減ったか？」と竜が尋ねる。

「いや……」

腹の感覚を探るが、まったく空いていない。

「動けるか？」

尋ねられて、シルヴィエルは上になっているほうの腕に恐る恐る力を籠めてみる。

──動く。

シルヴィエルは驚いて目を瞬く。

──昨日は少しでも力を籠めると痛くて動かせなかったのに。

とはいえ、完全復活とは言えず、体を起こすには息を詰めて痛みを堪える必要があったが。

地面に膝を崩して座り、腕をついて体を支えるシルヴィエルを、竜が「まだ無理するな」と苦笑しながら横たわる姿勢に戻した。

横になった状態は、座っているときの何倍も楽で、シルヴィエルは体の力を抜いて大きく息をする。

「いいか？」

竜に尋ねられて、シルヴィエルは彼を見上げた。

何の許可を求められたのだか分からず、「何を?」と尋ね返したシルヴィエルに、竜は「もう少しお前に力を分けたいんだが、構わないか?」と言葉を付け加えて繰り返した。

なんで今更許可を……と考えて、それが昨晩の口づけのことだと気づき、シルヴィエルは一気に赤くなった。

「手で触れるよりも、口移しのほうが確実に効率がいい。短時間で大量に力を与えられる。だが、お前は昨晩かなり嫌がっていたからな」

——そうだ、昨晩、竜に……。

起きた時は背中に手が触れているだけだったから忘れていた。

どことなく申し訳なさそうな竜の表情に、さらにシルヴィエルの顔が熱くなる。

いっそのこと、揶揄《からか》ったり、強引に口づけされたほうが開き直れるのに、竜がそんな顔をするものだから、シルヴィエルもどう反応していいのか分からない。

「あ、……あれは、治療だったんだろ?」

目を逸《そ》らして呟いたシルヴィエルに、竜は「そうだ」と答えた。

「だ、だったら、構わない。——頼む」

頼む、と口にしたところで、まるで自分から口づけをねだったような気分になって、シルヴィエルの顔が耳まで火照るくらいに真っ赤になった。

その気持ちが分かったのか、竜がくすりと笑い「そうだ、治療だ」と繰り返してシルヴィエルの顔の横に手をついて顔を近づける。

――……っ。

ぐっとシルヴィエルが息を詰めた。全身に力が入り、傷ついた胸や背中が引きつるように痛んだ。

だがそれは昨晩の比ではなく、改めて竜の力の大きさに感心しつつも口づけに備えて覚悟を決めたその時、唐突に竜が「シルヴィエルはまだ誰とも口づけしていないのか？」と尋ねた。

かあっとシルヴィエルの顔が赤くなる。

「――そ、それが何の関係が……」

――何してるんだ。焦りすぎだ。

こんなに動揺したら、自分が未経験なのはばれてしまっただろうと、またシルヴィエルは恥ずかしくなる。目を合わせられない。しかも、くすりと竜が笑う気配が伝わってきた。

「なんの関係もない」と竜が耳元で囁く。

「これはお前の怪我を治すための治療だ。だから、この先、本当に愛した相手と口づけを交わすときには、これは数の中に入れなければいい」

え、と思った時には、竜の唇の感触を自分の唇で感じていた。

その途端に、すうっと体の熱っぽさが消えていく。それで初めて、自分の体がまだ発熱していたことを知った。加えて全身から力が抜けていく。

――本当に体が楽になっていく。嘘みたいだ。

わずかに顎を下げられ、竜の舌が口の中に忍び込んでくる。

少し冷たくて、柔らかいような固いような不思議な感触。それが口の中で動き、シルヴィエルの舌を探し出して押し付けてくる。

――甘い。

火照って熱かった瞼が冷えていく。ああ、きっと顔も腫れていたのだと思う。

――心地いい。

さっきの竜の言葉が頭の中に蘇《よみがえ》る。二十歳近くなっても口づけの一つもしたことのないシルヴィエルの羞恥を思いやり、これは治療だから気にしなくてもいいと言った竜。

――なんで。

せっかく冷えた瞼が、なぜかまた熱くなっていく気がした。

「もう少し眠っていろ」と竜が唇を合わせたまま囁く。

「眠りは力だ。太陽は上がったし、焚火もあるから悪夢は見ない。俺はお前が眠っている間に食べ物を調達しに行ってくるから」

――食べ物……？　ああ、僕のか。

竜は食べないのだから必要ない。

――なんで、この竜はこんなに僕の世話を焼くんだろう。……優しいんだろう。

こんなに素直じゃない僕なんか見捨ててもいいのに。竜はもうとうに自由なのに。

ぼんやりと考えながら、シルヴィエルはゆるゆると眠りに取り込まれていった。


目が覚めた。

小さく燃える焚火の向こうで、日が傾いて影が多くなった木々の幹が見えた。

「――竜……？」

シルヴィエルは呟いて頭を上げた。目に見える範囲に竜の姿はない。

身を起こして視野を広げてみても、そこに竜はいなかった。

「竜……！」

ざわっと焦燥感に駆られ、つい大きな声を出してしまう。ずきっと胸が痛んだが、それを無視してシルヴィエルは膝をついて立ち上がった。

焚火の横を抜けて洞窟を出れば、目の前には森が広がっている。

「竜！」

岩壁に手をついて叫んでも、竜の返事はない。

考えてみれば、あの村で竜から『英雄の剣』を抜いてからずっと、竜の気配はシルヴィエルのそばにあったのだ。昼間も夜も。

——まさか、『英雄の剣』を持って……。

はっとして洞窟の中を振り向き、奥の壁に立てかけてある大きな剣が見えてほっとする。だがそれと同時に、焚火のそばに置かれている大小の二つの林檎《りんご》に気付いてどきりとした。

——林檎……？

ぞくっとして息が苦しくなる。

ぐらりと視界が揺れて、焦りと絶望がシルヴィエルの全身を覆いつくす。

その時だった。立ち尽くすシルヴィエルの前に、森の中から「シルヴィエル？」と竜が姿を現した。

竜は五歳くらいの子供の姿をしていた。腕にパンや肉のような食べ物を抱えている。

思いがけないその姿に、ぶわっとシルヴィエルの頭の中で過去と現実が入り混じった。ぐらっと視界が揺れるような気がした直後に、恐怖と焦りが爆発する。

「どうした？　そんなに動いたら……」

驚いた顔をする子供姿の竜を、シルヴィエルが倒れこむようにして抱きしめた。

そしてシルヴィエルは、竜の顔を自分に向けて、親指と人差し指で強引に目を開かせる。左右の目を食い入るように交互に覗きこんで、「……良かった、王子様」と呟く。

「シルヴィエル？」

シルヴィエルの緑色の瞳がじわっと潤み、驚いた竜が目を丸くする。

そんな竜を、シルヴィエルが力いっぱいに抱きしめた。

「――良かった……」

腕の中の小さな温もりに胸が一杯になる。

「王子様、――良かった。お願いですから、僕から離れないでください。じゃないと、あの黒い霧に襲われてしまう……」

困惑する子供姿の竜を抱きしめて、今度こそシルヴィエルは嗚咽《おえつ》を噛みしめて唸《うな》るように泣き出した。

「行かないで、――僕を一人にしないで。……守らせてください。僕は王様から仰せつかったのだから……っ」

「大丈夫か。落ち着いたか？」

洞窟の前の草の上で、シルヴィエルは見慣れた大人の姿になった竜に正面から抱きしめられていた。

シルヴィエルはこくりと頷く。泣きすぎた目と鼻が痛い。

――僕は、まだ泣けたんだ。

そんなシルヴィエルの背を、竜がぽんぽんとゆっくり叩いて撫でる。その手はあまりに優しくて、甘えてしまいそうになって、シルヴィエルは竜の肩を押して強引に身を離した。手の甲でごしごしと目をこする。

「――すまない。いろいろと混乱して……」

「俺は構わないけど、何をそんなに焦ってたんだ？　王子様と口走っていたけど……」

ぐっと息が詰まる。

――話していいのか？

七年間、他人と距離を置いて生きてきたシルヴィエルは、自分の個人的な話を誰かにするのは怖かった。だけど、この竜には言ってもいい気がする。

迷った末に、ぽつりとシルヴィエルは口を開いた。

「君の子供姿と、王子様の姿が被って混乱したんだ。あと、林檎が……」

「林檎？」

「王子様が『黒影』に襲われた時と同じだったんだ。――僕は、王子様を守り切れず……殺してしまった」

口に出した途端に息が苦しくなって、喉がぜえっと音を立てた。目の前がくらりと揺れる。

「シルヴィエル？」

「……僕は、『救いの子』なんかじゃなかった。王子様すら守れなかった。王様が王子様を僕に託してくださったのに……！」

顔を歪めて呻くように叫んで、シルヴィエルは両手で頭を抱えた。

目の前で焚火が燃えている。

昨夜のように洞窟の中に場所を移して、竜に横から寄りかかって座りながらシルヴィエルはぽつぽつと話し始めた。

「あの時王様は、僕と三人の神官様に末の王子様を預けて王城から逃がしたんだ。王子様は、さっきの竜と同じくらいのお歳……五歳で、僕は十二歳だった」

最後に告げられた『救いの子に王子を託す。必ず守れ』という国王の命令が頭に蘇る。

「王様は、王族以外で唯一あの『黒い霧』を見分けられた僕に王子様を託された。だけど、フロイア国を覆いつくした後、黒い霧は僕たちを追いかけてきた。神官様たちは体を張って王子様を守ろうとしたけれど、姿が見えなければそれは無理がある。あっという間に黒い霧に殺されてしまい、国を出て五日が経った頃には僕と王子様しか残っていなかった」

竜は大人しく話を聞いている。

「王様は僕たちを城から逃したけど、どこに向かえとか、そういう指示はくれなかったんだ。僕は小さい王子様をつれて行く先もなく途方に暮れて……。とりあえず落ち着く場所を探そうと町の宿屋に行ったりしたけど、フロイア国ならともかく別の国だったから、汚れた子供二人では相手にしてもらえなくて部屋を借りるどころか店を追い出される始末だった。挙句の果てには騙《だま》されて路銀も失い、どうしようもなくなって……。幸いにしてちょうど暑くも寒くもない季節だったから、僕は王子様と一緒に野宿をしながら旅していた。黒い霧に見つからないように、見かけたらすぐに逃げられるようにいつでもぎゅっと王子様の手を握って」

小さな王子の手を思い出して、シルヴィエルは自分の手を見る。

「王子様はとてもお優しい方で、僕が調達してきた食べ物を『そなたも食べろ』といつも半分分けてくれた。だけど路銀も尽きて、森の中の果物や畑の野菜を夜中に盗んで食べるしかなくなり、僕も王子様もいつもお腹が空くようになって……。そんな時に僕が食あたりで倒れたんだ。苦しくて川岸で吐いて、ほんの少しだけ王子様から目を離した時、王子様が僕を呼んだ。『シルヴィ、見ろ！　林檎だ！』と。僕がいつも、林檎だけは安全だと言っていたから」

両手を合わせてぎゅっと握る。

「だけど、――そこまで来る間に林檎の木は見なかった。おかしいと思って顔を上げて、僕はぎょっとした。林檎は道端にぽつんと置かれていたんだ。そして、その向こうで濃い黒い霧が待ち構えていた。『王子様、駄目です！』と叫んだ時にはすでに遅くて、林檎を拾った王子様を包むように黒い霧が纏《まと》わりついて……」

その時の血の気が引くような感覚が蘇って、シルヴィエルはぶるりと震えた。そんなシルヴィエルの肩を竜が抱きしめる。

『ほら、シルヴィ、林檎だ。元気のもとだ』

小さな王子はシルヴィエルに駆け戻り、そう言いながら嬉《うれ》しそうに笑って林檎を差し出した。洞穴のような黒い瞳で。

「……僕は、動揺のあまりその林檎を受け取れなかった。王子様は、『どうした、受け取れ。これを食べて元気になれ』と仰《おっしゃ》って、その次の瞬間、抜け殻になって河原に崩れ落ちたんだ。僕は、――王子様を守れなかった」

シルヴィエルは両手で顔を覆う。

「ぺしゃんこになる寸前の、僕に向けた笑顔が頭に焼き付いてる。落ちて転がった林檎とともに。……その時の様子と、さっきの君の子供姿が被ったんだ。食べ物を抱えた姿は、そのまま林檎を抱えた王子様と一緒だった。――また僕は失うのかと……」

竜が眉を寄せてシルヴィエルを見ていた。ゆっくりと口を開く。

「大丈夫だ、シルヴィエル。俺は強い」

力強い竜の言葉に、ぎゅっと胸が苦しくなる。

「……そうだな」

呟くと同時に、また喉が詰まって瞼が熱くなる。

——なんでこんな……。

「泣くな」と肩を抱き寄せられて、ひっくと声が漏れた。

「……こんな、泣くなんて……。王子様を守れなかったあの時から、……王子様を守りきれなかった自分には泣く権利なんかないと思って……敵を討つまでは絶対に泣かないと涙も封印してきたのに」

ふう、と竜が息をついてシルヴィエルの肩を抱く手に力を籠めた。そして、「泣いていいぞ」とシルヴィエルに語り掛けるように囁く。

「泣くなと……言ったくせに」

「前言撤回する。その王子のために流す涙ならいいんじゃないか？」

「……だめだ。泣いたら、気持ちが折れて……敵討ちできなくなる」

「大丈夫だ、俺がいるから。シルヴィエルが敵を討つまで手伝ってやるから」

「——なんで、そこまで……。僕と一緒に敵を討ったって、君には何の得にもならないだろう？」

「お前が——一途だからかな。一人で気を張って突っ張って。……そうだな。守って手助けしてやりたくなる」

「僕が剣を抜いたからじゃなかったのか？」

「最初はそうだったが、今はお前、――シルヴィエル自身に興味がある。俺を頼れ。俺はお前の復讐が終わるまでは絶対に裏切らないから」

その言葉に、ぐっと息が詰まった。

「――無理だ。復讐は終わらないから」

「ん？」

「……あいつは、ものすごく強い。滅ぼされて二年後に、フロイア国の都に行ったんだ。……あいつは、都全体を覆う霧になっていた。僕がどれだけ足掻いても敵《かな》わない」

「だけど、シルヴィエルは復讐するためにこの剣を手に入れたと言っていなかったか？」

シルヴィエルはぐっと息を詰めた。

「復讐じゃなくて、敵討ちだ。……あいつを滅ぼすことはできなくても、せめて一太刀でも浴びせて、殺されたみんなの恨みを思い知らせて苦しめるために、僕はこの剣を手に入れたんだ。……じゃないと、あの世でみんなに……王様や王子様に顔向けできない」

「シルヴィエル……？」

竜が怪訝そうに尋ねた。

「もしかして、シルヴィエルは討ち死にするつもりなのか？」

「――そうだよ。だから、君は僕の敵討ちに最後まで付き合う必要はない。フロイア国の都につくまでの間、僕に力を分けてくれればそれで十分だよ。どうせ……復讐は果たせないから」

喉が詰まった。声が出なくなる。

——情けないけど、これが現実だ。……これで竜が呆れて離れてしまっても仕方ない。

覚悟を決めて本心を話したシルヴィエルに、竜がふうっと息をついてから「おいこら、なーにを弱気になってるんだよ」と呆れたように言った。

「え？」

「忘れたか？　俺は竜だぞ？　ものすごく強い力を持つ生き物をお前は味方につけたんだぞ。討ち死になんて考えるな。俺はお前の復讐を助けると約束した。竜は絶対に約束は破らないんだ。頼れよ。信じろよ、お前の復讐は果たせる。いいか、『敵討ち』じゃなくて『復讐』だ」

力強く言った竜を、シルヴィエルは呆然と見つめた。

「……復讐……？」

声が震えた。

「ああ。復讐だ。あいつを滅ぼそう。竜が黒影なんぞに負けるはずがないだろ？　それだけ強い力をシルヴィエルは手に入れたんだ。自信を持て」

竜がにっと笑う。

「——本当に、復讐が……？　信じて、いいのか？」

信じたい。この竜なら信じてもいい気がする。だけど、信じるのも怖い。七年かかってようやく手に入れた『英雄の剣』を奪われたりしたら、また敵討ちが遠のいてしまう。

いや、それ以上に、信じて裏切られるのが怖い。この七年間、幾度信じて裏切られてきたことか。もともと素直で疑うことを知らない十二歳の少年だったシルヴィエルの心は、すでにずたずたに傷ついていた。軽く信用するだけならともかく、深くかかわってから裏切られたら、もう立ち直れない気がする。

「信じていい」

きっぱりと言い切った力強い言葉に、じんと全身が痺れた。

「……分かった。信じる」

そう口に出した途端に、シルヴィエル自身でも驚くくらいに肩の力が抜けた。

——ああ、僕は本当は誰かを信じたかったんだ。

他人をことごとく拒否しながら、信じられる誰かを探していたんだとようやく気付く。

シルヴィエルはぽつりと「シルヴィ」と呟いた。

「ん？」

「前に君がシルヴィと呼びたいと言った時に僕が断ったのは、その呼び方は、王子様や神官様たちが僕を呼ぶときの特別な言い方だったからなんだ。……だけど君ならいい。シルヴィと呼んでも構わない」

くすりと竜が笑った。

「ありがたいことだな。だが、遠慮しよう。わざわざ思い出を壊す必要はない」

「……ええ？」

　まさか断られるとは思わなかった。シルヴィエルが竜を見上げる。

「そうだな。だったら、シルヴィではなくエルというのはどうだ」

「エル？」

「ああ。シルヴィエルのエルだ。シルヴィという呼び方は思い出とともに大事に取っておけ」

「――あ、ありがとう」

　シルヴィエルは目を瞬いて礼を言った。別の呼び名を提案されるとは思ってもいなかった。

　口元で小さく「エル」と呟いてみる。

「今までそう呼んだものはいなかったのか」

「いなかった。なんだか……くすぐったいな」

「じゃあ、俺だけだな。それは光栄だ」と竜が笑い、「だったら、エル、そろそろ何か食べろ。林檎とパンと肉があるぞ」と火の前に置いてあった食料を引き寄せる。

「――林檎は……」とシルヴィエルが表情を硬くするのを見て、竜は「だったらパンと肉だけでもいい」とあっさりと言い換えた。

　シルヴィエルは、王子を助けられなかったあの日以来、一度も林檎を食べていない。食べるどころか、林檎は見るだけでも罪悪感が膨れ上がって息が苦しくなる。

「街道で馬車を止めて食事していた一行に子供の姿でねだったら分けてくれた。子供の姿も意外と役に立つものだな」

それはきっと、竜の子供姿が清潔で育ちが良く見えたからだろうとシルヴィエルは思う。自分が王子と一緒にいた時は、どれだけ頼んでも誰も相手にしてくれなかった。

「――ありがとう。だけど、本当にお腹は空いていないんだ。大切に包んで、明日食べさせてもらうよ」とシルヴィエルは胸の苦しさを押し殺して答える。

「じゃあ、こっちで力を与えておくか？」

竜に顎を取られて、どきりとする。それが口づけのことだと気づかないほど鈍くもない。動揺を隠して、シルヴィエルは「ああ。そうしてもらえると助かる」と答えた。

「どうした。素直だな」と竜がわずかに目を丸くする。

「――これは、治療なんだろ？」

シルヴィエルが尋ねたら、竜はにやっと笑った。

「そうだ」と言いながら、シルヴィエルの顔に顔を寄せる。

唇が重なるのを感じながら、シルヴィエルは目を閉じた。

唇が熱い。だが、それ以上に顔が熱い。せっかく平静を装ったのだから、この暴れる心臓の音に気付かないでほしいとシルヴィエルは心の中で願った。

6　竜の名前

「竜、花が咲いてる。行ってきていいぞ」

「本当か？　いいのか？　遅くならないか？」

「今日はだいぶ進んだからいいよ。食べたいなら食べてきたら」

ひゃっほうと叫ぶと同時にぽんと銀緑色の竜の姿になって、竜が花咲く草原に転がるように駆けていく。

それを見ながら、シルヴィエルはくすりと笑った。

そんな竜の姿を見ても、以前のように苛立《いらだ》つことはもうない。むしろ微笑《ほほえ》ましく感じて心が温かくなる。

エルと呼ぶことを許すと同時に心の扉も開いて、シルヴィエルは自分でも驚くくらい気持ちが楽になっていた。

あの黒い霧に故郷を滅ぼされ、逃亡の末に師である神官と最後の王子を失い敵討ちを誓ってから七年、シルヴィエルはあえて自分を孤独に落とし込んで生きてきたのだ。

身を護《まも》る技を身に着けるために、素性を隠して町の傭兵団《ようへいだん》に入って剣の腕を鍛えた時も、路銀を稼ぐために用心棒として商団に同行した時も、シルヴィエルはほとんど誰とも口をきかず、距離を置き続けた。

それは、敵討ちという唯一の目標に邁進《まいしん》するため。そして、『救いの子』などという大層な名前を頂きながら誰ひとり守れずに死なせてしまった自分を罰する意味があったのも確かだ。

だが、竜は「復讐《ふくしゅう》を手伝う」と言ってくれた。

竜に頼ること、――竜に心を開くことは、敵討ちを忘れたことにはならない。むしろ、竜に力を借りることによって復讐の確実性が増すことは明らかだ。そう理由を付けて、シルヴィエルは竜を信じた自分を許した。

シルヴィエルは微笑みながら、草原を見下ろせる道端の木の根元に腰を下ろす。

転げまわって花と戯れている竜を見ながら、シルヴィエルは荷物からパンと干し肉を取り出した。それはほとんど減っていない。

――せっかく手に入れてくれたのだから、少しは食べて安心させせないと。

パンは乾燥して固くなり、匂いはかすかにしかしない。だけど、それを齧《かじ》ろうと顔に近づけただけで吐き気が湧き上がり、シルヴィエルは片手で口を覆ってパンを離した。

肉も同様だ。匂いを嗅いだだけで息が詰まって顔を顰《しか》める。

――やっぱりだめか。

再びそれを荷物に戻しながら、シルヴィエルは小さくため息をついた。

馬に蹴られた怪我《けが》を竜に治してもらい、再び二人で歩き始めてからもう五日ほど経《た》つのに、シルヴィエルはまだ何も食べていない。それなのに腹は空《す》かない。

「――喉も渇かないしな」

それどころか、大量に水を飲むと吐きそうになる。むしろ、口を湿らせる程度で満足なのだ。水の調達はけっこう手間がかかるので、ありがたいと言えばありがたくはあるのだが。

食事をとらないシルヴィエルを心配する竜と毎晩のように口づけを交わしているから、そのせいなのだろうかと思う。

「ほんと、どれだけ強大な力なんだか」

竜に言わせると、『花喰《はなく》いの竜』は竜族の中でも力が弱い小さい竜らしい。だとすると、他の竜はどれだけ大きくて恐ろしいものだったのだろうかとつい考えてしまう。

その竜との口づけを思い出して、シルヴィエルはぞくっと身を震わせた。じわっと顔と体が熱くなる。

肩を抱いて引き寄せて、シルヴィエルの顎を上げさせて、竜はシルヴィエルの唇に自分の唇を重ねるのだ。実はシルヴィエルは、口づけする行為以上に力強い竜の腕に抱きしめられることが慣れなかった。

勝手に体に力が入り、息が詰まってしまう。ずっと一人で気を張って生きてきたから、強く抱きしめられると、竜の体温で溶けそうな気持ちになってしまうのだ。

「――あれは、治療。……単なる力の受け渡し」

目を閉じて自分に言い聞かせるように呟《つぶや》く。

その時だった。

「どうした？」

間近で尋ねられて、シルヴィエルは「わっ」と飛び上がった。

目の前に巨大な竜の頭がある。銀緑色の鱗《うろこ》が陽光を浴びてきらきらと輝いていた。

「――び、びっくりした」

「悪い、寝ていたか？　遠くから何度か声をかけたんだが」

言いながら、竜が一瞬で人の姿に変わる。精悍《せいかん》な男性の姿になぜかどきりとしてシルヴィエルは息を呑んだ。

「――あ、いや。……もういいのか？　満足するまで食べたか？」

「おう！　最高のご馳走《ちそう》だったぞ」と竜が満面の笑みで答える。

生き生きとした笑みが眩《まぶ》しくて、シルヴィエルの心臓がまた音を立て始める。

「――じゃ、じゃあ、行くか」

「そうだな」と竜が暗黙の了解のようにシルヴィエルの荷物を斜めに体に掛けた。シルヴィエルは大きな『英雄の剣』を背中側に背負う。

「エル、持ってやろうか」と竜が手を伸ばしたが、シルヴィエルは「大丈夫だ。これは僕が持つ」と首を振った。

「まだ疑われているらしい」と肩を竦《すく》める竜に、シルヴィエルは「そういうわけじゃない」と首を振った。

「これは、……復讐、を果たすための一番大事な道具だから、これだけは僕が持っていなくちゃいけない気がするんだ。君を信じていないわけじゃない。……どうした？」

気が付けば、竜が瞳を和らげて微笑んでシルヴィエルを見ていた。そのまま大きな手でシルヴィエルの頬に触れる。

「――な、なに？」

「いや。笑っているなと思って。最初は睨《にら》むか顰め面しかしていなかったのに」

「……あ、あのころは、竜を疑っていたから。今はもう君を信じることに決めたから……」

ふっと竜が柔らかく目を細める。

「ああ、信じろ。俺はお前の復讐を助ける。だから、そうやって笑っていていい」

どことなく恥ずかしくなって、シルヴィエルは竜の黒い瞳から目を逸《そ》らした。

「――行こう」

「ああ」と元気よく返して、竜が歩き出す。

先導するように街道を歩く竜の後ろ姿をシルヴィエルは見つめた。肩幅は広く、腰は締まっていかにも男らしい体型だ。これがかつて竜を助けた村人の姿なのだと思ったら、心の中がもやっとした。なぜか複雑な気持ちになる。

「竜」

「おう」と竜が振り返る。

「君の名前……」

「ん？」

聞き返されて、シルヴィエルは「いや、なんでもない」と首を振った。

なんでいきなり竜の名前を知りたいと思ったのか。自分が「エル」と呼ぶことを許可したから、竜にも名前を教えてもらいたいと思ったというのか。それならばあまりに自分勝手だ。

「名前がどうした？」

それなのに竜は無邪気にも近い口調で繰り返し尋ねる。

「――いや、なんでもない」

「そうか？　なんでもなくない顔をしているぞ」

いったいどんな顔をしているのだろうと思いながら、シルヴィエルは咄嗟《とっさ》に片手で自分の顔を覆って隠す。

「……いや、なんとなく、君の名前が気になって……」

「俺の名前？」

「いや、だからもういいんだってば。前に本当に信頼する者にしか伝えないって言っていただろ。単に僕がまだ信頼されていないってことなんだから、その気になるまで言わないでいい」

慌てて早口で言葉を紡いだシルヴィエルに、竜は顔を顰めて複雑な顔をした。その表情の意味が分からなくて、シルヴィエルは尚更《なおさら》恥ずかしくなって俯《うつむ》く。

「俺の名前か……」

「だから、もういいってば」

ものすごく微妙な雰囲気になってしまい、困り果てたシルヴィエルは「行こう」と歩き出した。

「おう」と竜も歩き出したものの、「うー」となぜか唸《うな》りながら顔を顰めている。それは先ほどまでの闊歩《かっぽ》とはあまりにも違っていて、シルヴィエルは身の置き所がなくなってしまう。

振り返ったら竜と目が合った。つい見つめあってしまい、焦りのあまりシルヴィエルは「村人は、当然お前の名前を知っていたんだろ？」と心の中の言葉を口に出してしまう。

「いや、――知らなかった」

その言葉にシルヴィエルは驚く。

「教えなかったのか？」

「――いいや」

「教えたのか？」

「教えたというか……。いや、エルに教えても構わないんだけど……」

竜にしては歯切れの悪い言い方だ。目を瞬いたシルヴィエルに、竜は「聞くか？」と尋ねた。

「――お、教えてもらえるなら聞きたい……！」

つい勢いよく答えてしまったシルヴィエルに竜が「分かった」と頷《うなず》く。

「いいか、よく聞けよ」

「ああ」

耳元に口を寄せられて、シルヴィエルは気持ちを引き締める。

神経を集中させて耳を澄まして……。

耳に注ぎ込まれたグオーグァーグルルルという唸り声に目を瞬いた。

「――は……？」

振り返ったら、竜が複雑そうな顔をしてシルヴィエルを見ていた。

「今のは……？」

「だから、今のが俺の名だ。竜の名前は人間の耳には判別がつかないし、そもそも発音もできない。だから、村人たちも俺の名前は理解していない」

「え？　じゃあ、信頼している人にしか教えないというのは？」

「あれは、――すまん。エルがあまりに頑《かたく》なだったから少し意地悪をした」

「え？」

「信頼したものにしか明かさないというのは本当だが、そもそも人は竜の名前を聞き取れないし発音できないのだから、聞かせても意味はないんだ」

シルヴィエルは、少しの間を挟んで「なんだ、……そうか」と呟いた。

肩の力が抜けたように楽になる。誰も彼の名前を知らないのなら、村人と自分を比較して卑屈になる必要もない。

「村人も君のことを『竜』と呼んでいたのか？」

そこでまた竜がわずかに顔を顰める。それを見逃すシルヴィエルではない。

「違うのか？　なんて……？」

「それを聞くか？」

「聞きたい」と勢い込んで言ったあとで、シルヴィエルは慌てて首を振った。

「いや、それも信頼する人にしか呼ばせない名前だというならいい。聞かない。いつか君が教えてくれるまで待つ」

うー、と竜はまた唸った。

「いや、……これはそんなに大層なものではないんだ。村人はみなそう呼んでいたから、隠すほどのものではない」

「だったら……、教えてくれるのか？」

「分かった」と竜は大きく息をついて、今度はシルヴィエルの耳に口を近づけることもなく、明らかに躊躇《ためら》いながら口を開いた。

「チェチェ、だ」

「——チェチェ……？」

シルヴィエルは思わず呆気《あっけ》に取られる。

「チェチェ……って、あの、子供が蝶《ちょう》を指して言うときの『ちょうちょ』……？」

「そうだ」

「あの、ひらひら花の上を飛ぶ『ちょうちょ』？」

「——そうだ」

あまりにも意外で、シルヴィエルは思わずぷっと吹き出してしまう。

「ほら笑った！　だから言いたくなかったんだよ」

竜が赤くなって喚《わめ》く。そんな竜の顔を見るのは初めてで、シルヴィエルはさらに笑いが止まらなくなってしまう。

「いや、悪い。……あまりにも意外で……。というか、あまりにも似合わなくて……」

けたけたと笑うシルヴィエルに「ひどくないか？　そんなに笑うか？」と不貞腐《ふてくさ》れていた竜だったが、やがて一緒に笑い出してしまう。

二人でひとしきり笑った後に、竜は、ぽんとシルヴィエルの頭を撫《な》でた。

「お前をこんなに笑わせられるんだったら、この不釣り合いな名前も悪くはないな。いい笑顔だ」

微笑んで言われて、シルヴィエルは思わず赤くなる。ごまかすようにコホンと咳《せき》をしてから口を開く。

「似合わないけど、いい名前だと僕は思う。きっと、村にいるのが『竜』だとばれないように、わざとまったく違う名前を付けてくれたんじゃないかな。――だとしたら、村人の心が籠った温かい名前だと思う」

シルヴィエルの言葉に、竜はわずかに目を丸くしてからふっと微笑んだ。

「ああ。村人もそう言っていた」

「なんだ、分かっているんじゃないか」

「ああ。……というか、エルには彼らの気持ちが分かるんだな」

「――分かるよ」

小さな竜をなんとかして守りたいという村人の気持ちは、竜を大切にしたいと思う今のシルヴィエルの気持ちと同じだろうから。

「――じゃあ、僕は今までどおり『竜』と呼ぶことにするよ」

「なんでだ?」と竜がわずかに驚いた顔をする。

「チェチェは村人の想いが籠った思い出の名前なんだろ? 君が『シルヴィ』という名前に敬意を払ってくれたのと同じだよ」

竜が目を丸くしてから、くっと笑った。

「それに、竜はチェチェと呼ばれるのは恥ずかしいんだろ？　だったら、いつか竜を虐《いじ》めるときの切り札に残しておく」

いたずらめかして言えば、竜は「なるほど」と目を細めくくくっと笑った。くしゃくしゃとシルヴィエルの頭をかき混ぜる。

その笑顔は楽し気で明るくて、シルヴィエルの心までほんのりと温かくなっていく。

――あるいは、助けられた時の小さな竜はもしかして、本当に小さな蝶みたいに愛らしかったのかもしれない。

なんとなくその考えは間違っていない気がした。

森の夜闇《やあん》に包まれた小さな空き地で、ぱちぱちと焚火《たきび》が音を立てる。

シルヴィエルと竜は、焚火の前で肩を寄せ合って座っていた。

毎晩の恒例となった長い口づけを終えて、力尽きたように竜に寄りかかるシルヴィエルに、竜が「寝ていいぞ。焚火の番はしてやるから」と囁《ささや》く。

どきどきと音を立てる心臓を隠しながら、「ありがとう」とシルヴィエルは素直に礼を言った。力の受け渡しのためだと分かっていても、毎晩の口づけは今でもどうしようもなく気持ちを落ち着かなくさせる。

「それにしても、本当に腹は減らないのか？　俺みたいな竜ならともかく、人は食べないと死ぬんじゃないのか？」

「本当に腹が空かないんだ。竜に毎晩力を貰《もら》っているおかげじゃないかと思う。まあ、食料や水を調達するのも楽じゃないから助かるよ」

「――それならいいが……」

心配そうな竜に、シルヴィエルはあえて「きっとそうだよ。だって、こんなに毎日元気に歩けているんだから」と笑いかけた。

「このまま進めば、きっとあと数日でフロイア国の領内に入れる」

シルヴィエルはぐっと両手に力を籠める。

「故郷に帰るのはどれくらいぶりなんだ？」

「五年くらい……経つかな」

逃亡生活を始めてから二年ほど経ったときに、意を決して近くまで行ってみたとき以来だ。黒いもやに覆われて霞んだ都を見て、自分が果たせなかった責任の重さに押しつぶされそうになって逃げるようにそこを離れた。あれを滅ぼすことなんてできっこないと絶望し、だけどせめて敵討ちでもと気持ちを切り替えて、必死で自分を奮い立たせたのだ。

「――あと、数日か」

「ああ」とシルヴィエルが呟く。

「だったら、ちゃんと眠って気力を蓄えないとな。ほら、横になれ。守っててやるから」

「ありがとう」とシルヴィエルは大人しく身を横たえた。目を閉じるときも不安はない。

──こんなに穏やかに夜を過ごせる日が来るなんて。

焚火は温かく、身を守ってくれる人が側にいる。竜に心を許してからは、不思議なほどにあの悪夢を見ない。

「──おやすみ、竜」

囁いたら、「ああ。また明日な。ぐっすりと眠れ」と竜が静かな声で答えてくれる。

まるで親鳥に守られた雛鳥《ひなどり》みたいだとシルヴィエルは思った。

夜が明けた。

竜の横で目を覚ましたシルヴィエルは、大きく伸びをしてから、「顔を洗ってくる」と立ち上がった。

朝露で湿った森の中を歩く痩せた体の動きは軽い。ここ数日かなりぐっすりと熟睡しているせいじゃないかとシルヴィエルは思う。

——あるいは、毎晩竜から力を貰っているせいか。

そう考えて、口づけしている自分たちの様子を頭の中に思い描いてしまい、シルヴィエルは一人で赤くなった。一気に全身が熱くなり、どきどきと胸が音を立て始める。

——あれは、ただの力の受け渡し。

そう思おうとしても、心は勝手に浮かれてしまう。

シルヴィエルにとっては、七年ぶりに心を許した相手だ。その相手が、自分だけを特別に構ってくれるのも嬉《うれ》しい。こんなに誰かに心を寄せるのは本当に久しぶりだった。

森を少し進むと、小さな泉が見えてくる。

この泉に気付いたからこそ、その近くを宿営地にしたのだ。きれいな水で体も洗えるし、発つ前に水を汲《く》んでいくこともできる。

水草がふわふわと泳ぐ透明な水を手に掬《すく》って顔を洗う。そのままごくりと飲んで、シルヴィエルは思わず「美味《おい》しい」と呟いた。新鮮な水の味は格別だ。

だがすぐに吐き気が湧き上がって胸を押さえる。

——まただ。

吐き気が治まってから、ふう、と大きく息をついて泉の中を眺める。

ふわふわと揺れる水草の間を小さな魚が群れになって泳いでいるのが見えた。冷たくないのかな、と感心しながら、波が静まって滑らかになった水面《みなも》に映った自分の顔にふと目をやり……、シルヴィエルはぎくりとして動きを止めた。

「——……え？」

思わず声に出して呟き、顔を水面に近づけてさらにはっきりとさせて自分の顔を見つめる。

「——嘘《うそ》だ……」

血の気が引く思いがした。声が震える。

水面に映ったシルヴィエルの緑色のはずの左目は、洞穴のような漆黒になっていた。

7　侵食

転がるようにして宿営地に戻り、「竜！」とシルヴィエルは叫んだ。

焚火を消していた竜は、見るからに慌てて戻ってきたシルヴィエルの必死の形相に気付いて、「どうした」と表情を引き締める。

「竜、――どうしよう、僕の目も……っ」

左の瞳を見せながら見上げたシルヴィエルに、竜は「目がどうかしたのか？」と尋ねる。

「――え……？」

シルヴィエルは戸惑って動きを止めた。

「目が黒く……」

「いや、いつもと変わらない緑色だぞ」

そんなはずはないと思う。シルヴィエルは泉のほとりで何度も確かめたのだ。それこそ信じたくなくて。だが、どれだけ目をこすっても、水面を波立たせてから見直しても、左の瞳は黒かった。

「――黒く……ない？」

「ああ。緑だ」

断言されていっそう戸惑う。

あんなに確認したけれど、もしかしたら自分の見間違いや、寝ぼけていただけだったのかもしれないと思い、ほうっとして肩の力を抜きかけ……。

「あの少年や、少年の母親と同じような緑色だ」

付け加えられた竜の言葉にぎくりとして動きを止める。

「——緑？　あの子の目は黒かったよね……？」

「いや、緑色だったぞ」

ぞわっと鳥肌が立つ。

シルヴィエルには、あの少年の目は穴ぼこのようではないけれど黒色、両親は完全にあの霧に侵された漆黒の瞳に見えていた。それは間違いない。

——まさか……。竜は瞳の色の変化が見えない……？

シルヴィエルは恐る恐る口を開いた。

「竜、……あの子の家に行った時、なんでそこに『黒影』がいて、あの子の両親が取りつかれていることが分かったんだ？」

「あの家の周辺に『黒影』が漂っていたからな」

「両親が取りつかれていたことは？」

「あれだけ家が『黒影』に覆われていたら当然だろ？　実際、即座に正体を現して口から『黒影』を吐いたからな」

シルヴィエルは息を呑む。

――だったら、竜は目の色の変化を見て気づいたわけじゃなかったんだ……。というか、あの子の目も本当は緑だったなんて……。

絶望が再び膨れ上がり、シルヴィエルの膝が崩れそうになる。

それをこらえて、シルヴィエルは竜の服の袖を引いた。

「どうした？」

「……泉まで一緒に来て」

青ざめたシルヴィエルの顔に竜は表情を引き締め、泉まで同行してくれた。

泉のほとりに膝をつき、自分の瞳の色が緑色になっていることを願いながらシルヴィエルが水面を覗《のぞ》き込む。

――だめだ、黒い……。

だが、そこには先ほど見た時と変わらない洞穴のような左目が映っていた。

絶望に打ちのめされそうになりながら、シルヴィエルは竜に「竜、水面に映った僕の瞳は何色に見える？」と尋ねる。

「緑じゃないのか？」

「本当に？　揶揄《からか》って冗談を言っているんじゃなくて？」

「揶揄ってどうする。緑だ」

その言葉に、シルヴィエルはその場でへたり込んだ。

朝露で湿った草の上にぺたりと座り、俯いて両腕で頭を抱える。嚙《か》みしめた歯がかたかたと音を立てた。

「エル？」

驚いた竜がその横にしゃがんでシルヴィエルの顔を覗き込む。

「――どうしよう……」

声が震える。

「僕は、とうにあの霧に侵されていたんだ……。きっと、あの子を助けた時に襲われた後からすでに……」

「え？」

顔を上げ、怪訝《けげん》そうに問い返した竜を見つめて、シルヴィエルは言葉を絞り出した。

「竜、僕は前に君に、フロイア国の人があの霧にとりつかれた時、瞳の色が変わったと言ったよね。穴みたいな真っ黒に」

「ああ、聞いた」と竜が答える。

「……それが見えるのは、フロイア国の王族の方と僕だけだったんだ。ほかの人には、瞳の色の変化は分からない。もとの色のまま見えてる。……僕には、あの子もあの子の両親も黒い瞳に見えてた」

最後の言葉に、竜がどきりとした顔をして目を見開く。

「もしかして、エルの目も……？」

「……そう、僕の目も、……左目が黒いんだ。今朝、静かな水面で自分の目を見るまで気が付かなかった」

泣きそうな声でシルヴィエルが告げる。

「きっと、お腹が空かないのも、水を飲んだら吐きそうになるのも、体内があの霧で……埋まっているからだ。この体の中から霧が吹き出したら、僕はぺしゃんこになる。あの子や、フロイア国のみんなみたいに……！」

絶望が膨れ上がり、感極まって大声を出したシルヴィエルを、竜が強く抱きしめる。

「落ち着け！」

「無理だよ！」とシルヴィエルが叫ぶ。

「もう僕はだめだ。敵討ちもできない。死ぬんだ。この体から黒い霧が吹き出るのを待つしかない。――いや、待つくらいなら、今のうちに自分で……」

「落ち着け、エル！」と竜が強く抱きしめて再度叫んだ。

その声にびくりと震え、シルヴィエルが顔を歪《ゆが》めて唸るように泣き出す。

「落ち着け、そうだ、泣いてもいいから自暴自棄にはなるな。今は決断するな。落ち着け。とりあえず俺の話を聞け」

竜がシルヴィエルの背中と頭を撫でながら静かな声で繰り返す。

「冷静になれ、きっとまだ間に合う。大丈夫だ」

「――そんな気休め……」

「気休めじゃない。お前の状態は、俺が知っている最後の段階にはまだ達していない」

「そんなの、もうすでに最後だよ……っ。あとは霧が吹き出すのを待つだけだ！」

泣きながら叫んだシルヴィエルに、竜が「エル」と諭すように囁いた。

「とにかく聞け。いいか、俺の経験によると、『黒影』に乗っ取られた生き物の周りからは妖精が消えるんだ。だが、お前のそばにはまだ妖精がいる」

シルヴィエルの泣き声が引きつけるように止まった。

「――妖、精……？」

「ああ。竜は、人が判断がつかない音を聞き取れたり、人には見えないものが見える。そのひとつが妖精だ」

「……いや、僕も精霊が見えるけど、このあたりに精霊は見えない。フロイア国の周辺にいた精霊はみんなあいつに食べられて消えてしまったから」

シルヴィエルが竜を見上げて首を振る。

「じゃあ、もしかして、お前が言う精霊と、竜が言う妖精は違うのかもしれない。俺にはこの森の中にもほんの少しだが妖精が見える」

「――え……？」

「そして、エルのそばにも小さな妖精がいるのが見える」

「……妖精が……？」

「そうだ。まだエルのそばには妖精がいる。だから大丈夫だ。お前はまだ完全に乗っ取られてはいない」

だが、シルヴィエルはまたぼろっと涙をこぼした。俯いて泣き出す。

「そうだとして、……どうやってあれを僕の体から追い出すんだよ。竜にあんなに力を貰っても、太陽の下をずっと歩いてきても駄目だったのに……！　それに追い出した後は？　皮だけになってどうせ死ぬ。もうおしまいだ。どうにもならない」

言葉を詰まらせて、シルヴィエルが草の上に突っ伏して呻《うめ》くように泣き出す。

背を丸めて草を握りしめて泣くシルヴィエルを、竜が強張《こわば》った瞳で見つめた。そして、ぐっと手を握りしめてから決心したように口を開く。

「諦めるな。まだ、試してみる価値がある方法は残っている」

「そんな方法、今更……。だいたい、なんで今になって……」

突っ伏したままシルヴィエルが首を振る。

「悪かった。口移しで力を与えるだけで『黒影』を撃退できたと思っていたんだ。まだ妖精がエルのそばにいたから」

思いがけず竜に謝られてしまい、シルヴィエルの泣き声が乱れた。数秒してから顔を上げて、気まずそうに「いや、君が謝る必要はない」と呟いてすんと洟《はな》をすする。

「今までだって君はいろいろと僕を助けてくれたし、……それは本当に感謝している」

そしてシルヴィエルは身を起こして草の上に座って、「悪かった。決して君を責めたつもりじゃないんだ」と竜を見上げた。

ふっと竜が表情を和らげる。

「大丈夫だ。分かっている。自分が『黒影』に取りつかれているといきなり分かれば、取り乱して当然だ」

そして、両腕を回してシルヴィエルを抱いてその背中を撫でた。

「むしろ、俺を呼びに来てくれて良かった。エルが早まって自分の命を絶ったりしなくて良かった」

「――ごめん」とシルヴィエルが呟き、ぐっと唇を噛んだ。しばらくそうして思いつめた顔をしてから、シルヴィエルはぽつりと口を開いた。

「だけど、あれは僕の本心だ。僕の体の中であの霧が育ってどこかで噴出して害を広げるのなら、……僕はまだあいつがこの体の中にいるうちに、あいつと一緒にこの命を絶つよ」

「エル！」

「でも、それは最後の最後だ。助かるかもしれない方法がまだ残っているのなら、僕はそれを試したい。……フロイア国を滅ぼしたあいつに一撃を食らわせてから死ぬのが、僕に『救いの子』という名前を付けてくれた人たちへのせめてもの償いだ」

シルヴィエルは竜の肩を押して体を離して、真正面から竜を見つめた。

「竜。もう少しだけ力を貸してくれ。その方法を教えてほしい」

竜は驚いたように目を丸くしてから、ふっと微笑んだ。

「いい目だ。ようやく落ち着いたな。承知した。少しだけと言わず、いくらでも力を貸してやる」

「――ありがとう」

力強い言葉に、シルヴィエルはさっきまでと別の意味で泣きそうになる。

「……本当に、君が一緒にいてくれて良かったと思う。一人だったら、せっかく『英雄の剣』を手に入れても、きっとここまで辿《たど》り着けてなかった。君が助けてくれたおかげだ」

竜が目を細めて笑う。

「最初はあんなに邪魔にしていたのにな」

「そうだな」とシルヴィエルも笑った。

笑うと、心の中の不安も少し和らぐ気がする。減りはしないが多少気持ちは楽になる。だがその途端、取り乱して泣いた自分が恥ずかしくなって、シルヴィエルは竜から目を逸らした。

「どうした？」

「いや、泣き喚いた自分が恥ずかしくなって」

顔を赤くするシルヴィエルに竜がくくっと笑った。

「それでいい。いつものエルだ」

「恥ずかしがるのが？」

「いや、表情がころころと変わるところが」

その言葉に、シルヴィエルは複雑な気持ちになる。

少なくとも、自分は表情を殺していたはずだ。七年間、できるだけ感情を波立たせないようにして生きてきたのだから。それが、この短い数週間で元に戻ってしまったというのか。これまでの七年間は、そんなに浅いものだったのだろうか。

いや違う、とシルヴィエルは思う。

――この竜だからだ。

表情豊かで、温かくて過保護な花喰いの竜。どれだけ邪険にされても気にせずシルヴィエルに尽くし、疑いしか抱いていなかったシルヴィエルの心をいつの間にか溶かしてしまった。

ふう、とシルヴィエルはゆっくりと息をついた。

――大丈夫だ。僕にはこの竜がいる。

もう、この竜の真心を疑う気はない。

気持ちが少し楽になって、シルヴィエルは竜を見上げた。

「で、どんな方法を試すんだ?」

わずかな間のあと、竜が「俺の力をシルヴィエルに与える」と答えた。

「でも、毎晩あれだけ口移しで力を貰っていても足りなかったのに?」

「もっと確実な方法で与える」

シルヴィエルは首を傾《かし》げて「確実?」と尋ね返す。

「直接与える」

「だから、あれだけ口移ししてもらっても……」

「いや、あれは間接だ。今度は正真正銘、直接だ。直接体の中に注ぎ込む」

「……あれが間接で、今度は本物の直接?」とシルヴィエルが怪訝な顔をする前で、竜がぽんと銀緑色の本来の竜の姿に戻った。

驚くシルヴィエルの体の前に長い自分の尻尾を回して「これだ」とその尖《とが》った先端を見せた。

怪訝な顔をするシルヴィエルの目の前で、銀緑色の尻尾の先から朝露のように透明な水滴がぽたりと落ちる。

「竜の体液だ」

「——体液?」

「昔は『竜の雫《しずく》』と言っていたな。涙とか汗とか、まあ、他のものとか。要は竜の体から滲《にじ》み出るものだ。長寿や滋養強壮、美容にいい霊薬として人間たちの献上品に用いられたらしい。竜を生け捕りにして絞り出したこともあったそうだ」

「……絞り出して……？」

シルヴィエルが呆気《あっけ》に取られて呟く。

「ああ。大きな竜は捕らえることすら難しいから、対象は俺たちみたいな小さな竜だったらしいがな。中でも花喰いの竜の『竜の雫』は花の香りがすると高値がついたらしい」

「……人間が、竜にそんなことを？」

「ああ」

「なんだよ、それ。——人間は、竜を乱暴者とか厄介者として敵視していたけど、人間だって散々なことをしているじゃないか」

憤った口調で言うシルヴィエルに、竜がふっと目を細めた。

「まあ、昔の話だ。過ぎたことだ」

そして、大きな骨ばった竜の手でぽんとシルヴィエルの頭を撫でる。

「お前は怒ってくれるんだな」

「——え？　そんなの当然……」

「感謝する」

改まって言われて、シルヴィエルが赤くなる。そのまま戸惑ったように目を逸らして、「で、その雫を僕が飲めばいいってこと？」と尋ねた。

「飲んでもいいかもしれないが、……一番強いのは『直接』だ」

わずかに言い淀《よど》んでから竜が言う。

「飲むのは『直接』じゃないの？」

「もっと強い『直接』がある。竜は本気で敵を倒すときは、尻尾や爪を敵の体に食い込ませてそれを流し込むんだ」

シルヴィエルが目を丸くする。

「――え、じゃあ、その爪とか尾を僕の体に刺して……？」

ぶるっと身を震わせて青くなって、シルヴィエルは両手で自分の胸と腹を押さえた。

「その弱った体に刺したら、エルは間違いなく死ぬだろうな」

「じゃあ、……どうやって？」

尋ねたシルヴィエルに、竜はなぜか答えない。彼が答えを言い淀んでいることにようやく気付いて、シルヴィエルは「もったいぶらないで教えてくれよ」と縋《すが》った。

「お願いだ、竜。もうそれしか方法がないんだ」

「――いや、だから……」

「竜が自分で言ったんじゃないか。試す方法があるって。それともあれは、僕を落ち着かせるための嘘だったのか？」

「嘘じゃない。嘘じゃないんだが……」

シルヴィエルが詰め寄っても、なんとも竜は歯切れが悪い。

「だったらそれを教えてくれ。お願いだから」

竜がシルヴィエルから目を逸らした。

「――まあ、いわゆる、体を傷つけないで体液を体の中に入れる方法だ」

「……傷つけないで？　どこから？」

「穴から」

「穴？」ときょとんとしてシルヴィエルが尋ね返す。

「――尻の、穴」

「は？」

固まったシルヴィエルを前に、自棄《やけ》になったように竜が言葉を繋《つな》ぐ。

「お前が女だったら、いわゆる種付けだ。直接体の奥に体液を流し込める一番確実な方法だ。だが、エルは女じゃないから尻の穴だ」

「――なんだ、そうか」

ほっとしたように呟いたシルヴィエルに、竜が逆に「えっ」と驚いた声を出した。

「？　なんで驚く？」

「いや、エルは嫌がるかと思ったから」

「どうして?」

「どうして、って……。口移しで力を渡した時も、肌に直接手で触れた時も、エルはすごく恥ずかしがっていたじゃないか。最初は額に額をつけるのも赤くなるくらい。だからこれは絶対に嫌がるだろうと……」

「あれは君が人の姿だったから。でも、竜だったら気にならないよ。体の中に入れるのは竜の尻尾だろ?」

「——まあ、そうだが」

「むしろ、そんな汚い場所に君のきれいな尻尾を入れさせることのほうが申し訳ないよ。一応ちゃんと泉で洗うつもりだけど」

本当に心苦しそうに顔を顰めたシルヴィエルに、竜が「きれい?」と尋ねた。

「きれいだろ? 緑がかった銀色で、つやつやしてきらきらで」

あっさりと答えたシルヴィエルに、竜のほうが目を丸くする。

そんな竜を「いつしてくれる?」とシルヴィエルが見つめる。

「……できるだけ早いほうがいいだろう」

「分かった。じゃあ、僕はこの泉できれいにしてから戻るから、竜は先に洞窟に帰ってて」

はきはきと答えて立ち上がり、さっさと泉に向かったシルヴィエルの後ろ姿を見ながら、竜が「そうくるのか。相変わらず予測不能だ……」とぽつりと呟いた。

「うー、冷たい……っ」

下半身だけ裸になり、泉の水の出口に近い場所で水に浸りながらシルヴィエルが震える。

――でも、できるだけきれいにしなくては。

袖を捲《まく》った腕をそろりと尻に回し、指先でこする。

――ここにあの竜の尻尾を入れるって……。

行為自体も恐ろしいが、気持ち的にも動揺が激しい。さっきは必死で平静を装ったが、実はシルヴィエルの心の中は困惑と驚愕《きょうがく》で満ち溢《あふ》れていた。

竜がいわゆる「種付け」だなんて口に出すからだ。そんなことを言われて動揺しないはずがない。

――だけど、竜の姿だったら平気なはずだ。治療だと開き直れる。

シルヴィエルは、溜《た》めていた息をふうと吐きだす。

もし竜が人間の姿だったらきっと耐えられない。口移しで力を貰う時でもあんなに恥ずかしいし、怖いくらいに動悸《どうき》がするのに。

いったい自分はどうしたのだろうと思う。最初の頃は、口移しで力を与えられても、恥ずかしくはあったけれど、こんなに動揺はしなかった。普通なら回を重ねるにつれて慣れていくはずなのに、逆に動揺が激しくなるなんて。

——落ち着け。落ち着け。これは、この体の中にいるあの黒い霧を退治するための手段だ。

そう思うと同時に、胸が軋《きし》むような恐怖が湧き起こった。処置に対する動揺と体の中にいるものへの恐怖が混ぜ合わさって、胸を掻《か》きむしりたいような落ち着かなさが膨らむ。

——怖い。

目の前の水に顔を映して黒くなった瞳を見るのも怖い。確認できるのは自分だけなのに、再認識するのが怖い。

動揺して体が熱くなったり、恐怖で氷のように冷えたり、気持ちがあちこちに拡散して壊れそうで、シルヴィエルは背を丸めてぐっと息を詰めた。

——落ち着け。今できることを、できるだけ早くするだけだ。……そうしないと、みんなの敵が討てなくなる。

国王の顔が頭に浮かんだ。シルヴィエルを可愛《かわい》がってくれた国王、神官たち。都の人々。

——それに、竜が大丈夫というなら大丈夫だ。竜を信じるんだ。……落ち着け。

頼りがいのある竜の笑顔を思い浮かべたら、少し心が強くなる気がした。泣きたいくらいに安堵《あんど》する。

「……行こう」

顔を上げて、シルヴィエルは泉から上がるために岸辺に向かった。

洞窟の地面に布を敷き、下穿《したば》きを脱いだシルヴィエルがその上で四つん這《ば》いになる。上着の裾が被っているから丸見えではないが、すうすうと風が通るのが心許《こころもと》ない。

入り口では相変わらず火を焚《た》いている。シルヴィエルが寒くないようにという竜の気づかいと、万が一このまま夜になった時のための明かり取りだ。まだ昼前だが、この先に何が起きるか分からない。

「さて」と銀色の竜がシルヴィエルの両横に四つ足をついて覆いかぶさる。ちょうど頭の斜め前あたりについた大きな手に、シルヴィエルはぶるっと震えた。ごつごつと節くれだち銀色に光る巨大な獣の手には、分厚くて尖った白い爪があり、地面に突き刺さっている。つやつやとしたそれは、いかにも硬くて鋭くて、これで攻撃されたら人間などひとたまりもない。

そんな覆いかぶさる体勢になっても、竜の体はシルヴィエルに触れないくらいに大きい。仮にこのまま竜が体を下げれば、シルヴィエルは重みで潰れてしまうだろう。

洞窟の入口で火を焚いているために、二人の姿が奥の壁に影絵のように映っている。うつぶせた竜の長い尻尾が体の上でゆっくりと左右に動くのを、シルヴィエルは息を詰めて目の端で見ていた。

竜の尻尾はふらふらとあちこちに揺れ、なんとなく戸惑っているように見えた。現にこの体勢になってからしばらく経つのに、なかなか先に進まない。

「――竜、そろそろ」

緊張に耐えられなくなったシルヴィエルのほうが口火を切る。

「そうだな」と竜の声が頭の上で響き、体の上で揺れていた尻尾が下がるのをシルヴィエルは瞬きもできずに凝視していた。

臀部《でんぶ》に被さった服の裾を器用にかいくぐり、尻の谷間にぬるっとしたものが触れる。

――あ、尻尾だ。

シルヴィエルの体温よりも少し冷たいそれは、谷間を湿らせるように上下にぬるぬると動く。気色悪いというよりも、くすぐったい。

「……なに？」

「竜の雫で濡《ぬ》らしている」

「え？　そんな無駄遣いしなくても……」

思わずつぶやいたシルヴィエルに、竜がくっと笑った。

「無駄遣いと言うか」

「だって、王様の献上品に使われるくらい貴重品なんだろ。濡らさなくてもいいよ。勿体《もったい》ないから」

くくっと竜が笑い、尻の谷間から尻尾の感触がなくなったと思った数秒後、尖ったものにその場所をつつっと撫でられて、シルヴィエルは「ひゃっ」と声を上げた。思わず伸びあがって逃れてしまう。

「こら、逃げるな」

「あ、――ごめん」

シルヴィエルはそろそろと体勢を元に戻した。そこにまた尖ったものが触れてくる。あきらかに入り口を探していると思われる動きにぞくぞくと鳥肌が立った。

――大丈夫だ。ちゃんと洗ったし、きっと汚くない。

浅く息をつくシルヴィエルの動悸がどんどん速くなっていく。緊張のあまり息苦しくなったその時、その場所に鋭い痛みが走った。

「痛っ！」

シルヴィエルは思わず声を上げていた。先端が中に入り込んだのだ。

刺されたような痛さだった。想像とまったく違う、思いがけない痛みに息が詰まる。

「痛いか？」

「……痛い」

シルヴィエルが驚いて声を上げた直後、尾の先は遠ざかって痛みは緩まっていたが、それでもまだじんじんと痛くて呻くように答える。

「先端が少し入っただけだぞ。それでも痛いのか？」

「……ごめん、痛かった」

はあっと息をつきながらシルヴィエルがうずくまる。

竜は考えるように少し動きを止めていたが、改めてというように再びその場所に先端を差し込んだ。

「――う、……うーっ」

痛みをこらえて呻くシルヴィエルの首筋が真っ赤になる。

だが、震えるほどに握りこぶしを作って地面に押し付けながらも、シルヴィエルは決してやめてとは言わない。これが必要な行為だと彼も分かっているのだ。

竜が尻尾を引いたら、数秒遅れてシルヴィエルが大きく息をついた。強張っていた背中の緊張が見るからに緩む。

「――ご、ごめん、竜。平気だから、気にしないでもっと奥に……」

振り返ったシルヴィエルの目はわずかに潤んでいた。

それを見て竜は困ったように目を細める。

「そうか。やっぱり痛いか」

「……やっぱり？」

「そもそも尻尾は攻撃するものだからな。先端は鋭いし、鱗も細かく逆立っている」

「――え……」

ぞっとしたシルヴィエルが顔を引きつらせる。

「で、でも、僕の体の中のあれを消すにはこの方法しかないんだろ？　だったら、我慢するから……」

動揺しながらも言葉を繋ぐシルヴィエルの前で、竜がおもむろに人間の姿に変身した。彼が諦めてしまったのだと思ったシルヴィエルがどきりとした顔をする。

「ごめん、我慢するから諦めないで。お願いだから」

焦って懇願するシルヴィエルに、竜が「誰が諦めると言った？」と困ったように笑う。

その言葉に、シルヴィエルは泣きたいくらいにほっとする。もう頼れるのは竜だけなのだ。

その竜に匙《さじ》を投げられるのがシルヴィエルはなによりも怖かった。

「――あ、ありがとう。迷惑かけてごめん」

泣きそうになりながら呟いて、覚悟を決めたシルヴィエルが再び布の上に蹲《うずくま》って固く目を閉じる。

その背中に、再び竜が覆いかぶさる。

だがそれはあの大きな竜ではなく、人の姿のままだった。

――え？

戸惑う間もなく、尻の谷間に柔らかいものが触れる。

それが竜の指だと気づいた瞬間に、シルヴィエルは思わず「嫌だっ」と叫んでいた。

「や、嫌だ、竜！　さっきのでいいから、それは嫌だ」

ずり上がって逃れようとするシルヴィエルの肩を押さえて、竜が「我慢するんだろ」と言う。

「我慢するよ、我慢するから尻尾がいい。それは嫌だ」

「よくよく考えたら、そのまま尻尾の先を入れるのはやっぱり無理だ。鋭すぎてお前を傷つけるだけだ。だから方法を変える」

「それが指……？」

「そう」

「指の先からも雫が……？」

「いや、指からは出ない。指はそこを開くためだ」

シルヴィエルの喉が引きつる。

「……開いてから尻尾を？」

シルヴィエルは完全に怯《おび》えた目で竜を振り返りながら尋ねた。

「そうだな」

「――分かった」

ぐっと唇を噛んで、シルヴィエルは顔を地面に戻す。

「よし、いい子だ。我慢しろ」

「我慢というより、竜に悪くて。——ごめん、そんな場所を指で触らせて」

ふっと背後の竜の気配が緩んだ。

「気にするな」と柔らかくなった声で言い、ぽんとシルヴィエルの頭を撫でる。

「俺は、お前の復讐を助けると約束した。そのための手段だ」

「……ありがとう」

再び竜の指がその場所に触れてきても、シルヴィエルはもう嫌だとは言わなかった。息を詰めて背中をこわばらせながらも、ぐっとこらえている。

撫でていた指がその場所を探し当てて指の先端で押す。

——痛い。

びくっと全身が震えたが、シルヴィエルは我慢した。

——我慢しろ、我慢。さっきの尻尾よりも全然痛くない。むしろ竜のほうが……。

撫でる竜の指は時折湿り気を増して、ぬるっと抵抗がなくなる。きっと『竜の雫』を塗り足しているのだろうと思う。

竜の大きくて男らしい手のあの指が、自分の尻の間を行き来している様子を想像すると、シルヴィエルは息が詰まりそうになる。

——なんてことをさせているんだろう。ごめん、竜。

排泄《はいせつ》する汚い場所を竜に触れさせているのが申し訳なくて、泣きそうだ。

「……っ」

つぷっと指が入り込む感触に、ぐっと全身が強張る。出入りする感触が気持ち悪い。

「大丈夫か」と尋ねられても、シルヴィエルには「大丈夫」以外に選ぶ言葉はない。さらに「二本に増やすぞ」と言われてぎょっとしても、頷くしかなかった。

広げられ、くぷっと空気が入ってくる感触があまりにも気持ち悪くて、額を地面に押し付けて唇を噛んで耐える。いつの間にかシルヴィエルは、膝をついて腰だけを高く上げ、背を反らして地面にうつぶせる姿勢になっていた。

――我慢しろ、我慢。竜だって我慢して指を入れているんだから。

背中がしっとりと湿る。首筋は汗で濡れて寒いくらいだ。

さっき竜が「三本入れるぞ」と告げてからしばらく経つ。いつまで続くんだろうとシルヴィエルが不安になったその時、竜が「そろそろいいか」と指を抜いた。

ほっとして、安堵のあまりシルヴィエルは地面に頽《くずお》れそうになる。だが、竜に姿を変えた竜の手がそれを支えた。そして再び尻尾の先が尻の谷間を撫でる。

――大丈夫だ、指で広げたんだから、今度は……。

必死で気持ちを落ち着けたシルヴィエルだったが、再び尻尾が入り込んできたときには思わず「痛いっ」と悲鳴を上げていた。ぶわっと全身に汗が湧く。

柔らかくほぐされて緊張がなくなった場所だったから、いっそう敏感に痛みを拾ってしまったのだ。もしかしたら最初の時よりも抵抗は少なかったのかもしれないが、シルヴィエルにはその痛みは何倍にも大きく感じられた。

「――……う、いた……」

今度こそ地面に蹲り、衝撃で背中を痙攣《けいれん》させるシルヴィエルの背後で、竜が「そうか」と困ったように呟いた。そして、再び触れた人の指の感触にシルヴィエルはわずかに息を呑む。

さっきまでと同じようにそこを広げられる感覚を捕らえた直後に、熱くて大きなものがぐうっと奥まで入り込んできた感触にぎょっとする。

「――な、なに……？」

竜はまだ人の姿のままのはずだ。だったら、これはなに？

振り返って、シルヴィエルは目を疑った。

自分の尻に密着しているもの、それは下穿きを緩めた竜の下半身だった。竜の大きな手はシルヴィエルの腰を両側から摑《つか》み、親指でその場所を広げている。

「――……！」

――嘘だ。なんで……？

息が止まった。「すんなり入ったな。痛くないか」と竜に尋ねられても、衝撃で声すら出ない。

性器を押し込まれているだけでも衝撃なのに、さらにシルヴィエルを怯えさせたことには、体の中に入ったそれが、どんどん質量を増していくのだ。膨らんで、腹が破裂しそうな恐怖に襲われる。

「——や、や……だっ」

ようやく声を出せた時には、シルヴィエルは完全に竜の男根に串刺しにされる形になっていた。

「もう少し我慢しろ。できるだけ奥に注ぎたい」

「——いや、……や、……っ」

恐ろしいやら、なんでこんなことになっているのやら理解の範疇《はんちゅう》を超えてしまって、シルヴィエルは理性的な受け答えができない。

「あと、体の力を緩めてくれ。こんなにがちがちでは注げない」

「——無理……っ」

「仕方ないな」

腰を支えていた竜の手がするりと動いて、萎えて縮んでいたシルヴィエルの性器に触れる。

「やだっ、なにして……っ?」

「俺の手のほうに意識を集中させろ。気持ちよくなれば強張りも緩むだろう」

——嘘だ、気持ちよく……?

大きな手でぎゅっと性器を揉《も》まれて「やだっ」とシルヴィエルが悲鳴を上げる。これではまるで性交だ。神官見習いとして性とは程遠い生活をしてきたうえに、ようやく竜への好意を自覚し始めたシルヴィエルには、この行為は衝撃が大きすぎた。

「──なんで、こんな……」

それは、黒い霧を退治するために『竜の雫』を流し込んでいるという本来の目的が吹っ飛んでしまうほどの動揺で、シルヴィエルの目からぼろっと涙が零《こぼ》れる。

「エル、嫌でも我慢しろ。俺の尻尾は広げながらじゃないと入らない。だが、尻尾があるときの俺の手は鋭い爪を持った凶器でしかない。だったら、雫を流し込むには人間の手とこいつの組み合わせしかないんだ。悪いな」

なんで謝るんだろうと思う。謝られたら、シルヴィエルはもう悪態などつけない。そもそもこれは、シルヴィエルを助けるための行為なのだから。

──だけど、……こんなのまるで性交じゃないか。

竜の大きな手は熱くて、しかも器用だった。揉まれ弄《いじく》られた性器が熱を持って存在感を増し、じわじわと腰に痺れのような重苦しさが溜まり始める。

──待って。嫌だ、反応してる。

七年間の孤独のあとにようやく信頼した相手に、しかも好意を抱いた相手に、竜に、こんなふうに触れられて反応しないわけがなかった。動揺で頭の中が破裂しそうになる。どうしていいか分からない。ぼろぼろと涙が零れた。

さらに、ありえないくらい大きくなったものでみっちりと満たされた内部までじわっと熱くなり、じんじんと痺れて、怖いくらいの快感が膨れ上がっていく。

——なんで……！　こんな状態で興奮するなんて……。

どうしようもなく気持ちがいい。気を抜くとついそう口走ってしまいそうになる。だけどそれはできない。これは治療だから。治療なのに快感を覚えてしまう破廉恥でいやらしい自分を知られたくなくて、そう口走ってしまうのが怖くて、シルヴィエルの口からは「いや、怖い」という言葉しか漏れない。本当はどうしようもなく気持ちいいのに。竜に抱いてもらえるのが嬉しいのに。

「——いやだ、やだ……」

「泣くな」と竜が呟く。

「もう少しだから。こんなことされて嫌だろうが、我慢して受け入れろ」

竜がシルヴィエルの体を半回転させて上向けた。

「ひ、……っ！」

熱く大きな屹立《きつりつ》に体の中をぐるりと掻《か》きまわされ、シルヴィエルは衝撃に声もなく身をのけぞらせる。

「——あ、……あ……っ」

あまりに強い刺激にがくがくと体が震える。それを堪《こら》えてシルヴィエルが必死に薄く目を開けたら、宝石のような黒い瞳がまっすぐに自分を見つめているのが見えた。それがゆっくりと近づいてくる。

——あ。

口づけをされると思った。

だが、竜の唇が触れたのはシルヴィエルの頬だった。頬と頬を触れさせて、胸を合わせて竜はシルヴィエルを穿《うが》つ。

それがなぜか無性に悲しくて、シルヴィエルの胸が痛くなった。

——嫌だ。唇がいい。唇が欲しい。

シルヴィエルは無我夢中で竜の体に両腕を回してしがみつき、その唇に自分の唇を押し付ける。ねだるように。

「エル？」

「——竜、お願い……」

涙声で請うたシルヴィエルに、竜が驚いたように震えてから唇を合わせる。

——ああ。

竜だ、と思った。

竜の腰の動きが大きくなるにつれて、シルヴィエルの体もどんどん熱くなっていく。抱きしめてくれる腕が頼もしい。

衝撃が消えた体に、一度去った激しい快感が蘇り、再び膨れ上がっていく。大きくて熱いものに狭い場所を開かれて掻きまわされる圧迫感が気持ちよくて、その場所からとろけていく。どうしようもなく気持ちいい。

――ああ、砂糖みたいに崩れて溶けそう。

これが性交？　こんなに熱くて激しくて甘いものが？　……それとも治療？

「いいぞ、エル。そのまま受け入れろ」

体の中が竜の熱で満ちていく。膨らんで破裂しそう。ああ、沸騰して燃えてしまいそうだ。

――竜、竜。

これが治療でなくて、愛を交わす行為だったらどれだけ幸せだろうかとシルヴィエルは朦朧《もうろう》とする意識の中で思った。

真夜中に目が覚めた。

目の前に焚火。その向こうに見える森は真っ黒だ。背中に竜の気配がある。横になったシルヴィエルの背中にぴったりと胸をくっつけ、足を絡ませるようにして竜が後ろからシルヴィエルを包んでいた。

「――目を覚ましたのか？」

眠らない竜がシルヴィエルにそっと話しかける。

返事をしようとして、シルヴィエルはけほっと咳をした。喉がからからに渇いていて声を出すのが辛《つら》い。

「……覚ました」

「大丈夫か？」

「……体は、そんなに痛くない気がする。竜が治してくれたのか？」

「できるだけのことはしてみた。いや、体よりも心だ。大丈夫か？」

「——……心？」

「最中も、終わってからも、エルはずっと泣いていたから。悪かったな、そんなに嫌だったか」

そんなに泣いていたのか、と思う。だからこんなに瞼《まぶた》が重いのか。

「ごめん、竜。竜は僕のためにあんなことまでしてくれたのに、僕は何度も嫌だ嫌だ、と。……本当に失礼この上ないと思う」

「構わない。それだけ嫌だったってことだろう？」

「——ごめん、違うんだ。嫌だったんじゃなくて、ものすごく……驚いて、動揺したんだろうと思う」

「驚いて？」

「だって、あんな、本当なら恋人同士でするようなことまで竜にさせてしまって、――申し訳なくて、情けなくて」

竜が黙って後ろからシルヴィエルを抱きしめる。

「復讐を助けるって約束したからな」

「――ありがとう」

「俺ができる最大でたっぷりと注いだ。これであれがお前の体の中から消えることを心から願っている」

「――うん……」

じわっとまた目と体が熱くなる。

胸の前に回った竜の腕を、シルヴィエルは包むように両手で握った。

本当は背中からじゃなくて、さっきみたいに正面から抱いてほしい。腕じゃなくて彼の体を抱きしめたい。だけど、そんなことはとても言えるはずがなくて。

――だめだ。性交まがいのことまでしてもらったのに、そんなことまで願ったら、まるで本当に愛を交わしたみたいになってしまう。

夜が明けた。

目を覚ましたら竜は洞窟にいなかった。まだ燃えている焚火の前で、シルヴィエルはぼんやりと身を起こし、違和感にぎくりとする。

――おかしい。体が重い。なんだか、……だるい。

昨日までの身の軽さがない。

――もしかして、失敗したのだろうか。体の中のあいつが一層広がった……？

ぞわっと鳥肌が立った。

死ぬ恐怖と同時に、あそこまでしてくれた竜の行為が無駄骨だったんじゃないかという申し訳なさが膨れ上がって、一気に血の気が引いた。地面についた手がかたかたと震える。

「エル、起きたのか」

新しい枯れ枝を取ってきた竜が洞窟の前に戻ってきた。

「――竜……」

真っ青になっているシルヴィエルに驚いて駆け寄る。

「竜、どうしよう、……昨日より体が重いんだ。もしかして、あいつがもっと広がったんだったら……」

震える声で訴えるシルヴィエルに竜が表情を引き締める。

「エル、焦るな。まだ決めつけるな。泉に行って、昨日みたいに水面に映して見てみよう」

竜に励まされながら、シルヴィエルは怯えながら昨日の泉まで辿り着いた。水際に膝をついて水面の上に顔を出すものの、恐ろしくて目を開けられない。

――どうしよう、まだ目が黒かったら。いや、左目だけでなく右目まで黒くなっていたりしたら……。

心臓が怖いくらいに音を立てる。

「エル」

声を掛けられて、シルヴィエルはびくりと震えた。

「――もう少しだけ待って。覚悟ができるまで」

湿った草をぎゅっと握りしめて答えてから、シルヴィエルは息を詰める。

――覚悟を決めろ。こうして見ないでいても、黒くなった瞳が緑に変わるわけじゃない。黒くなっていたら、……被害が広がらないように自分で命を絶つ。それだけだ。

そろそろと目を開く。

固く閉じていた目の焦点はすぐには合わず、ぼんやりと映った水際の映像にシルヴィエルは目を凝らした。

息を呑む。

――緑……？

信じられなくて目をこする。

「エル？」

「緑だ……」

「緑？」

「……嘘だ。体も昨日より重いし、具合が良くなった気はまったくしないのに」

こんなに体調が悪いのに瞳が緑色だということが納得できない。もしかして、自分の頭まであいつに侵されて、まともな色が見えなくなったんじゃないかと思う。シルヴィエルはさらにごしごしと目をこすって、また水面を覗き込んだ。

「……やっぱり、緑だ。なんで……？」

ぞわっと鳥肌が立つ。焦燥のあまり呆然《ぼうぜん》とするシルヴィエルの肩を竜が後ろから抱いた。

「大丈夫だ。体が重くなったのはきっと、体の中から『黒影』が消えたせいだ。今までは『黒影』のせいで、体が異常に軽くて爽快だっただけだ」

竜の言葉がただの慰めにしか思えなくて「そんなこと……」と言いかけたシルヴィエルに、竜が「その証拠に、まだお前のそばには妖精の光がある」と言葉を被せた。

はっとする。

シルヴィエルは振り向いて竜を見つめた。

「まだ、妖精は僕のそばにいる……？」

「ああ、いる。お前の様子を心配そうに窺《うかが》うように、ふわふわとお前の周りを飛んでいる」

竜の視線は、シルヴィエルの周りの何かを確かに追いかけるように宙を泳いだ。力強い返事に、ぐっとシルヴィエルの胸が苦しくなる。

「――本当に?」

「ああ。俺は嘘は言わない」

――じゃあ本当に……。

シルヴィエルは泉に向き直って両手で水を掬った。不安で息が詰まる。

――水を飲んでまた、気持ち悪くなったら……。

それは、まだあいつが体の中にいるという証明だ。

だが、水を飲みたい気持ちは確かにあることに勇気を得て、シルヴィエルは緊張した面持ちのままそれを口に含んだ。竜はそれを黙って見つめている。

勇気を振り絞って、こくりと飲みこむ。

冷たい水が思った以上に爽やかにすうっと喉を通っていった。そのまま体の中を潤し、全身が水の訪れを喜んでいるような錯覚に捕らわれる。

「――美味しい」

シルヴィエルは半ば唖然《あぜん》として呟いた。続けて二口三口と掬って飲む。

――気持ち悪くならない。……本当にあいつがいなくなった……?

ようやく心からの喜びが湧き上がり、一気に胸が苦しくなった。目の前の景色が滲む。

四口目を掬おうとして体勢を崩し、シルヴィエルはその手を地面についた。震える手で草を握りしめて動きを止める。

「エル？」

「……気持ち悪くならない」

シルヴィエルは涙でいっぱいの目で竜を見上げ、詰まった声で繰り返した。

「竜、水を飲んでも気持ち悪くならない。どれだけ飲んでも美味しいんだ。もっと、もっとと飲みたくなる」

目が熱い。喉と鼻が詰まる。きっと自分は涙だらけのみっともない顔をしているだろう。視界が滲んで竜の表情が見えない。

だけどシルヴィエルは「竜」ととびきりの顔で笑った。

「ありがとう。――ありがとう、……竜」

自ら竜に抱きつく。そして、シルヴィエルは堰《せき》を切ったように声をあげて泣き出した。

「――ありがとう、――ありがとう、竜。君のおかげだ」

驚いたように動きを止めた竜が、数秒後に黙ったままシルヴィエルの背中に手で触れた。そっと撫でる。

その手が温かくて、優しくて、シルヴィエルの嗚咽《おえつ》が止まらなくなる。

「良かったな、エル」

その囁きは、春の風のように慈しみに満ちていた。

シルヴィエルは竜から身を離して地面にうずくまり、「王様」としゃくりあげながら呟く。

「……王様、これで旅を続けられます。みんなの敵が討てます。フロイア国の復讐を行うことができます」

喉が詰まる。突っ伏して背を丸めて、シルヴィエルは泣いた。

自分があいつに侵されていると知った時に真っ先に感じたのは、死の恐怖よりも、これで敵が討てなくなるという絶望だった。今まで七年間、一人残されても気丈に生きてこられたのは、あの黒い霧に復讐をするという目標があったからだった。それが、『救いの子』として名前を授けられた自分が果たすべき義務だとずっと思ってきた。それをできなくなることが、シルヴィエルはなによりも恐ろしかったのだ。

――良かった。本当に良かった。

そうしてしばらく泣いてから、シルヴィエルはおもむろに顔を上げた。目の前に竜がいる。彼は、見守るようにシルヴィエルの前で座っていた。

「良かったな」という短いけれど温かい言葉に、またじわっと瞼が熱くなりそうになる。

「――うん。……ありがとう、竜」

泣かないように声を詰めて囁いたら、ぽんと頭を撫でられた。

子ども扱いが照れくさくて、それなのに嬉しくて、シルヴィエルは小さく笑った。

8　花の味

草原で竜が花を食べている。

シルヴィエルはそれを道端の木陰から眺めていた。

二人はフロイア国の都だった場所にあと数日もすれば到着する位置まで近づいている。

「先を急いだほうがいいんじゃないか」と竜は言ったが、花が咲く草原を見て明らかにうずうずしている姿を見て「構わないから休憩しよう」と言ったのはシルヴィエルだ。

その言葉にわずかに目を見開いてから、「感謝する」と笑った竜の顔に、やはり休憩を入れて良かったとシルヴィエルは思う。

竜の笑顔はシルヴィエルの心を温かくする。

竜と体を繋いで『黒影』を追い出してから今日で七日ほど。毎朝どきどきしながら、椀に汲んだ水で自分の瞳の色を確認するが、今のところ黒くなる気配はない。

以前のような飛ぶような爽快感や身の軽さはなくなったが、自分の体が自由を取り戻した証拠だと思えばこの体の重さも愛《いと》しいくらいだと思う。

――王様、あと数日で戻ります。そうしたら……。

シルヴィエルはぐっと両手を握りしめ、腕に抱いた『英雄の剣』を見つめた。

故郷に近づき、復讐の実現性が高まるにつれ、シルヴィエルの緊張は否応《いやおう》なしに高まっていく。

――あいつは、僕を見たら絶対に襲ってくる。それを、斬って斬って斬りまくって、……きっとすべてを斬ることはできないけれど、力が続く限り斬って……。

竜は助けてくれると言った。竜のその言葉は疑っていない。竜は力を発揮してくれるだろう。もしかしたら本当に消滅させられるかもしれない。……だけど、終わった時に自分が生きていなくてもいいというシルヴィエルの気持ちは変わっていないのだ。

占い師の老婆は、五年後に一度だけ機会が訪れるからそれを逃すなと言ったのだ。その先のことは見えないと言った。それはそのあとにもう機会は訪れないということ、つまり自分はもうその後は生きていないということを示しているとシルヴィエルは今でも思っている。

そして老婆の予言どおり、シルヴィエルは五年後に『英雄の剣』を手に入れた。何百年も抜けなかった剣を、シルヴィエルだけが抜くことができた。きっとこれが、老婆が言った『機会』なのだ。

だが、『英雄の剣』をもってしても、あの少年の両親の『黒影』を斬るだけでもあんなに時間がかかったのだ。体力の消耗も酷《ひど》かった。故郷を覆った黒い霧を斬りきるには、死ぬ覚悟が必要だと思う。

ていた。


——王様、王子様。僕はみんなの敵を討てさえすれば……。

緊張で意識が飛びそうになった時、「うわっ」と声が聞こえてシルヴィエルは顔を上げた。

花を食べることに夢中になりすぎた竜が、草に隠れた岩に躓《つまず》いて転びころんと地面に転がっていた。

——がっつきすぎ。

ふうっと笑いが込み上げる。固くなっていた体が柔らかくなって、肺に新鮮な空気が入ってくるのが分かった。

——だめだ、考えるだけでこんなにがちがちになっていたら、あいつと対峙《たいじ》したときに体が動くはずがない。

ふう、と大きく深呼吸してから肩と首を動かしてほぐして、シルヴィエルは再び花を食べ始めた竜を眺めた。

あまりにも美味しそうに食べる姿に、ふと興味が湧いて、すぐそばに咲いていた花の花びらを一枚剝《む》いてみる。前歯で嚙んでみて……。

「——あれ？」

思わず呟いた。

——甘い。美味しい。

前に口に入れた時には、思わず吐き出すほど苦くて不味《まず》かったのに。

別の花だからだろうかと思いながら、花びらを剝いた花を一本丸ごと手に取った。ふうっと息をかけて花粉を飛ばしてから、恐る恐る舐《な》めてみる。

「……甘い」

ほのかな甘みが舌先に広がった。これなら自分も食べられるんじゃないかと思い、花を半分だけ齧《かじ》ってみた。

さくっとした感触。そのまま嚙んでみたら、わずかにとろりとした感じになり、旨味《うまみ》が口の中に広がった。

「美味しい」

驚いて呟き、花全体をぱくりと口に入れてみる。さくさくとした歯ごたえとともに、ほのかな甘さが口の中に満ちる。幹と葉は甘みはないが、その分爽やかさがある。

――確かに、これだったら見かければ食べたくなるかも。

竜が花を見かけて浮かれる気持ちが分かったような気がして、ふふっとシルヴィエルは笑った。手元の花を一本ずつ摘んで食べる。

そんなシルヴィエルの様子に気付いたのか、竜が振り向いたまま動きを止めた。竜の姿のまま、どしどしと足音を立てて戻ってくる。

「エル？」

尋ねた竜に、シルヴィエルは「この花、美味しいな」と花びらを食べながら笑った。

「……美味しいのか？」

なぜか戸惑ったように竜が問い返す。

「甘くてさくさくして美味しいよ。竜がこの花を好きなのも分かる」

竜の反応は少し遅れた。

「その花は、とても苦いはずなんだ。野生の獣でもほとんど食わない。だから棘《とげ》とかで身を守らずに、無防備に美しく咲いていられるんだ。それを美味しいと食べるのは、俺が知っている中では蝶と花喰いの竜だけだ」

「え？」

シルヴィエルが驚いて目を瞬く。

「なんで美味しいんだろう。僕の味覚が変わった？」

「……多分。俺が大量に『竜の雫』を注いだから、感覚が影響を受けたんだと思う」

「あいつを追い出して空っぽになったところに？」

「ああ。これでもかと流し込んだからな」

シルヴィエルの心臓がとくん、と音を立てた。体がじわじわと熱くなる。

ふふっとシルヴィエルが笑った。

「なんだか、嬉しいな」

「嬉しい？」と竜が意外そうに尋ね返す。

「ああ。なんだか僕も……竜の仲間になったみたいだ。姿を変えたり、火を吹いたりなんてできないけど、味覚だけは竜と同じものを食べて美味しいと言える」

シルヴィエルが答えた次の瞬間だった。

竜が大きな手を広げてシルヴィエルを抱え上げた。骨ばった手の巨大な爪が背中に押し付けられる形になってしまい、シルヴィエルが思わず「痛っ」と声を漏らす。

「悪い！」

慌てたように短く言って、竜が人間の姿になった。だが、シルヴィエルを抱きしめる姿勢は変わらない。むしろ、人の姿の竜の膝の上に座って抱きしめられる形になってしまい、シルヴィエルのほうが慌てる。

「——竜？」

竜がぎゅうぎゅうとシルヴィエルを抱きしめる。こんなふうに我武者羅に近い感じで抱きしめられたのは初めてのことで、シルヴィエルの心臓がどきどきと音を立て始めた。

「仲間……か」

囁いた竜の声は、思いがけないことにかすかに揺れているように聞こえた。どきりとしてシルヴィエルが耳を凝らす。竜は顔をシルヴィエルの肩に押し付けているから、その表情は見られない。

だが、すん、とかすかに洟をすするような音が肩の上から聞こえた。

——泣いてる？

シルヴィエルは驚いて、竜の肩を押してわずかに身を離した。

竜が顔を上げてシルヴィエルを見る。その宝石のような黒い瞳は潤んではいなかったけれど、今にも泣きそうに歪んでいた。たまらなくなって、シルヴィエルが竜の頬に両手を添える。

そうして触れたものの、何を言っていいのか分からない。

竜はシルヴィエルを見つめ、シルヴィエルもどきどきと心臓を高鳴らせながら竜の視線を受け止めた。

やがてふっと竜が目を細め、「そうか」と何かに納得したかのように微笑む。

「——そうだよ」

なにがそうなのか分からないまま、シルヴィエルは肯定した。ただ、そう言ったほうが良いと思ったのだ。この場では、否定はもちろん問い返すことも違うと感じた。

「そうか」と再び呟き、竜が今度はゆっくりとシルヴィエルを抱き寄せて両腕で背中を包む。

触れ合った胸から、包まれた背中から、竜の膝から、彼の熱が伝わってくる。それは、シルヴィエルまで泣きそうになるくらい温かくて……。

「——竜」

「なんだ」と囁きが返ってくる。

「今度、……この花以外にも美味しいものを教えて」

「――ああ。もちろん」

泣きそうに小さな囁き。

――そうか、きっと竜も淋《さび》しかったんだ。

たかだか七年でもこんなに淋しかったのに、五百年以上ひとりきりだった竜が淋しくなかったはずがない。それはどれだけ長い孤独だったのだろうとシルヴィエルは思った。

腕を回して竜の背中を抱きしめる。

これからは自分がいるからと言いたかった。だけど、どう言っていいのか分からず、困って視線を遠くに投げる。

――あ。

今まで見たことのない淡い光が一つ漂っていた。それは、まっすぐに見ると消えてしまうのに、視界の端にいるとほのかに見えるくらいのかすかな光だった。

「竜。小さな、柔らかい光が……泳いでる」

「どこ？」

竜が押し付けていた肩から顔を上げて、シルヴィエルと同じ方向を見た。

離れた温《ぬく》もりをわずかに淋しく思いながら「あれ」とシルヴィエルが指さした方向に目をやって、竜がため息をつくように静かに微笑む。

「ああ、あれが俺たちの言う『妖精』だ。俺にははっきりとした姿が見える。あれがずっとエルのそばにいたんだ」

「——初めて見た。確かにあれは、僕たちフロイア国の民が言う『精霊』とは別のものだね」

「エルは本当に、……俺たちに、竜に近づいたんだな」

竜が再びシルヴィエルを抱きしめた。シルヴィエルは戻ってきた温もりに泣きたいくらいにほっとする。

「竜。——ありがとう。それと、……ごめん」

「なぜ謝る？」

「竜はもっと別の人を仲間にしたかったのかもしれないから。僕は竜に近づけて嬉しいけど、……僕でごめん」

頭に浮かんだのは、竜が姿を模したという人間の少年。彼こそが竜が仲間にしたいと思う人なのではないかと思ったのだ。

「謝る必要はない。俺はエルで嬉しい」

その言葉に、シルヴィエルの心臓がとくんと音を立て、ふわっと体が熱くなった。

「俺は、エルに竜の力を分け与え、願いを叶《かな》える手助けができることが嬉しい」

「——ありがとう。僕も、あの時竜が僕を追いかけてきてくれたことに感謝するよ。心から」

囁いて、シルヴィエルも竜を抱きしめた。

——良かった。

嬉しいと言ってくれたことが素直に嬉しくて、涙が出そうになる。

竜に出会えて良かったと心から思った。


「エル、これも食べてみろ。昨日の花とは違う味だぞ」

竜が摘んできた花を、シルヴィエルがぱくりと食べる。

「本当だ。なんだろう、少し酸っぱい？」

「当たりだ」

竜が嬉しそうに笑う。

その笑顔は今までと微妙に違っているようにシルヴィエルは感じる。気負いがなくなったような、自然な笑い方だ。

「どうせなら、竜が一番好きな花を食べてみたい」

「俺が一番好きな花？　――どうかな。まだ咲いているだろうか」

花を味わうシルヴィエルに、竜が皮袋に入れた水を差し出す。

「また汲んできてくれたんだ。でも、昨日君が汲んできてくれたのがまだ残っているよ」

「それは捨てて新しいほうを飲め。少し向こうに小さな滝があって、きれいな水が流れていたんだ。あと、ちゃんと花以外も食べろよ。花を食べられるようになったとはいえ、お前は人なんだから食料から栄養を取ることは必要だ」

「分かってるよ」とシルヴィエルはくすりと笑う。

「今朝もちゃんと肉を食べたし、水も飲んだ」

「だったらいい」

ぽんと頭に手を置く子ども扱いに、シルヴィエルはくすぐったくなる。

竜はとにかく世話を焼きたがるのだ。前から世話焼きではあったが、シルヴィエルが花を食べられるようになったと知ったあの日から、以前よりはるかにシルヴィエルの世話を焼くようになった。

肉や野菜、果物を食べろ、水を飲め、一人で離れるな、重いものは俺が持つと言い、そして夜眠るときは、シルヴィエルを体の前に抱いて横になる。

少しでも力を分け与えておくためだと竜は言うが、シルヴィエルは背中に押し付けられた竜の胸や腹の温もりに落ち着かなくなってしまう。昨晩も、高鳴る心臓の音が竜に聞こえてしまうんじゃないかと気が気じゃなかった。

それを思い出して、ふっと不思議な感じに捕らわれる。

フロイア国を『黒影』に滅ぼされ王子を失ってから七年間、シルヴィエルはずっと心を凍らせて生きてきた。

もう自分は笑うことなどないし、誰かの笑顔を欲することもないと、そしてそれを淋しいと思う心も消えたと思っていた。

——それがこんなにあっさりと覆されてしまうなんて。しかも、相手は竜だ。

こんなふうに心臓をどきどきさせて、相手の笑顔を嬉しく思い、相手が触れてくることを困りながらもちょっとは期待することなんて、もう二度とないと思っていたのに。

——子供の頃みたいだ。

フロイア国でみんなと暮らしていた時は、いつも笑っていた気がする。

年配の神官たちは、精霊と話をするシルヴィエルに驚きながらも温かく見守ってくれていたし、休暇で家に帰れば家族がシルヴィエルの好物を作って待ってくれていた。神殿での出来事を次々と話す一人息子を笑って見つめていた優しい瞳。

あの頃、シルヴィエルの日々はきらきらとした明るい光で満ちていた。他の子供と違う特殊な環境ではあったが自由に育ててもらった自分は、笑い、泣き、怒ったり悔しがったり、表情豊かな子供だったと思う。

それが、あの日を境に天から地に落ちた。いや、地面どころか地中に埋もれたようなものかもしれない。

——竜の胸、温かかったな。

背中から胸に回った竜の腕に無意識に手を添えてしまったのも昨晩だ。

——大きな手だった。

くすぐられるようにむず痒《がゆ》く心が疼《うず》く。

落ち着かないけど、落ち着く。温もりが愛しい。

「エル、大丈夫か」

竜に声を掛けられて、シルヴィエルは飛び上がりそうに驚く。

「な、なんだ？」

「いや、突然ぼうっとして動きを止めたから」

「——な、なんでもない」

竜のことを考えていたとはとても言えない。

「そうか」と竜がぽんとシルヴィエルの頭を撫でた。

「——な、なに？」

「いや、目的地に近くなって緊張しているのかと思って。五年ぶりなんだろ？」

「……あ、ああ」

そうだ、とシルヴィエルは気持ちを引き締める。

明日には都が見える位置まで近づく。

——きっとまだ黒い霧が覆っているんだろう。

そう思った途端に、シルヴィエルの胸がぎゅっと絞られたように痛くなる。思い出の場所の変わりはてた姿を見るのも辛いが、なにより、自分が守り切れずに血を絶やしてしまった国を見せつけられるのも苦しい。

――王様、申し訳ありません。……王子様を託してくださったのに。

――『救いの子』なんて名前までいただいたのに、僕は何もできなかった。だからせめて、……命を懸けてあいつに復讐を……。

ぎゅっと目を閉じて両手を握りしめ、胸の痛みに耐えるシルヴィエルに、竜が「大丈夫だ」と声をかける。

「お前の復讐は果たされる。俺が手を貸すからな。なんといっても俺は竜だぞ」

顔を上げたシルヴィエルの目の前には、力強く微笑む竜がいた。フロイア国の現状も見ていないくせに、根拠のない自信と余裕をかますものだと思いながらも、その笑顔にシルヴィエルの肩の力が抜けた。小さな笑顔が戻る。

「そうだな。頼りにしてる」

そしてシルヴィエルは竜を見上げた。

「僕の復讐が終わったら、君はどうするんだ？」

「さあ。何も考えていない」

「――じゃあ、その後も僕と一緒にこのまま旅しないか？」

するりとそんな言葉が口から出た自分に驚いて、シルヴィエルが手で口を押さえる。

——僕は死ぬ気なのに……？

「エルと？」

竜がわずかに驚いた顔をする。

「そう。嫌か？」

くくっと竜が笑った。

「——な、なんだよ。なんで笑う」

「いや、変わったもんだなと思って。最初の頃は、ついてくるなと不愛想この上なかったのに」

「あ、あの頃は竜のことをよく知らなかったし」

焦ったシルヴィエルにくるりと背を向けて「よし、休憩終わり。先に進むぞ。国に入る前に町に寄って食料を買うんだろ？」と竜が荷物を持って歩き出す。シルヴィエルも『英雄の剣』を背中に抱えなおして、急いで歩き出した。

そして、竜から答えを貰い損ねたことに気付く。

——そうだな、まずは復讐だ。その後のことは……。

シルヴィエルは、先を歩く竜の大きな背中を見つめた。胸が詰まる。

真っ白だった未来に、いつの間に希望が生まれていたんだろうと思う。

——そうか。僕は竜とずっと一緒にいたいんだ。……竜の力を借りて僕の復讐を終えたら、今度は、手伝ってくれた竜のために動きたい。竜が行きたいところに行って……。

そして、竜の言葉を思い出してふっと笑う。

――確かに僕は変わったな。

あんなに邪魔に思っていた竜を、こんなに信頼している。こんなに好きになっている。

――この先もずっと一緒にいたいと思うほど。

空を見上げたら、ふわりと目の端に光が泳いだ。

竜が言う『妖精』だ。まっすぐに見ると消えてしまうため、目の端に捕らえたままその動きを追う。

竜によると、この『妖精』はシルヴィエルが剣を抜いた時からシルヴィエルのそばにいたらしい。きっとその前からいたのだろうと彼は言った。

――ずっと見守っていてくれてありがとう。どうせなら、僕が復讐を終えるまで、あの霧を消し去るまで見守っていて。

シルヴィエルはそっと心の中で妖精に話しかけた。


町は人混みに溢《あふ》れていた。

いや、そんなに人が多いわけではなかったが、他人との接触を極力避けて過ごしていたシルヴィエルにとっては、普通の喧噪《けんそう》でも立派に人混みだ。圧迫感に息が詰まる気がする。そしてそれは竜にとっても同じだったようで、竜も顔を顰《しか》めていた。

青空市場に近づくほど人が増える。それを見ただけでうんざりして、乾物を買う程度だったら市場でなくてもいいだろうと、シルヴィエルは市場の手前の小さな乾物屋に入った。

カランコロンと扉に付けた鐘が音を立てる。

音で気づいた老人が「いらっしゃい」と奥から出てくる。

「旅をしているんですが、煮たり焼いたりしなくても食べられる乾物はありますか？」

「何日くらい持てばいい？」

老人はじろじろとシルヴィエルと竜を見ながら尋ねる。

「フロイア国に行って帰ってくるので、少なくとも三日。長くて十日くらいですね」

「フロイア国かい。なんのために？」

「——美しい都だと聞いていたので。観光に」とシルヴィエルはどきりとしながらも答える。

「どこの国から来たのか知らないが、フロイアの都はやめておきな。呪われるよ」

「……呪われる？」

「あそこは確かに美しく栄えた都だった。だけど、たった一晩で、理由も分からず滅びたんだ。しかも、その後にあの都に行ったものは必ず原因不明の病気で死ぬんだよ。だから古物商もフロイアの芸術品は扱わない。今では盗賊もフロイアにはいかない。死にたくないからね。あんたたちも、死にたくないならフロイアはやめておきな」

シルヴィエルの息が詰まった。故郷がそんな言われ方をしているなんて。

「――分かりました。じゃあ、フロイア国はやめておきます。でも、食料は売ってください」

「だったら、新しい肉を奥から出してくるから、店の中のものでも見て待っておくれ」

「分かりました。お願いします」

老人は背を丸めて店の奥に消えていった。

シルヴィエルは、言われたとおりに店の中をぐるりと見渡す。

そんなに大きくない店だ。乾物のほかに、生活雑貨や民芸品も置いてある。値札が付いているので、乾物屋と古物商も兼ねているらしい。

「エル、俺は外に出てる。肉の匂いが充満していて好かん」

竜がぽんとシルヴィエルの肩を叩《たた》いたのは、きっと「気にするな」の合図だ。フロイア国の言われようにシルヴィエルが心を痛めたのではないかと思ったのだろう。

「――あ、うん」

出ていく竜の顔の顰め具合に、本当に肉が嫌いなのだなと苦笑しながらも、彼の気遣いに心を救われる。

――花しか食べない『花喰《はなく》いの竜』、か。

老人はなかなか戻ってこない。手持無沙汰に店の中を眺めて、シルヴィエルは変わった民芸品が多いことに気付いた。なんとなく興味を惹《ひ》かれてそれらを眺めていたシルヴィエルの目があるもので留まる。

――竜の絵？

それは、銀色の小さな竜が刺繍《ししゅう》してある壁掛けだった。右上端からぐるりと時計回りに物語仕立てになっている。文字はなく、絵を追いかけるだけで話が分かるようになっていた。

シルヴィエルがそれに目を留めたのは、竜というだけでも珍しいのに、その竜が花畑にいる描写があったからだ。

「珍しいだろ。気に入ったかい？」

いつの間に戻ってきたのか、乾物籠を持った老人に後ろから声をかけられてびっくりする。

「――この壁掛けはどこのものですか？」

「どことというより、誰のというほうがいいな。西方の遊牧民のガラダ族のものだよ。ほかにもあるよ」

後ろの棚から出してきたのは、巻いたままの似たような壁掛けだった。銀色の小さな竜が刺繍してあるが、模様が違う。

「ガラダ族、ですか？」

シルヴィエルには聞き覚えのない名前だった。

「ガラダ族は竜の教えを守っている少数民族だよ。さっきのは『幸せの竜の物語』で、これは『竜の教え』だ」

どきりとする。

「――竜の教え？」

「ほら、ここを見てみな。この絵は『約束を守る』ことを示している。これは『感謝は忘れるな。恨みは忘れろ』、こっちは『小さな幸せを大切にする』。これはなんだったかな」

「……寝言には答えちゃいけない？」

「そうそう、それだ。お兄さんよく知ってるね」

心臓がどきどきと音を立て始める。これはもしかして、花喰いの竜のことではないかと思う。

「……なんで、あちこちに花が刺繍してあるんですか？」

「なんでも、花を愛《め》でる竜の教えらしいよ。そんな竜がいたのかねぇ。竜といえば恐ろしい暴れものなのに」

――花喰いの竜だ……！

かあっと体が熱くなる。

花喰いの竜の教えを大切に守っている人たちがいる。もしかしてその人たちは、あの竜の仲間を知っているのかもしれないとシルヴィエルの胸に希望が膨らむ。

シルヴィエルは、老人に振り返った。

「そのガラダ族はまだいるんですか？」

「いるよ。今の時期は西のほうにいるんじゃないかな。気に入ったならどうだい？　安くしておくよ」

「はい。壁掛けを二枚ともください」

「二枚とも？　高いよ？」

「構いません。お願いします」

シルヴィエルが懐から取り出した皮袋を見て老人が目を丸くする。きっと、想像以上の金貨と銀貨が入っていたからだろう。

「――ちょっと待ってな。いい肉に替えてくる」

「え？」

「申し訳ない。あんたたちの身なりを見て金がないと思って、安いものしか持ってこなかったんだよ。ちゃんと美味《うま》いものを持ってくる」

なるほど、さっきじろじろと自分を見たのは、懐具合を推し量っていたのだ。失礼と言えば失礼だが、安いものを高く売りつけようとせずに、ちゃんと良いものを出してこようとするあたり、悪い人じゃないとシルヴィエルは思った。

それよりも、はやく竜にこの壁掛けのことを告げたい。先のことは分からないと竜は言っていたけれど、この壁掛けを見たら、もしかしたら復讐《ふくしゅう》が終わった後に一緒にガラダ族の村に行く言ってくれるかもしれないと心が急《せ》く。

だが、店から出て「買えたか？」と尋ねた竜の笑顔を見た途端に、シルヴィエルに臆する心が生まれた。

――今、竜に行かないと言われたら僕の心が折れる。

竜が必ずしも行くと言うとは限らないし、それでも行かないと今言われてしまったら、明後《あさっ》日《て》の決戦に向けて奮い立てた自分の気持ちが萎《しぼ》むことが分かっていた。それは避けたい。

――それに、復讐が終わったとき、自分が生きているかも分からない。

シルヴィエルは、ぎゅっと壁掛けを握りしめて「買えたよ」と笑った。

――すべてが終わってもし僕が生きていたら、改めて、君と一緒に旅を続けたいと頼むんだ。

最初に行くのは竜がいた村。それから……。

9　故郷

翌日、シルヴィエルと竜は丘を登っていた。

その先に断崖絶壁があり、そこからフロイア国の都を一目で見渡すことができるはずだった。フロイア国が健在だった頃は、美しい白い都を一望できる場所として人気だった見晴らし台だ。

「あそこだ」

ぽつりと姿を現した見晴らし台をシルヴィエルが指さした。

「あの場所から都が見える」

かつては遊歩道があったのに、今では草に埋もれてただの丘に戻ってしまった斜面をはあはあと息を切らしながら小走りに上る。

見晴らし台のふもとに辿《たど》り着いて、崖の端から身を乗り出して都の方向を見て……、シルヴィエルの心臓がばくんと大きな音を立てた。ざあっと血の気が引く。

「――なにあれ……」

目の前に広がった信じられない光景に、シルヴィエルが言葉を失った。

シルヴィエルの目に入ったのは、都の上に生き物のように渦巻く分厚い黒い霧、……いや、黒い雲とも言える代物だった。そしてそれはあまりに不気味で巨大すぎた。

「……嘘《うそ》だ。なんであんなに大きく……」

目を疑い、ごしごしと目をこする。

五年前にシルヴィエルがこの場所から都を見た時には、『あいつ』はもやのように都を覆うだけだった。それを透かして懐かしい都を見ることはできたのだ。

だが今、『あいつ』はとんでもなく大きく成長して都を覆っている。都を透かし見ることもできない。

ぞわっと鳥肌が立ち、シルヴィエルはぶるりと震えた。

「なんだあれは。すごいな。どうして『黒影』があんなことになっているんだ」

遅れて崖の端に辿り着いた竜が目を丸くして呟《つぶや》く。

シルヴィエルは震える足で展望台の螺旋《らせん》階段を途中まで上った。雷雲のように分厚い黒雲の端からかろうじて見える都は、陽光が遮られてまるで夜のように暗い。

「嘘だ。こんなの……」

絶対に敵《かな》わない、という言葉をシルヴィエルは喉もとで呑《の》み込んだ。たとえ『英雄の剣』があったとしても、とても太刀打ちできる気がしない。

シルヴィエルを追って螺旋階段を上った竜も、難しい顔をして雲を見つめている。

「――『黒影』は本来弱くて小さな生き物のはずだが……どうやったらこんなに巨大化できる

んだ?」

「多分、……精霊を食べたからだ」

青い顔をして呟いたシルヴィエルを竜が見上げる。

「精霊?」

「あいつらは、この都を襲った時に片っ端から精霊を食べていた。最初は都の民を乗っ取って生気を食べただけだったのかもしれないけど、きっと偶然精霊を食べて味を占めたんだ。あの日、次から次と精霊を食べて、……精霊を食べつくしたら、『精霊の泉』から湧き出る力を呑み込んで、ここまで巨大化したんだ」

「『精霊の泉』というのは、精霊が立ち寄る場所だったっけ?」

「そう。フロイア国の根幹の護《まも》り、精霊の力の源だ。その泉があるために精霊が頻繁に訪れ、精霊と話ができる方が王になってこの国を作ったんだ」

「その力を『黒影』が得ていると?」

シルヴィエルが頷いた。

「滅ぼされて二年後に僕がここに来た時には、こんなに雲が厚くなかったから、神殿に群がっているあいつらが見えたんだ。『精霊の泉』から力を得たのは明らかだ。……だけど、こんなことになるなんて」

ぐっと唇を噛《か》むシルヴィエルに、竜が「なるほどな」と呟く。

その時、雲に突然の変化が起きた。シルヴィエルたちから見て一番手前側が、触手のようににゅうっと伸びて握りつぶそうとするかのように先端を広げて襲いかかってきたのだ。

「――……っ！」

突然のことに、シルヴィエルは動けない。

だが、「エル、伏せろ！」と竜が叫んで銀色の竜に姿を変える。彼が口から吐いた鋭い炎に照らされて、触手の先端部分が溶けるように消える。

それに驚いたのか、触手本体がしゅるしゅると短くなって雲の中に戻った。

「――あ、ありがとう」

「明らかに俺たち、いや、エルを狙ってきていたな」

「……僕がフロイア国の人間だからだよ。逃げていた時も、あいつはフロイア国の人間ばかり狙った。多分、精霊と一緒に暮らしていたことに関係があるんだと思う」

「そうか、最後の生き残りのエルは極上の餌というわけだな」

階段の手すりを握るシルヴィエルの手が震えた。

「――だめだ。絶対に敵わない。敵討ちも……」

「ん？　そんなことないだろ？」

「無理だよ、あんな上にいる雲、『英雄の剣』を届かせることだってできやしない。せめて一太刀でもと思っていたけど……」

唇をかみしめるシルヴィエルに、「できるって」と銀色の竜がひょうひょうと言う。

「どうやって！」とシルヴィエルは思わず叫んでしまう。

「忘れたか？　俺は竜だぞ」と竜は大きな口の端を上げてにっと笑った。

「さっき、『黒影』の手を消したのを見ただろ？　竜は『黒影』と相性がいいんだよ」

「相性？」

「竜にとっては最高、『黒影』にとっては最悪の相性だろうけどな。いいか、あいつは影だ。しかも軽い。だから、前も言った通り、光るものや明るいものが嫌いで、風に弱い。それに対して竜は口から火を吹き雷を落とし翼で大風を起こすのが得意技だ。どうだ、宿敵っぽいだろ？　だから、俺の全力で雷を発生させれば、あの黒い雲を霧に戻すことは間違いなく可能だ」

シルヴィエルは啞然《あぜん》として目を丸くする。

「任せろ」と竜に片目を閉じられて、シルヴィエルは「いや、待って」と思わず止めた。

「――それじゃ、僕の復讐にならない。君の力に頼りきりで僕は何もしていない。僕の復讐なのに……」

「ん？」と竜がシルヴィエルに顔を近づけた。

「立派な復讐だろ？　仲間の敵を討つために、それにふさわしい力を持つ奴《やつ》を見つけて連れてきて目的を果たす。それのどこが問題なんだ？」

「――そうだけど、これは僕の復讐だから、僕が……」

戸惑って呟くシルヴィエルに、竜が「エル」とたしなめるような口調で言った。

「エルはどっちが大事なんだ？　自分の心を満足させること？　それとも『黒影』を滅ぼすこと？」

シルヴィエルが、ぐっと言葉に詰まる。

「エルだけの力では、確かにあの巨大化した『黒影』を滅ぼすことはできないだろうな。弱体化させることも怪しい。だけど、エルがプライドを捨てて俺の力を使えば、あいつを弱らせること、もしかしたら消滅させることも可能かもしれない。エルの目的はどっちだ？」

どきどきと心臓が音を立てる。ものすごく痛いところを突かれた気がした。

「――もちろん、『黒影』の消滅だ」

「だろ？　だったら俺を使え。俺は、エルのために動いてやる。だから、俺がすることはエルがすることと同義だ」

自信満々に竜が言う。

だが、シルヴィエルはどうしても納得できなくて返事ができない。竜が言っていることは分かる。だけど、他人任せで復讐なんて、という意識も消えないのだ。

明らかに困惑しているシルヴィエルに、「とはいえ」と竜がにっと笑った。

「エルの気持ちも分かる。エルにしかできないことはあるから心配するな」

「僕にしかできないこと……?」

「そうだ」と竜は笑った。

「それは……?」と尋ねるシルヴィエルの後ろに向けて、竜がごうっと火を吹く。

ぎょっとして振り返ったら、先端が溶けた『黒影』の触手がしゅるしゅると縮んでいくところだった。シルヴィエルを狙ってきたのだ。

「まったく、鬱陶しいな。まさかあいつに俺たちの言葉を理解する知能があるとは思えないが、どこかあいつらに話を聞かれないで落ち着ける場所はないか?」

「ああ、それだったら、少し先に植物園がある。王子様や王女様の遊び場でもあったから神官様が常に建物を浄化していらっしゃった場所だ。少しはあいつを防げるかもしれない」

「よし、それは最適だ。そこで作戦会議をしよう。行くぞ」

大きな体を器用に返して、銀緑色の竜が見晴らし台の螺旋階段を降り始める。

シルヴィエルは慌ててその後を追った。


植物園は、七年の間に自然に還《かえ》ってしまっていた。

だがその中にあっても、王族の休憩に使われた平屋の建物は白く美しいまま佇《たたず》んでいた。むしろ木や蔦《つた》がそこを覆って守っていたようにさえ見える。

遠目にそれを捕らえて、シルヴィエルは心からほっとして息をついた。

——良かった。まだ生きている精霊がいたんだ。

灌木《かんぼく》をかき分けて、竜が先に入り口に辿り着いた。

「エル、閂《かんぬき》がかかっている」

「大丈夫」

シルヴィエルは、門に掛けられた南京《なんきん》錠《じょう》を手に取り、王家の文様を彫り込んだ扉を見上げた。

小さく祈りを口ずさんでから、「久しぶりだね」と微笑《ほほえ》んで囁《ささや》く。

「ずっと守っていてくれてありがとう。今夜の宿にここを貸してくれるかな。もしよかったら鍵を開けてくれる？」

シルヴィエルが呼びかけて数秒後、南京錠がシルヴィエルの手の中で勝手にカシャンと開いた。竜が目を丸くする。

「なんだ、今のは」

「ここを守っている精霊だよ。王子様のお供でよく一緒に来たから僕の顔を知っているんだ」

「精霊はどこにいるんだ？」

「扉の上のアーチに座っているけど、竜には見えない？　小さな女の子だよ」

「——見えないな」

「そうか。じゃあやっぱり、僕が言う精霊と竜が言う妖精は別のものなんだね」

囁くように言いながら、シルヴィエルが閂を外して建物の中に入る。アーチをくぐるために、竜も銀緑色の大きな竜から人間に姿を変えた。

シルヴィエルが一歩足を踏み入れたら、次々と壁際の水晶が光りだした。炎よりも白い柔らかい光が室内に満ちる。

「ありがとう」とシルヴィエルが天井を見上げて礼を言う。

「……今のも、別の精霊か？」

「いや、さっきの精霊だよ。彼女は一人でこの建物を守っているんだ。植物園にはほかにも大勢の精霊がいて花や木を守っていたんだけど、さっきの荒れた様子から見るに『黒影』に消されてしまったみたいだ。ああ、あまり大きな声を出さないでね。この子は臆病だから大人の男の人の強い声は苦手なんだ」

「――分かった。……というか、エルは本当に神官だったんだな」

「違うよ、僕は見習いだよ」とシルヴィエルが小さく笑う。

「教わっていないことがたくさん残っている。まだ子供だからとか甘えないで、できるだけ詰め込んでおけばよかったと心から思うよ」

「だが、こうして精霊と会話できるだけでもすごいと思うぞ。そんな人間に初めて会った」

「それは僕の努力とは関係ないところだね。生まれた時から見たり話したりできたから、単なる特性だよ」

　小さな建物の中の白い大理石の床の上には革張りのソファセットと椅子五脚を周りに置いた丸テーブルがあり、その奥に寝台を備えた小さな部屋が二つあった。調理場はない。

「あくまでも休憩所だから。王子様や王女様がお昼寝をして疲れを取るお部屋はあるけれど、夜を過ごすようには作られていないんだ」

　丸テーブルの椅子を引きながら、シルヴィエルが説明する。

「で、作戦とは？　僕にしかできないことって？」

　座るなり背を伸ばして竜を見つめたシルヴィエルに、竜がくすりと笑った。手を伸ばしてシルヴィエルの額を拳でつつく。

「緊張してるのか？　そんなに気負うな、大丈夫だ」

　だがその言葉に、「気負わないはずがない」とシルヴィエルがため息をつくように答えた。視線はテーブルに落ちている。

「正直言って衝撃だった。この五年の間に、黒い霧があんなに大きくなって雲みたいになっているなんて。……どうすればいいんだか見当もつかない」

「大丈夫だ。そのために俺がいるんだから」

　顔を上げたシルヴィエルの瞳に、力強く微笑む竜の姿が映った。

「一人では無理でも、二人いれば倍の力になる。ましてや俺は竜だぞ。百人力、いや千人力だ。

そしてそれをさらに強くするために、エル、お前にしかできないことがある」

シルヴィエルがぐっと息を詰めた。強い瞳で竜をみつめる。

「――僕にしかできないこととは？」

「俺が雷を使う前に、できるだけあいつの力を削《そ》いでおきたい」

竜もシルヴィエルの前の椅子に腰かけた。にこりと笑う。

「力を削ぐって、どうやって？」

「さっき、俺の目には、『黒影』がひときわ濃く、渦のように巻いている場所が見えていた。おそらくあいつの中心だ。都の真ん中あたり、高くて細い建物のある場所だ」

シルヴィエルの表情が引き締まる。彼は、テーブルの上に出していた手をぐっと握った。

「――神殿だ。高い建物は時の塔だ。都の中心にあって、塔の先端に時刻を知らせる鐘がついている。その根元が、さっき僕が言った『精霊の泉』だ」

「となると、あいつらの力の源は、エルが言ったとおり『精霊の泉』で間違いないな。だったら、そこからの供給を止めればきっと弱る。泉を止める方法はないか？」

「……止める方法」

顔を顰め、シルヴィエルは「知らない」と首を振る。

「『精霊の泉』は普通の泉じゃないんだ。人間の目にはただの円形の模様で、なにが湧き出ているのかも分からない。ただ精霊がそれが好きで集まってくるというだけで……」

そこまで喋《しゃべ》ってから、シルヴィエルははっとして口を閉じた。

「――待って。方法があるかもしれない」

「あるのか」

「精霊祭り……」

「祭り？」

「精霊の恩恵に感謝をする祭りがあるんだ。一年に一回、三日間だけ、精霊の力に頼らないで生活するんだ。その時は『精霊の泉』を塞ぐと神官様に伺った」

「それだ！」

考えながら、シルヴィエルはぽつぽつと言葉を繋《つな》ぐ。

「あと、僕たち神殿の者は、とにかく『精霊の泉』の模様をきれいに保つことが大事だと教えられてきた。模様が少しでも欠けると泉の流れが滞ってしまうからと。だから精霊祭りの時には文様の石をいくつか外すって」

「それだ、エル。その方法で……」

そこまで話してから、シルヴィエルは竜を見上げた。

「だけど、祭りの時に文様を外すのは大神官様のお役目で、その儀式を見守るのも王族の方と位が上の神官様のみだから、見習いの僕はどこの石が外れるのかも知らない」

「適当に外せばいいんじゃないのか？」

「いや、模様は白大理石の床に黒大理石と翡翠《ひすい》と水晶を埋め込んで描いたもので、かなり頑丈に作られているんだ。僕は毎日拭き掃除をしていたけど、外れそうな場所なんかなかった。きっと、どうやったらどこが外れるのかということも秘密のうちだったんだと思う」

うーん、と竜が顔を顰めた。

シルヴィエルは振り返って「君は知ってる?」とここを守っている精霊に尋ねてみる。だが、少女の姿の精霊は首を横に振った。

「——知らないって」

「そうか。行き詰まったか……」

頬杖《ほおづえ》をついて呟き、宙を見上げた竜の目がふっと止まる。

「エル」

「なに?」

「エルについている妖精が不思議な動きをしているぞ。なにか知らせたいみたいにくるくるとエルの頭の上を回っている」

「え?」

はっとしたように竜が頬杖を外した。

「——妖精、もしかしてお前、外せる場所を知っているのか?」

「え?」

シルヴィエルが驚いて竜の視線の先を見る。

だが、シルヴィエルには妖精の光はほとんど見えない。気を付けて探さないと見つからないくらいだ。

数日前にそれに気づいた時には、まさか自分が今度こそあいつに侵されてしまって妖精が離れたのかとどきりとした。だが、竜に尋ねたら、妖精はいつもと同じようにシルヴィエルのそばにいるし、その姿も変わらないと言うから、単にシルヴィエルの中に注がれた竜の力が弱まってきたのだろうと思っている。

「嘘だろ。……あいつ、知ってるって」

驚いた口調で竜が言う。

「え？」

「お前、教えられるか？　明日、エルと一緒に行って、どこが外せるか示せるか？」

竜は勢い込んで妖精と話をしている。シルヴィエルはそれを半ば呆然《ぼうぜん》として見つめていた。

——こんなところに突破口があるなんて。

流れが自分たちに向いてきたような気がする。

——もしかして、本当にあいつを倒せる……？

せめて一太刀でも浴びせられたらと思っていた敵討ちだったのに、本当に滅ぼせるかもしれないなんて、と思った途端、ふつふつと体が熱くなっていくのを感じた。

「よし」と竜がシルヴィエルに向き直る。

「作戦をまとめるぞ。決行日は明日だ」

「……ああ」

相変わらず緊張した表情のシルヴィエルに、竜はふっと微笑んだ。

「心配するな、大丈夫だ。お前の復讐は叶《かな》えられる。俺とお前で力を合わせて。――だからこれは、ちゃんとお前の復讐だ」

そして立ち上がり、ぽんとシルヴィエルの背中を叩いた。

「雲が晴れるのが楽しみだな。俺も早くその美しい白い都を見てみたい」

「――そうだね」

そう答えながら、シルヴィエルの息がぐっと詰まる。

白い都が戻っても、そこにはもう誰もいない。生き物の気配がない抜け殻だ。正直言って、シルヴィエルはそんなものは見たくない。

――ただ僕は、みんなを殺したあいつを許せないだけだ。

シルヴィエルはぎゅっと目を閉じた。

――明日。明日には……。

その夜は、翌日の決戦に備えて早く体を休めることにした。

建物の中の二つの小部屋は、王子用の部屋と王女用の部屋だ。結婚した夫婦以外は、どれだけ幼くても異性は同じ場所で眠らないという教えがあるためだ。

軽い夕食を取った後、竜は王子の部屋で、シルヴィエルは王女の部屋でそれぞれ横になった。

——眠れない。

だがシルヴィエルは目を閉じることさえできなかった。

明日のことを思うと勝手に目が開いてしまう。体はがちがちだ。

——明日には、あいつと……。

あの日、黒い霧に巻かれて死んでいった都の民の姿が頭に浮かぶ。逃げ惑いながら、霧に捕らえられて消滅していった精霊たち。シルヴィエルに王子を預けた国王。一緒に逃げた神官たち。河原で崩れ落ちた王子。転がった林檎《りんご》。

ぶるっとシルヴィエルは震えた。それが恐怖なのか武者震いなのか、シルヴィエル自身も区別がつかない。ただ、体がかたかたと震えた。室温は暑くも寒くもない適温なのに。

——凍えてるみたいだ。

寝台に一人で転がっているのが心許《こころもと》なくて落ち着かない。悪夢を見ているわけではないのに、次から次と浮かぶあの日の映像が、シルヴィエルを冷たい世界に落とし込もうとする。

——こんな感覚、忘れていたな。

ここ最近はずっと竜とくっついて眠っていたからだ。背中にはいつも竜の胸の温《ぬく》もりが触れていた。最初こそ鬱陶しかったが、途中からは、竜の過保護な世話がシルヴィエルの心の安定につながっていた。

——竜と一緒だったらきっと眠れる。

あの温もりが恋しい。竜に抱きしめられながら眠りたいと思う。でも、それが甘えだと分かっているから、シルヴィエルは強引に目を閉じた。明日のために体力を蓄えろ。眠れ、眠るんだと心の中で唱える。

そうして目を閉じていたら、じわじわと眠気が近寄ってくる気配がした。だがその直後、シルヴィエルはぞわっと鳥肌が立つような感覚に捕らわれて、ぱっと目を開けた。

「——だめだ……」

悪夢だ。竜と離れて、一人で眠った途端に悪夢を見るなんて。

「——なんだそれ」

どれだけ竜に依存しているのかと呆《あき》れ、シルヴィエルはごろりと寝台に仰向けに転がった。

——そうだ、眠らなければいい。昔みたいに。

ぼんやりと天井を見上げれば、薄暗闇にシャンデリアが見えた。それを見つめているはずなのに、瞼《まぶた》の裏には竜の姿が浮かぶ。

頼もしく笑う顔。細くなる瞳。黒いけれど、洞窟のような黒ではなく、宝石のような黒。大きな手。広い肩。固いけれど温かい胸。シルヴィエルを落ち着かせたり励ましたりする豊かな声音。

銀緑色の竜の姿も並ぶ。人間の姿の時とは違い、子供のように飛んだり跳ねたりはしゃいだり、感情を素直に表現する竜。恐ろしい生き物のはずなのに、シルヴィエルにはもう愛らしさしか浮かばない。陽光を反射して光る銀緑色の体も、畳んだ背中の薄い翼も、恐ろしい武器のはずの鋭く硬い爪も美しいと思う。

そして、しなやかに動く長い尻尾。

尻尾を思い出した途端に、シルヴィエルの体が熱くなった。

――あれが、僕の体に……。

あの夜のことは、あれ以降どちらも口に出していない。シルヴィエルの体の中の『黒影』を無事に追い出せたことによって、あれはなかったことになった。竜も何も言わなかったし、シルヴィエルもそう務めてきた。

だけど、もちろんシルヴィエルは忘れていない。

それどころか、竜の尻尾を見ると思い出してしまうのだ。

だからシルヴィエルはここ最近は竜の尻尾をまっすぐに見られないでいる。あの夜のことを思い出すと暴れそうになるくらい恥ずかしいのに、なぜか同時に幸福感にも包まれてしまう。

——意識するな。あれは治療だ。

どれだけそう念じても、神官見習いとして奥手に育ってきたシルヴィエルにはあの行為は生々しすぎた。

——女性とああいうことをして幸せになるなら分かるけど、よりにもよって相手は竜だ。立派な男だ。同性であんなことをしていいはずがないのに。

でも、できることならまたあれをしたいと思っている自分もいる。

顔が熱い。体も熱い。

——だめだ、きっと真っ赤だ。

抱きしめられたい。口づけだけでもいいと思う。竜に触れたい。

それなのに、それは禁忌で、叶えちゃいけない願いだと分かっているから、心は寒くて……。

その時だった。

コンコンと扉を叩く音と一緒に「エル」と呼びかけられて、シルヴィエルは飛び上がりそうに驚いた。

「——な、なに？」

慌てて手の甲で頬を冷やしながら寝台を降りて、シルヴィエルは扉を開いた。

ついさっきまで頭に思い描いていた竜がそこにいた。それだけでも心臓がひっくり返りそうにどきどきと暴れだす。

——大丈夫だ。どれだけ顔が赤くても、暗いからきっと見えていない。

そう自分に思い込ませて、シルヴィエルは「どうした？」と竜を見上げた。

「思い出したんだが、エルは悪夢が怖くて一人で眠れないんじゃなかったか？　こっちに来るか？」

その言葉に驚き、次いでじんと胸が熱くなる。

自分のことを気遣ってくれたことが嬉《うれ》しくて、シルヴィエルは微笑んだ。

「——ありがとう。実は、眠れなくて寝返りばかりしていた」

「なんだよ。さっさと来ればよかったのに」

その呆れたような声色が温かくて、思わず泣きそうになる。

「ほら、行くぞ」

ぐいと手首を握って引かれた。そこに触れた熱にどきりとする。

「それともこっちの部屋のほうがいいか？」

「い、いや、竜の部屋に行くよ」

シルヴィエルは、導かれるままに王子の昼寝部屋に入った。

子供のように勢いよく寝台に寝転がった竜が、「ほら、来いよ」と両腕を広げてシルヴィエルを誘う。

「あ、——ああ」

いつもは、先にシルヴィエルが先に寝転がり、その後で竜がシルヴィエルの背中側に横になって腕を回してきた。シルヴィエルが自分から竜の腕の中に入るのは初めてで、妙に恥ずかしくなってしまう。

それでもシルヴィエルは平静を装って、竜の腕の中に背中を向けて寝転がった。

すぐに竜の腕がシルヴィエルの胸に回される。くっついた背中に彼の胸の熱がじわっと伝わり、たちまち心臓が躍りだして気持ちは慌てるのに、心の奥はどうしようもなく落ち着いてしまう。

——ああ、竜だ。

シルヴィエルはほうっと息をついた。

「これでいいか」

「ああ。ありがとう」

「じゃあ、朝までぐっすりと眠ればいい」

耳元で囁く声も愛《いと》しい。ほっとする。

だが、それと同時に怖くなる。

——僕は、こんなに竜に依存して大丈夫なんだろうか。

まるで竜がいないと生きられなくなりそうで恐ろしくなる。

背中が温かい。むしろ熱い。安心したはずなのに、それがなくなることを考えたら、シルヴィエルの心は氷が浮かぶ湖に浸ったみたいにすうっと冷めていった。

それが表に出ていたのか、「どうした？　エル」と竜に尋ねられてびくりと震える。

「明日のことが不安なのか？　がちがちに体が硬くなってる」

「――い、いや」

竜が手の甲をシルヴィエルの首筋に当てた。

「そんなに硬くなるな。大丈夫だから」

大きな手。骨ばった甲が柔らかく触れる。

どうしてこの竜はこんなに優しい触れ方を知っているのだろうと思う。……竜なのに。人間じゃないのに、人間よりも人間っぽい気がする。

ふいに、その手にもっと触れてもらいたいと強く思った。撫《な》でられるくらいじゃ足りない。もっと強く、痕跡を残すくらいに触ってほしい。竜を感じたい。

――あの夜みたいに。

何を考えているんだと焦りながらも、ずるい考えが頭の中で大きくなっていくのをシルヴィエルは止められない。

躊躇《ためら》ったのはわずかな時間だった。復讐が終わったら、そうしてもらう理由がなくなってしまうという焦りがシルヴィエルを後押しする。

「あの、――竜」

シルヴィエルは竜の様子を窺《うかが》いながら小さな声で呼びかけた。

「なんだ」

「明日のことなんだけど、……やっぱり怖いんだ。妖精の姿が見えないのは不安だから、明日のために力を貰《もら》えないかな」

竜の動きが止まった。

――気づかれた……？

浅ましい欲望を見透かされたような気がして、ぶわっと動揺が膨れ上がる。たちまち後悔したシルヴィエルだったが、「見えないのか？」という意外そうな竜の声にはっとする。

「いや、まったく見えないというわけじゃないんだけど、毎日少しずつ淡くなっていって、今では目を凝らさないと見えない」

はあっと竜がため息をつく。

「どうして早く言わなかったんだよ」

「さっき作戦を立てるまで、妖精が明日そんなに重要な役割になると思っていなかったから」

「それでも、淡くなっているということは言ってくれても良かっただろ」

「――そうだね、ごめん。でもほら、まったく見えないわけじゃなかったし、僕の生活にはもともといない存在だったから、いなくても困らないし」

それに、再び妖精を見られるようになるには、体の中に竜の力を注ぎ込んでもらわなくてはいけない。たいして急を要するわけでもないのに、あの行為を竜に要求するのはシルヴィエルには到底無理があった。

「まあそうだが……」と呟きながら竜が身を起こす。

「明日は妖精の助けを借りることが大前提だ。はっきりと見えたほうがいいに決まっている」

「そうだよね、だから……」

竜が寝台に寝転がったままのシルヴィエルを見つめた。

その表情にどきりとするシルヴィエルの顔の横に竜が手をつく。そしてゆっくりと顔を下ろしてくる。

――え、そっち？

シルヴィエルが戸惑う。強い力を移すのは、口移しではなくもう一つの方法だと思っていた。

――こっちも嫌いではないけど、むしろ好きだけど……。

でも、今は違う。今は、明日の決戦に向けてもっと強いつながりが欲しい。竜の存在を感じて勇気に変えたい。

端整な顔が近づき、今にも触れるかと思った時に、シルヴィエルは思わず「待って」と声をかけていた。竜の唇が息も感じるくらい近くで止まった。

「――あの、口移しで足りる？　直接僕の体に流し込むほうかと思ってたんだけど……」

竜が顔を離した。わずかに驚いた表情をしている。

「竜?」

「いや、エルはあれは嫌なんだろ?　あれをしてもいいのか?」

「……僕が嫌、って?」

「あの最中、嫌だ嫌だとさんざん繰り返して泣いていたし、あの後もまるであの時のことはなかったかのように一度も話題にしなかったから」

記憶が蘇《よみがえ》り、ぶわっとシルヴィエルの顔が火を噴いた。確かに自分は最初から最後まで「嫌だ」と呟いて、しかもぼろぼろと泣いた。

「あ、あれは、まったく予想していなかったから驚いたのと、……竜に申し訳なくて」

「俺に申し訳ない?」

「あんなこと、……治療だと言っても、まるで性交みたいなことを男とさせてしまって……」

「そんなの、俺がやるって言ったんだぞ。むしろ、強引にそんなことをされたエルのほうが気の毒だったと俺は思ってる」

「僕は治療だからいいんだよ……!　そうしてもらわなくちゃ死ぬところだったんだから。だけど竜はそうじゃない。それなのに、同性同士であんなこと……」

ん?　と竜が考えるそぶりを見せる。

「エルは、されたことが嫌なんじゃなくて、させたことが嫌だったのか?」

必ずしもそうではないけれど、言葉にして整理するとそんな気もして、シルヴィエルは頷《うなず》く。

「だったら気にするな。竜にはこだわりはない」

え？　とシルヴィエルが目を瞬く。

「雄とか雌とかほとんど区別しない」

「──そ、そういうもの？」

「そういうものだ」

断言されて、シルヴィエルの肩から力が抜ける。

「気が楽になったか？」

「……なった。ありがとう」

「だったら、力を流し込んでいいか？」

その言葉にぞくりとする。竜にとってはよくあることでも、シルヴィエルにとっては特別な行為なのだ。体が勝手に火照りそうになる。

だが、それを押し殺してシルヴィエルは「ああ。よろしく頼む」と微笑んだ。

「どうする？　下穿《したば》きを脱げばいい？」

身を起こして竜を見る。

「そうだな」

「分かった」

シルヴィエルは寝台を降りてさっさと下穿きを脱ぐ。本当は叫びだしたいほど恥ずかしいが、懸命にそれを押し殺した。

寝台に上がろうとしたシルヴィエルを、「上がらなくていい」と竜が止めた。

「せっかく柔らかい寝台があるのに、床で?」とシルヴィエルが顔を顰める。

「いや、胸から上だけ寝台にうつぶせになって、腰から下は床に降ろしたほうがいいな。そのほうが安定する」

ぎょっとしてシルヴィエルが寝台を見る。そこに臀部《でんぶ》を晒《さら》してうつぶせている自分の姿を想像して、恥ずかしさに死にそうになった。

「分かった」

だから、あえてさっさとうつぶせになる。

――これは、治療。動揺するな。

竜に分からないように、ぎゅっと手で敷布を握る。

言われたときはどうしようもなく恥ずかしかったが、その姿勢になってみれば、うつぶせで良かったとシルヴィエルは思った。これなら顔が真っ赤になっても竜には見えないし、声が漏れそうになったら寝台に顔を押し付ければいい。なによりこの体勢は、つい体が前に逃げそうになっても、寝台の端に妨げられて動くことができない。それはそれで覚悟が決まってありがたい。

ぎゅっと目をつぶったシルヴィエルの後頭部を、ふいに大きな手が撫でた。

「エル、そんなに硬くなるな。二度目だから前回よりは楽なはずだ。体の力を抜いてくれ」

　穏やかな竜の声。

「……努力する」

　すうっと息を吸って、大きく深呼吸をする。息を吐くと同時に、尻の谷間にぬるっとそれが触れた。どきりとする。……と同時に、自分が水浴びすらしていなかったことをシルヴィエルは唐突に思い出した。咄嗟《とっさ》に振り返って、「ま、待って、竜」と声をかける。

「戸惑いはなくなったんじゃないのか？」

「そうだけど、——そうじゃなくて、水を浴びてきたい。枯れてなければ、少し行けば小川があるはずだから……」

「必要ない」

「必要あるよ。洗ってもいない場所を触らせるのは……」

「気にするな。どのみち『竜の雫《しずく》』で慣らすときに一緒にきれいになる」

「——いや、だからそれが……、……っ」

　ぐりっとその場所に力が込められて、シルヴィエルが顔を顰めて息を詰める。言葉も途中で消えた。

「痛いか？」

「……い、痛くないけど……」

「そうだろう？　前回ほど無茶はしていないからな。あの時は最初に尻尾を入れてしまったのが悪かった。尻尾は凶器だからな。今回は大丈夫だ」

細くて器用なものが、ぬめりを借りて驚くほど簡単に体の中に入ってきてぐりぐりと動く。

「――う、……っ」

痛くはないけど、違和感がものすごい。前回は動揺が過ぎて感じられなかった動きがはっきりと伝わってくる。

「エル、力を抜いてくれ。このままじゃ広げられない」

「……う……」

だが、シルヴィエルは言葉も出せない。

自分でも体ががちがちに硬くなっていることが分かるが、どうしても力が抜けない。

竜の指の動きが止まり、考えているかのようなわずかな停止の後、思いがけないところに手が回ってきて、シルヴィエルは「ひゃっ」と声を上げた。

体の横から差し込まれた竜の手がシルヴィエルの股間をぎゅっと握る。

「――や、嫌だ、竜」

「なんで？　前回もやっただろ？　しばらくこうしているとエルの体はとろけるみたいに柔らかくなる」

その表現はそれはそれで恥ずかしいが、今はそこにこだわっている場合じゃない。

「……違う、そうじゃなくて、……だから、水浴びもしていないからそこも……っ」

「気にするな、『竜の雫』がある」

「そうじゃなくて……っ」

「大丈夫だ。エルの体はどこもきれいだ。俺は、エルの体を汚いと思ったことは一度もない」

どくんと心臓が跳ねて、一気に体が熱くなる。

——なんてことを言うのか。まるで睦言《むつごと》だ。

「だから、気にしなくていい。続けるぞ」

声と同時に、股間に回った手がシルヴィエルの性器を器用に弄《いじく》りだした。

「——う、……あ」

包み込む大きな手。

一方の手は股間を撫でて揉《も》み、もう一方の手は長い指を深々と体の中に押し込んで蠢《うごめ》かせている。そしてさらに、シルヴィエルを押さえ込むかのように竜の大きな体が背中にのしかかってきた。

——待って。近い。

竜の息がシルヴィエルの首筋にかかる。

こんな近くに顔を寄せられたら、喘《あえ》ぐ息も赤くなった頬も見られてしまう。真っ赤になっているのがばれてしまう。

「いいぞ、エル。いろいろとごちゃごちゃ考えないで身を任せろ。俺の手の動きだけ追いかければいい」

竜の囁きがびんびんと耳に響く。

そして竜は、驚いたことにシルヴィエルのうなじに唇をつけた。

——え……？

竜の唇の熱が伝わってきて、シルヴィエルはどきりとする。

「——な、なんでそんなところ……。首じゃ力を注ぎこむことなんかできないだろ」

「そうだな。だけど、……なんだろうな、触れたくなった。嫌か？」

そんなに直球で尋ねられたら嘘なんて付けない。決して嫌じゃないし、それどころか竜から貰う口づけは、どんな形だってシルヴィエルは嬉しいのだ。

「……嫌じゃ、ない」

「だったら、良かった」

そして竜は唇を強くうなじに押し付ける。そのまま舌で舐《な》められ、シルヴィエルはぶるりと震えた。

「エル、こっちは？」

耳を舐められ、甘く噛まれた。ぞくっと身が竦む。だけど気持ちいい。

「——大丈夫」

そのまま耳を口に含まれた。直接耳に流れこんでくる舌で舐める水音。息の音。くすぐったい、……熱い。

「そうだ、いい子だ。可愛《かわい》いな、エル」

そんなこと言わないでほしいと思う。まるで睦言みたいで、愛を交わしていると勘違いしてしまいそうになる。竜にとってはただの治療でしかないのに。

「……あ、……っ！」

そうして気を散らしたすきに、息が止まるくらい大きなものが予告なしにぐうっと後ろから入ってきた。シルヴィエルは咄嗟に前にずり上がろうとするが、寝台の縁に阻まれてしまう。

「あ、——あ、……っ」

逃げられない体を、ありえないくらい太くて大きなものが、——熱いものが串刺しにしていく。それが竜の男根だと思ったら、貫かれているのが自分の体だと想像したら、ばくんと心臓が破裂したような衝撃が走った。ばくばくと暴れだす。

「入ったぞ。大丈夫か？」

声も出せずにこくこくと頷くだけのシルヴィエルを、竜がゆっくりと穿《うが》ち始める。耳を舐められ、股間を弄られながら、押し込まれ、引き出され、それに合わせてシルヴィエルの体も揺れた。ぞくぞくとした痺《しび》れが湧き上がって全身がとろけだす。

——繫がってる。一つになってる。

泣きそうになる。

――いいだろうか。今だけでも、これは治療じゃなくて愛する行為だと思っても。

竜と幸せなことをしていると思いたい。心の中で思うだけだったら竜には絶対にばれない、とシルヴィエルは自分にそう考えることを許した。

竜の動きがどんどん速く、大きくなる。押し込まれるたびに、体の中が満たされていく感じがする。どうしようもなく気持ちいい。

――竜、……竜。

シルヴィエルは両手で敷布を握りしめて、顔を寝台に押し付けて、心の中で竜を呼ぶ。

これまで一緒に過ごした竜の姿が頭に浮かぶ。逞《たくま》しい体、頼もしい笑顔、時には意地悪で、でも優しい微笑み。思い出しただけで心が温かくなるのに、でも泣きそうになる。

――離れたくない。明日の復讐が成功しても、そのあともずっと竜と一緒にいたい。

心の中で願う。

――たくさん、溢れるくらい『竜の雫』を注がれたら、本当に竜の仲間になれるだろうか。なりたい。……なれたらいいのに。そうしたら、いつまでも一緒にいられる……?

体が熱い。頭がくらくらする。

繰り返し穿たれる体は、痺れてもうどろどろに溶けて自分のものじゃないみたいで……。頭の中が真っ白になっていく。熱が溢れ、際限知らずに膨らんでいく。

──熱い。苦しい……。

息ができない。

──ああ、もう駄目だ。体が破裂する……っ。

ぷつんと意識が途切れ、シルヴィエルの手から力が抜けた。

人形のように力を失ったシルヴィエルに気付いて「エル？」と慌てて語り掛けた竜の声は、もうシルヴィエルの意識には届いていなかった。


さらさら、さわさわ、かすかな話し声が聞こえる。あちこちでいくつも。

──何の音？　誰の声……？

懐かしいような気がする不思議な音。

それが遠ざかった直後に、シルヴィエルはふっと目を覚ました。

「──エル……！」

その途端に声が降ってきて、シルヴィエルははっとして目を開けた。

竜の顔が目の前にあった。焦った顔。目覚めたばかりの焦点はまだ合わないけど、それが竜ならば見間違えることはない。

「……竜」

いて目を閉じる。

立て続けに問いかける竜に、シルヴィエルはほうっと息をついた。「大丈夫、ないよ」と呟

「大丈夫か？　具合は？　なにか変なところはないか？」

「――むしろ、気持ちいい。ふわふわしてる」

「……良かった」

かくんと首を落として、竜が大きな安堵《あんど》の息をつく。

「突然意識を失ったから、『竜の雫』を注ぎすぎたかと思って焦った。いくら力の源でも、度を越せば害になりかねないのに、つい……」

「大丈夫だよ」と呟き、シルヴィエルは竜に両手を伸ばした。

「エル？」と近づいてきた大きな体に正面から腕を回して引き寄せる。

「むしろ、ふわふわ気持ちよすぎて飛んでいきそうだから、……抱きしめて」

少しの間のあと、くすりと竜が笑う気配がした。

「分かった」

腕を回してシルヴィエルを抱きしめ、ぎゅっと力を籠めてくれる。

――ああ、竜だ。

安心感でとろけそうになる。頼りがいのある大きな肩。後頭部の髪を撫でてくれる手が温かい。優しい。

「どうした。子供みたいだぞ」

「……だめかな」

くっと笑う。

「構わない」

そのまましばらく、二人は寝台の上で抱きしめあっていた。

「竜」

「なんだ?」

「――さっき、懐かしい声を聞いた気がした。精霊かな。いままでほとんど聞こえなかったのに。フロイア国に入って、竜に力を貰ったからかな」

「そうかもしれないな。エルはこの都にはもう誰もいないと言ったけど、俺は何かの気配を感じるんだ。ごくかすかにだけど」

「あいつじゃなくて?」

「『黒影』の気配じゃない。むしろ、妖精に近い感じだ」

「――そうなんだ。僕が見えないだけで、精霊も妖精もいてくれたんだったら救われるんだけどな……」

竜は何も言わずにシルヴィエルの頭を撫でる。

「このまま寝るか?」

「寝ていい？」

「ああ。もちろんだ。ゆっくりと寝て明日に備えろ」

「――ごめんね、最後の最後まで甘えて……」

「一人で眠るのが苦手だもんな、エルは」

「うん。――ごめん、ありがとう」

ふわふわと心許ない体に、ふわりと眠気のとばりが降りてくる。

「それも今晩までだ。明日にはお前の故郷から『黒影』を追い出して、お前も前のように安心して眠れるようになる」

その言葉に、つきんと胸が痛くなった。

「ねえ、竜……」

「なんだ？」

「僕の復讐が終わっても、……一緒に旅しない？」

竜は答えなかった。

「竜の故郷に行かない？　竜が身を捨ててまで守った村に行こう。会いたい人たちはいなくても、その人たちの子孫がいるかもしれないよ」

言葉を重ねたシルヴィエルに、竜は返事をしなかった。

「竜？」

「――どうかな。先のことは分からないな」

ぐっとシルヴィエルの息が詰まる。

――いいとは言ってくれない。

「でも、お前の復讐だけは必ず叶えてやる。約束は守るから心配するな」

――違う、そういうことじゃなくて……。

そこまで聞いたところで、シルヴィエルは眠気に抗《あらが》えなくなった。ゆっくりと眠りに落ちていく。

――竜、……離れたくないんだ。一緒にいたい。この先もずっと……。

心の中で語り掛けながら。

10　決戦

夜が明けた。

見晴らし台の上からは、フロイア国の都を覆い生き物のように渦を巻いている分厚い黒い雲と、その上に広がる眩《まぶ》しい青空が見えた。

――あれを、倒す。

『英雄の剣』を背中に抱え、シルヴィエルはぐっと両手を握りしめる。

一人だったらどう考えても無理だった。この『英雄の剣』をもってしても、一太刀食らわせることができたかどうかという程度だろう。そしてそれは致命傷にもならず、あの雲を消すこともできなかったに違いない。

でも今、シルヴィエルは竜という力強い味方を得て、本当にあの雲を消せるような気がしていた。

その竜は、シルヴィエルの横に立っている。力強い横顔で都を見据え、指さしながら。

「じゃあ、エルは一目散に神殿を目指して走れ。俺が後ろから火を吹いてエルを守る。そのあとで、俺はエルが泉を止めて神殿から出てくるのを確認してから、空に上がって尖塔《せんとう》に雷を落とす。一度で滅ぼせなかったら、二度三度と繰り返す。尖塔の突端から横に雷が広がって、効率よく『黒影』を攻撃できるはずだ」

「分かった」

「できるだけ気を付けるが、もし尖塔が壊れたら申し訳ない」

シルヴィエルはわずかに息を詰めた。あの尖塔はフロイア国の象徴だ。だけど……。

「——昨日も言ったけど、それはもう気にしなくていい。思い切りやってほしい」

もうフロイア国で生き残っているのは自分だけだし、たとえあの尖塔が壊れたとしても、あいつらを消滅させて黒い雲を消し去り、かつての国の姿を取り戻すことのほうが重要だと、昨晩シルヴィエルは竜に答えたのだ。

——きっと王様もそう仰《おっしゃ》るだろう。尖塔はまた作り直せばいいのだと。そういうお方だった。

硬い口調で言ったシルヴィエルに、竜が「分かった」と頷いた。肩に置かれた竜の手に、落ち着けというように力が籠る。それだけで多少なりとも落ち着きを取り戻せるのだから、どれだけ自分は竜に依存しているのかとシルヴィエルは呆れる。

緊張を緩めようと大きく息をつくシルヴィエルに、竜は「作戦と言うにはあまりにも単純だが、安心しろ。必ずこの都は解放される」と力強く微笑んだ。

そんな竜に「竜」とシルヴィエルが改めて呼びかける。

「心から感謝する。君の復讐でもないのに、ここまでしてくれてありがとう」

「竜は約束は守るんだ」

「――そうだったね。でも、ありがとう」

心からそう思う。ここまで来られたのはこの竜のおかげだ。『英雄の剣』を手に入れただけでは、きっと自分は何もできなかったとシルヴィエルは思う。

――竜に会えて良かった。

占い師の老婆の言葉。

『五年後に一度だけ機会が訪れるからそれを逃すな』

シルヴィエルはそれは『英雄の剣』のことだと思っていた。だけどあの時自分が本当に手に入れた力はもしかしてこの竜のことだったのではないかと思う。

――本当に、この竜が一緒にいるだけでこんなに力が湧いてくるのだから。

シルヴィエルはぐっと気持ちを引き締めて、黒い雲に覆われた都に視線を戻した。

その様子を見て、竜がふっと笑う。

「――なに?」

「いい目だ。初めて会った時に俺が惹かれた強い瞳だ」

そしてシルヴィエルの肩に手を乗せた。

「だが、あまり気負うな。あの時と違って今は俺がいる。約束は絶対に果たす。お前は故郷を取り返せる」

振り向いて見上げた竜は、なぜか都ではなく、その向こうに広がる青空を見ていた。

はるか遠くの何かを見つめているかのような表情に、シルヴィエルはどきりとする。

――竜の故郷の方向だろうか。やっぱり気になっているんだろうな。

シルヴィエルはそう推し量り、自分の復讐が無事に終わったら、彼を説得して一緒にそこまで旅をする心づもりを固める。

――だけど、今は復讐だ。

「竜」

声をかければ、竜ははっとしたようにシルヴィエルに視線を戻した。

「ありがとう。気が済んだ。行こう」

「ああ」と竜が目を細めて答える。

そしてシルヴィエルは、歩き出す前に、すぐそばを漂っている小さな光に手を伸ばした。

妖精だ。『竜の雫』を体内に得て、シルヴィエルは再び妖精を見られるようになっていた。

しかも、前回よりもくっきりと。

「君にもよろしく頼むよ。君の指示が頼りだ」

シルヴィエルが囁いたら、小さな光は承知したとばかりにくるりくるりと回る。

「よし、行くぞ」

大きな『英雄の剣』を握りしめて、シルヴィエルが一歩踏み出す。

——次にここに戻ってくるときには、あの景色はもうない。黒い雲がすべて消えて、白く輝く都が見えるはずだ。……絶対にそうするんだ。

振り返らずに、シルヴィエルが崖を離れる。

その横に竜が並んだ。

体格の良い長身の青年と、大きな剣を抱えた痩せた少年が斜面を降りていく。


都は高い城壁で周囲を守られている。その正門に当たる大門の錠は五年前にシルヴィエルが訪れた時と変わらず壊されたままだった。滅びた直後に盗賊が入って荒らしたのだ。金目のものはほとんど持ち去られたと聞いている。

その時は、中を見るのが恐ろしくて開けられなかった鉄の大きな扉に、シルヴィエルが緊張した表情で触れる。

銀緑色の大きな竜がその横にうずくまり、巨大な手の爪を大門の下端に引っ掛けた。

「行くぞ。心の準備はいいか、エル」

「——ああ。大丈夫だ」

扉から手を離して一歩だけ距離を取り、『英雄の剣』をぐっと握りしめて「一、二」とシルヴィエルがゆっくりと呟く。そして、「三！」と二人一緒に叫ぶと同時に、竜が「ぐああああっ」という雄叫びとともに大門を上に撥《は》ね上げた。

「行け、エル！」

シルヴィエルが都の中に飛び込む。

目指すは都の中心にある神殿。渦巻く黒い雲の下の高い尖塔を見つめて、シルヴィエルは全力で走った。

剣を横に構えて走るシルヴィエルに気付いた黒い雲が、たちまち触手のような末端を伸ばしてきた。蛸《たこ》の足のように何本も伸びてくるそれを、後ろを飛ぶ竜が口から炎を吹いて妨げる。炎に触れた触手は、一瞬で溶けて短くなった。

躍起になるように触手の数が増えても、竜は大きな首を左右に振って炎を鞭《むち》のようにしならせ、触手を次から次と消していく。

それを目の端に捕らえながら、シルヴィエルは全力疾走した。

大門から神殿までは一直線だ。ゆっくり歩いて十分程度。五分も走れば尖塔の下の建物が見えてくる。

――あと少し……！

やっと見えてきた神殿の扉も壊されていた。半開きになって揺れている。

――神殿にも盗賊が入ったのか。

歯ぎしりするくらい悔しく思いながら、シルヴィエルは神殿の中に飛び込んだ。

「行け、エル！　この先は俺は体が大きすぎて入れない！」

「分かってる！」

ドーム状の高い天井の上方は、『黒影』が集まって真っ黒になっていた。その表面は水面《みなも》のように波打ち、まるで夜の湖を逆さにしたかのようだとシルヴィエルは思った。

シルヴィエルの侵入に気付いた『黒影』が、蛸の足のようにいっせいに触手を伸ばしてくる。

シルヴィエルはそれを英雄の剣で一息に薙《な》いで道を作った。さらに簾《すだれ》のように落ちてくる黒い触手に「邪魔するな！」と怒鳴って巨大な剣を振るう。

神殿に入った後は竜の助けはない。シルヴィエル自身の力で『黒影』を倒し、精霊の間に辿り着かなくてはいけない。

――『精霊の泉』の間へ急げ……！

体当たりをして戸を開け、神殿の中心部への回廊を走る。

『黒影』が追いかけてくる。周囲を見る余裕はない。だが、花が咲いて美しかった中庭が枯れ果てているのは目に入ってしまい、胸が痛くなる。

「妖精さん、行くよ！」

自分のすぐ横に浮かんでいる小さな光に声をかけて、シルヴィエルは『精霊の泉』の間の扉を押し開いた。毎朝シルヴィエルたち神官見習いが丁寧に磨き上げていた聖なる間だ。

妖精が中に入るのを確認して勢いよく扉を閉める。閂をかけて振り返り、そこに広がっていた光景に、シルヴィエルは思わず息を呑んだ。

「――なんだよ、これ」

歯ぎしりのような呟きが漏れる。

模様の中心部、『精霊の泉』に黒い霧がまるで生き物のように次々と飛び込み、そして放たれた矢のように高速で浮き上がって天窓から外に出ていっている。

それは、『黒影』が『精霊の泉』で力を得ているという言葉そのままの光景だった。『精霊の泉』に飛び込むのに夢中で、神殿の中の『黒影』はシルヴィエルたちに見向きもしない。

シルヴィエルはぐっと唇をかみしめた。

「妖精さん、どの石が外せる？」

白い小さな光がふわっと飛んで、神殿の壁に向かう。

「壁？　床じゃなくて？」

床の石を直接動かすと思っていたシルヴィエルは驚きつつも光について走った。

光がぴたりと止まった場所は、壁の飾りタイルの前。

「ここ？」

タイルの埃《ほこり》を手で拭ったら、確かに微妙な凹凸があった。隠し扉だ。片側をぐいと押すと、くるりと回転して鉄製の棒が現れる。光に示されるままにその棒を手前に引いたら、『精霊の泉』の方向でガコンと音がした。

はっとして振り返る。模様が崩れたのかと思ったが、そんな気配はない。黒い霧が精霊の力を搾取する様子も乱れなく続いている。

「――？」

あの音でいったい何が起きたのかと怪訝《けげん》な顔をするシルヴィエルを置いて、ふわりと白い光が動いた。今度は別の壁の床すれすれのあたり。

そこにも隠し扉があり、同じような棒があった。シルヴィエルがそれを動かしている間に、光が次の場所に移動する。

光は規則性なく壁を行き来する。その様子を見てシルヴィエルは理解した。

――そうか。石を直接外すんじゃなくて、模様を動かすんだ。

そのためにはきっと、決まった手順で壁の隠し扉の鉄の棒を引かなくてはいけないのだ。

この妖精がいてくれなければ、そんな方法は分からなかった。なぜそんなに詳しく知っているのかという疑問は浮かぶが、今はとりあえず妖精が示すままに鉄の棒を引き続けるしかない。

七か所の隠し扉の中の棒を引いた直後だった。八か所目に移動しようと、「よし、次だ。妖精さん」とシルヴィエルが顔を上げる。

だがそこに妖精の光はなかった。

――え？　たった今までそこにいたのに。

見失ったのかと戸惑って見渡したシルヴィエルの目に、とんでもない光景が映る。

黒い触手が、妖精を絡めとって窓に向かっていた。神殿の中で渦巻いている霧とは明らかに異質なもの。それは、シルヴィエルを追いかけてきた、屋外にいる『黒影』の触手だった。

「妖精さん！」

シルヴィエルが叫ぶ。咄嗟に追いかけたが、触手はもう神殿の外に出てしまっている。しかも妖精の光は、蠟燭《ろうそく》の灯が消えるように小さくなって黒い霧の中で消えてしまった。

「――うそだ……」

信じられない光景に、シルヴィエルの血の気が引く。

妖精が『黒影』に食われてしまったという動揺に加えて、これで、模様を動かす方法も分からなくなってしまったという絶望。

模様を動かせなければ、『精霊の泉』を止めることもできない。外で竜が待機しているというのに。

その時だった。

「エルー！」と外から竜の大声が聞こえた。はっとして焦る。

「どうしたーっ、大丈夫かー！」

竜の叫びに、シルヴィエルは崩れそうな気持ちを立て直す。

――そうだ。絶望している場合じゃない。次の手を考えるんだ。

推察した通り、『黒影』は『精霊の泉』から力を得ていた。だったら、とにかく『精霊の泉』を止めるのが先決だ。止めるためには、模様を崩す必要がある。

大神官がこんなややこしい手順を使って模様を動かしていたのは、きっと、精霊祭りのあとに模様をもとに戻すためだ。

――今は、あとで復元することは考えなくていい。だったら……。

シルヴィエルは、円形の模様の端に立ち、『英雄の剣』を大きく振りかぶった。

そして、「精霊様、申し訳ありません！」と叫びながら、泉の中心にむかって走り、「うおおおおぉぉぉぉぉぉっ」と雄叫びとともに全身の力を込め、埋まっていた大きな水晶に向かって剣を振り下ろす。

ガツっと鈍い音がして水晶にひびが入り、その周囲の黒曜石の模様がはじけ飛んだ。繋がっていた模様が途切れる。

――壊れた……！

その直後、まるで断末魔の叫びをあげるかの如《ごと》く、あるいは怒り狂ったかのように、神殿内にいた黒い雲がいっせいに暴れだした。声はない。音もない。だが、まるでその叫び声が聞こえるかのような迫力だった。

「竜！」とシルヴィエルが『英雄の剣』を抱えたまま神殿の窓から外に飛び出る。

待ち構えていた竜がシルヴィエルを引き寄せ、「神殿から離れて陰に隠れてろ」と言い置いて翼を広げた。

気付けば、神殿の外で都を覆っていた黒い雲も影響を受けていた。嵐の海のようにあちこちで波打って暴れている。

翼を広げた竜がそこに向かって舞い上がる間に、シルヴィエルは建物の陰に身を隠した。

それを確認して、竜が空中で大きく口を開ける。

次の瞬間、衝撃が走った。

——う、わっ……！

叫びはない。それなのに、びりびりと震えるような振動だけが伝わってきて、鼓膜が破れそうに痛んだ。シルヴィエルはとっさに両手で耳をふさぐ。

——なんだ、これ……っ。

物陰から竜を見上げて驚く。

竜は、まるで自分自身が雷になったかのように、金色にまばゆく輝いていた。竜の体からばちばちと火花が散っている。

竜の体から伸びた幾筋もの放電が蛇のように空気を切り裂いて尖塔の突端の鐘に集まり……、そして次の瞬間、轟音《ごうおん》とともに尖塔から四方八方に閃光《せんこう》が伸びた。

目が眩《くら》むほど鋭く光った稲妻は黒い雲に向かって枝分かれしながらとびかかり、雲の中のあちこちの場所で花火のように閃光をまき散らしながら爆発を繰り返す。

それは竜が光り続けている間続いた。

轟音が空のあらゆる場所で響き、地面が揺れ、痙攣《けいれん》するような痺れが体を震わせる。どれだけ強く耳を押さえていてもその圧力は防ぎきれず、やがて立っていられなくなってシルヴィエルは地面に転がった。吐き気が湧き上がる。

――これが竜の力……。なんて大きな……。

昔の人が竜を恐れて当然だと思った。あの身体能力に加えて大きな爪と素早く動く尻尾、そのうえこんな力まで持っていたら、人間はどう足掻《あが》いても太刀打ちできない。竜殺しの勇者が尊敬されるのも理解できる。

やがて、音が小さくなってきたことに気付いて、シルヴィエルは薄目を開けた。竜の体の光が弱くなり、放電も細く小さくなっていく。それにつれて、あの吐き気を呼び起こした振動も治まっていき……。そしてシルヴィエルは気づいた。

「――空だ」

都を覆っていた黒雲が消え、青空が見えた。陽光が降り注いでいる。

「……すごい」

呆然としてシルヴィエルは呟いた。よろよろと立ち上がる。

本当に、竜はあいつを消し去ったのだ。感動で体が震え、全身が熱くなる。目の前がじわりと滲《にじ》んだ。

竜が地面に降りて、人の姿に変わる。

「――竜……」

よろめきながら歩き出したシルヴィエルに、竜が小走りに近寄った。痺れのせいで足がもつれて今にも転びそうなシルヴィエルを竜が抱きとめる。

「どうだ」と得意げに笑う顔が眩しい。

「――すごいよ、本当にすごい。ありがとう」

泣きそうになりながらシルヴィエルが竜にしがみつく。

「……ありがとう、竜。ありがとう」

涙が出た。

「本当に、あいつを退治できたなんて、――夢みたいだ」

「復讐できたな。良かったな」

「――ああ、ああ。ありがとう、竜」

竜の胸に額を押し付けて、ぼろぼろと涙を零《こぼ》す。この青空を見たら、自分の小さなプライドにこだわらなくて良かったと心から思えた。そんなシルヴィエルの頭を竜が撫でる。

だがその次の瞬間、その手が止まった。一瞬で竜が緊張したのが伝わってきて、シルヴィエルは怪訝に思って顔を上げた。

竜は顔を顰めて神殿の方向を見ている。

「——なんだ、あれは……？」

呟きに驚いて振り返り、シルヴィエルも息を呑んだ。

崩れ落ちた尖塔のがれきの中から、真っ黒の不定形の物体がゆっくりと立ち上がっている。それは二階建の家屋の屋根も超えるほどの巨大さだった。

上から下まで覆いつくす不気味なほどの黒。洞穴のような漆黒。あいつに侵された人の瞳の色と同じ色だった。布をかぶった子供のような形でぶくぶくとあちこちを膨らませたり凹《へこ》ませたりしながら蠢いている。巨大だが、動きは赤ん坊のように遅い。

「……あれは何だ。確かに『黒影』の匂いがするのに、それ以上になにか別のものが混ざっている」

化け物が動き、ガラッと音を立てて瓦礫《がれき》が崩れた。その様子にシルヴィエルははっとする。

——実体がある……？

思わず凝視したシルヴィエルの胸に吐き気が湧き上がる。生理的嫌悪感をたっぷりと呼び起こす醜い姿に、全身に生じた鳥肌が消えない。

ちっ、と竜が舌打ちした。

「どうやら、復讐は終わっていないようだな。ここにいろ、エル」と竜が言った直後だった。

化け物が思いがけないものに姿を変えた。

——え？

シルヴィエルが目を疑う。それは、王冠を被った懐かしい人の姿。見上げるほどに大きな、すべてが真っ黒の国王の姿だった。しかもそれは口を開いた。

『――シルヴィ』

懐かしい声だった。ぞわっと震えが湧き上がる。

「――お、王様……？」

そんなはずがない。国王は死んだのだ。王子を自分に託して。そう思うのに、幼い頃から慕った国王の姿から目が離せない。全身はぞわぞわと嫌悪感と恐怖を訴えているのに。

竜が怪訝な顔をしてシルヴィエルを振り返る。

『――シルヴィ。私の愛しい救いの子。……ここに来て私を救っておくれ。さあ、私の一部となるのだ』

その言葉を聞いた瞬間、猛烈な怒りがぶわっとシルヴィエルの全身を満たした。

――王様じゃない。

「黙れ！」

全身を震わせるようにしてシルヴィエルは叫んだ。

「王様の姿で喋るな！　王様はそんなこと言わない！　化け物！」

『化け物などと悲しいことを言わないでくれ。そなたは私の救いの子であろう？』

どうしても我慢ができず、シルヴィエルは「うるさい！」と叫ぶと同時に、『英雄の剣』を抱えて駆け出した。巨大な化け物に向かって走る。

「うおおおおぉぉぉぉぉぉっ！」

シルヴィエルは雄叫びを上げた。

食われて死んだ両親の、友人の、王族の方々の、神官様の、そしてフロイア国のみんなへの気持ちを抱えて、シルヴィエルは身長より長い剣を体の前に構える。

そのまま「消えろ！　みんなの敵だ！」と叫びながら、走る勢いに体重を乗せてまっすぐに剣を突き出した。

刺さるかどうかなんて気にする余裕はなかった。シルヴィエルの頭の中は、化け物への恨みと怒りで満ちていた。だが、『英雄の剣』は、深々と化け物の腹に突き刺さってくれた。

『グアアアアァァァァァァアアア！』と化け物が叫んで動きを止める。

そしてそれは、また形を変えた。敬愛する王妃の姿に。

『……私の愛しいシルヴィ、あんなに可愛がった私を殺すの？　救ってはくれないの……？』

かあっと頭の中が煮えくり返る。

「王妃様の姿になるな！　王妃様もそんなことは絶対に仰らない……！」

そして、化け物の腹に刺さった剣を引き抜いて、目の前の黒い体を斜めに斬りつける。

「消えろ！　僕の大切な人たちの姿を汚すな！」

叫びながら繰り返し幾度も斬り下ろしていたシルヴィエルは、「エル！」という叫び声にはっとして動きを止め……、飛び退《すさ》って化け物から離れた。シルヴィエルが斬りきざんだ化け物の傷口から、どろどろとした黒いものが瓦礫の上に流れ出している。

「──う、わ……っ」

溶けた溶岩のように流れてきたそれを避けてシルヴィエルが慌てて瓦礫に上った直後、『それ』は形を崩して、粘度のある液体となって地面に広がった。

ぴしゃり、ぴしゃりと盛り上がって形を作ろうと波打っていたが、やがてそれもなくなり、ただの黒い巨大な水たまりのようになる。

──今度こそ死んだ……？　終わった……？

半ば呆然として、シルヴィエルは足元の黒い液体を見つめた。

──これで、敵が討てた？　復讐ができた……？

顔を上げれば、子供の頃に毎日見ていたのと同じ青い空が広がっている。風に乗って流れる白く細い雲。はるか上空を円を描いて飛ぶ鳥。

視線を巡らせれば、懐かしい白い都の景色があった。

以前と変わらない美しい街並み。違うのは、そこに人の気配がないことだけ。

複雑な思いが胸の中にこみあげて、シルヴィエルは唇をかみしめた。嬉しいはずなのに、実際嬉しいのに、どうしようもなく悲しくて苦しい。

──もう、誰もいない。都を取り戻しても、戻ってくる人は誰もいない。

叫び出したいくらいの絶望。

ぼろっと涙が零れた。――悲しくて、悔しくて、淋《さび》しくて、息がつけない。

この七年間、シルヴィエルは、復讐すること、敵を討つことだけを支えに突っ走ってきたのだ。目標を果たして空っぽになった心の中に、今まで目をつぶって見ないふりをしてきた悲しみと絶望が怒涛《どとう》のように流れ込んできていた。

かくんと膝をつき、瓦礫の上に突っ伏してシルヴィエルは泣いた。嗚咽《おえつ》を止められない。ぼろぼろと涙が零れる。

――みんな死んだ。僕は誰も助けられなかった。僕は『救いの子』だったのに……！

どのくらいそうして泣いていただろうか。

「エル」と呼びかけられて、シルヴィエルはのろのろと顔を上げた。

いつの間にか、竜がシルヴィエルのそばに立っていた。

「見てみろ、『黒影』の屍《しかばね》から妖精が飛び立っている。あいつは妖精も捕まえていたんだな」

「え？」

竜の示す先に視線をやり、シルヴィエルは息を呑んだ。

黒い液体の中に白い小さな光が生じ、浮き上がったそれがふわりふわりと風に乗って空に上がっていく。まるで風に乗って飛ぶ花の種のように、辺り一面に小さな白い光が満ちていた。

シルヴィエルのまわりにも無数に舞っている。

竜が「よかったな」とシルヴィエルに微笑んだ。

その言葉に、シルヴィエルの心がまた冷たくなっていく。

――でも、妖精は助けられても、フロイア国の人たちはもういない。

再び悲しみに捕らわれそうになったシルヴィエルの前に、明らかに意図をもって一つの小さな光が近寄ってきた。

「――あ、君、もしかして……」

「そうだ。エルにずっと付き添っていた妖精だ」と竜が補足する。

「……良かった」とまたシルヴィエルの目の前が滲む。

「あいつに捕らえられて、食べられたかと思ってた。無事だったんだね。本当に良かった……」

「エル。その妖精がお前に渡したいものがあるそうだ。受け取ってやれ」

「渡す？」とシルヴィエルは困惑して竜を見上げた。

妖精は小さな光だ。光に何を渡されるのか分からない。戸惑った顔をするシルヴィエルに、竜が「どうした？」と尋ねる。

「いや、……小さな光から、どうやって受け取ればいいのかと。手を差し出せばいい？」

「見えていないのか？」と竜が驚いた顔をする。

「なにが？」

「俺には妖精は人の姿に見える」

「え？　僕にはずっと小さな光にしか見えていないよ」

「そうか」と少し考え、竜がおもむろに後ろからシルヴィエルを抱き上げた。

「──な。なに？」

慌てるシルヴィエルを膝の間に座らせ「目を閉じていろ」と大きな手で目を覆う。そしてその瞼《まぶた》に竜は唇を押し当てた。

──あ。

シルヴィエルには分かった。竜は、シルヴィエルの目に力を与えて、妖精を見えるようにしてくれようとしているのだ。

「──ありがとう」

大人しく動きを止めて礼を言ったシルヴィエルに「これで見えるようになるかは分からんがな」と竜が囁く。竜が喋るとその息がシルヴィエルの瞼にかかってどきりとさせられる。

──瞼が、目が熱い。

じわじわと熱が広がっていく。

──気持ちいい。

あまりに心地よくてぼんやりしてしまいそうになった時、ふっと竜の唇が離れた。シルヴィエルははっとして夢見心地から戻る。

「目を開けていいぞ。見えるか？」

ゆっくりと目を開けて、シルヴィエルは息を呑んだ。

「王子様……？」

目の前にいたのは、ガラス細工のように透けた、見慣れた幼い王子だった。胸の真ん中にポツンと小さな光があり、ふわふわと泳ぐように浮いている。

幼い王子はシルヴィエルに向かって微笑んでいた。

「——お、王子様……」

これは、自分の都合のいい夢なのではないかと思う。自分は守りきれず、王子を死なせてしまったのだ。布切れのようになって地面に落ちた王子の姿は忘れようとも忘れられない。

苦しくなって胸元を握りしめたシルヴィエルを前に、王子は自分の胸元に手を入れた。何かを取り出す。

大切そうに両手で包み、微笑みながらシルヴィエルに差し出したのは透明な林檎。

「——あ……」

言葉を失うシルヴィエルに、王子は林檎を差し出し続ける。

「ずっとこれを渡したかったらしい。受け取ってやれ」

「でも僕は、王子様を助けられなかった。それを受け取る資格は……欠片《かけら》もない」

首を振るシルヴィエルに、王子が悲しそうな顔をする。

「それはもういいんだよ。受け取ってやれ。それを渡したいがためだけに、ずっとエルのそばにいたんだから」

――王子様が……？

シルヴィエルが躊躇いながら両手を差し出したら、王子が心から嬉しそうに笑った。シルヴィエルの手に林檎を置き、ふわっとその首に抱き着く。シルヴィエルが王子を抱きあげた時によくしたように。

『林檎は元気のもとだからね、シルヴィ』

聞きなれた幼い声が頭の中に届いた。

はっとしてシルヴィエルが顔を上げれば、王子はシルヴィエルの首を抱いた腕を離して、ふわりと空に浮かび上がったところだった。

「――王子様……！」

立ち上がって思わず叫ぶ。

そんなシルヴィエルににっこりと笑って手を振ると、王子は顔を上に向けて、泳ぐように青い空に昇っていく。透明な姿は空の色に溶けて消え、最後までシルヴィエルの目に残っていたのは小さな光だった。

それを見送ってから、シルヴィエルははっとして周囲を見渡した。

「――あ……」

花の種のような小さな光だと思っていた妖精は、どれもガラス細工のような人の姿になっていた。シルヴィエルが息を呑む。

「――みんな……」

シルヴィエルが自分に気付くのを待っていたかのように、周囲を漂っていた幾人かの妖精が嬉しそうに笑う。

「……妖精は、あいつに捕らえられた人たちの魂……？」

呆然と見上げるシルヴィエルの首に、懐かしい人々の姿をした妖精たちが次々と腕を回して抱き着いて頬を寄せる。

『ありがとう』

解放してくれてありがとう。

助けに戻ってきてくれてありがとう。

妖精たちの声が、かつての仲間たちの心がシルヴィエルの頭に流れ込む。

「――許して、くれるの……？　僕は、あの商人の怪しさに気付いていたのに何もできなかったのに。何もしないで、……助けるどころか、逃げることしかできなかったのに」

妖精たちは頷き、次々にシルヴィエルを抱きしめてから『ありがとう』と告げて空に向かって行く。微笑みながら。

それを見上げながら、シルヴィエルは「みんな、ごめん。――ありがとう」と涙ながらに呟く。

そしてシルヴィエルは抱き着かないまま手を伸ばしてきた妖精を見上げて息を呑んだ。

「――父さん、母さん……」

最愛の二人の姿をした妖精は手を引いてシルヴィエルを立ち上がらせ、二人で一緒にシルヴィエルを抱きしめた。母親は微笑んでシルヴィエルの頬に口づけし、父は『我が息子。父はお前を誇りに思う』と懐かしい声で告げて体を離した。

ぼろぼろと涙を零すシルヴィエルが見上げる前で両親は二人で手を繋いで空に昇っていき、最後に残ったのは、豪華な衣装を身に着けた二人の男女。

「王様、王妃様……」

呟いて、シルヴィエルががばっと瓦礫の上に突っ伏して頭を下げる。

「――申し訳ありません。僕は、王子様をお守りすることができませんでした……！『救いの子』などという名前を王様に付けていただいたのに……」

その頭に国王が手を伸ばして触れる。

『シルヴィ。よく戻った』

「――王様、……でも僕は……」

シルヴィエルはぎゅっと手を握りしめる。顔を上げられない。

『シルヴィ。そなたは間違いなく我らの「救いの子」だ。そなたは我々の魂を解放して救ったのだ』

シルヴィエルははっとして顔を上げた。

国王と王妃の顔が目に入る。彼らは微笑んでいた。

「——王様……」

王妃が腰を屈めて愛《いとお》しそうにシルヴィエルの頬に触れる。

それを微笑んで見ながら、国王がゆっくりと口を開いた。

『その名に縛られ、今までさぞ苦しかったであろう。——シルヴィエル＝フロイエ、今ここでそなたの「救いの子」の任を解く。これからは、心が赴くまま自由に生きよ。大儀であった』

そして彼らはそのままふわりと浮き上がった。

シルヴィエルは慌てて立ち上がり、二人を見つめて敬礼してから頭を下げる。

——王様、王妃様……。

困難な命令を受けて叶えることができなかった神官見習いが気に病まないように、彼らがわざわざ最後まで残ってそれを告げてくれたことがシルヴィエルには分かっていた。そういう慈愛に溢れた国王と王妃だった。

——ありがとうございます。

シルヴィエルは頭を下げ続けた。「もう行ったぞ」と竜が告げるまで。

シルヴィエルが顔を上げる。

見渡した白い都の光景には、もう妖精の光はなかった。

「……みんな、天に昇れたのかな」

「そうだな」と晴れ渡った青空を仰いで竜が囁く。

「――さっき、よく疑いなく『黒影』に剣を突き刺せたな。形は変わっても、主君だとは思わなかったのか？」

「……王様が、絶対に仰らないことをあいつは言ったんだ」

シルヴィエルがぐっと両手を握りしめた。

「王様は僕のことを『救いの子』とお呼びになったけれど、それはフロイアの民を救う子という意味だった。ご自身を助けてほしいなんてことは、絶対に仰らなかった。ましてや『私の』救いの子なんて……」

「そうか」と空を見上げながら竜が囁く。

「エルの復讐が終わったな。――良かったな」

「……そうだね」

竜と同じように空を見上げて、シルヴィエルはふと気づいた。

羽をもつ透明な姿の小さな人たちが、様子を見るように宙を泳いでいた。精霊だ。黒い霧が晴れ、精霊も都に戻ってきたのだ。じわりと瞼が熱くなる。

「――竜。精霊も戻ってきてる」

泣きそうになりながらシルヴィエルは告げた。

「そうなのか？　俺には見えないが」

「いるよ、ほら。そこにも、あそこにも」

シルヴィエルは指さしながら言い、そして改めて竜に「ありがとう」と噛みしめるように囁いた。

「竜のおかげだ。竜がいなければ復讐は絶対に成し遂げられなかったし、魂を解放することも、こうして精霊が戻ってくることもなかった。心から感謝する」

まっすぐに竜を見つめて告げたシルヴィエルを見て、竜がわずかに驚いた顔をした。そして嬉しそうに笑う。

「いい顔をしている。初めて見たな。そんな顔で笑えるならもう大丈夫だ」

「――そうかも。心の中がものすごくすっきりとしている」

晴れ晴れとシルヴィエルは笑った。

「エルはこれからどうするんだ？」と竜が尋ねる。

「さあ。どうしよう」とシルヴィエルは苦笑した。

「正直、何も思いつかない。命を懸けて復讐するつもりだったから、復讐を終えたときに自分が生きているとは欠片も思っていなかったんだ」

「ここに住んで国を再興しないのか？」

「――しない」とシルヴィエルが短く言う。

「王様の血を継ぐ方はもう誰も残っていない」

「王が国を興すわけじゃないぞ。国を興した者が王になるんだ。エルが興せば新しいフロイア国の誕生だ。エルは精霊と意思疎通ができるんだから、精霊と会話ができる人が治めるというフロイア国の大原則も違わない」

　竜の言葉に、シルヴィエルは首を横に振った。

「いや、いいよ。ここに残っても……結局一人きりだ」

「嫁を見つけてくれればいいじゃないか」

　その言葉につきんと胸が痛くなる。本当は「だったら俺がいようか」という竜の言葉を期待していたのだ。それなのに結果は逆の「嫁を探せ」だ。

　それ以上この話を続けたくなくて、シルヴィエルは「竜はどうするんだ」と質問の矛先を変えた。

「俺は、……どうするかな」

　遠くの空を見つめながら呟いた竜の表情に、やっぱりこの竜はあの懐かしい村に行ってみたいのではないかとシルヴィエルは思う。わずかに躊躇ってからシルヴィエルは口を開いた。

「でも、竜。ひとつだけやりたいことが浮かんでるんだ。――昨日も言ったけど、僕と一緒に旅しないか？」

「……旅か」

「そう。まずは君がいた村に行こう。ほかに行きたいところがあるのならそこでもいい。君が僕の復讐に付き合ってくれたみたいに、今度は僕が……」

付いて行くよと言いかけ、シルヴィエルは竜の微妙な微笑みに違和感を感じて口を閉じた。

竜は、今までシルヴィエルが見たこともないような切ない顔をしていた。

「竜？」

「エルと旅か」と竜が苦く笑う。

「悪くない提案だが、俺は、……明日のことを考えるのは無理そうだな」

空を見上げながらそう言った竜の顔が、昼間なのにさらに明るい何かにかっと照らされる。

――え？

次の瞬間だった。

キーンという高い音とともに空から降ってきた、太陽のようにまばゆく輝く光の槍《やり》が竜の体を斜めに貫いた。

「竜！」とシルヴィエルが悲鳴を上げる。

11　神の槍

『最後の竜よ、忘れたか。私は言ったはずだ。もし暴れたら次こそお前を滅ぼすと』

空から声が降ってくる。

空全体が共鳴しているような、それなのに自分にしか聞こえていないような不思議な声だった。シルヴィエルの背筋がぞわっと鳥肌立つ。

――神？

信じられない思いでシルヴィエルは空を見上げた。

そこには青空が広がるばかりで何もない。

「――もちろん覚えてたさ」

竜が苦しそうに呻《うめ》きながら言う。槍《やり》に貫かれた時の衝撃で、彼は銀緑色の竜の姿に戻ってしまっていた。

「――竜……！」

シルヴィエルが竜に駆け寄る。

竜の目や口から緑色の血が溢《あふ》れて零《こぼ》れ落ちる。竜は空を見上げながら声を絞り出すようにして叫んだ。

「……覚えてるからだ！　覚えてるから、力を使ったんだ。力を使えばお前がこうしてとどめを刺しに来ると分かっていたからな！」

『ならば滅びよ。竜に苦しめられた生き物たちの恨みを込めた槍に貫かれ、炎に焼かれて』

竜の体を刺し貫いて瓦礫《がれき》の上に縫い留めた光る槍が火を噴いた。貫かれたところを起点に、竜の体に炎が広がっていく。

「竜！」

叫んだシルヴィエルに、竜が地面に頭を落として「ごめんな、エル」と弱々しい声で謝った。

「俺は、俺が死ぬためにお前を利用したんだ。……五百年はあまりに長すぎた。ひとりきりはもう嫌だ」

「竜……？」

言われていることが分からなくて、シルヴィエルは困惑する。

「誰かが『英雄の剣』を抜いて自由の身になったら、俺を自由にしてくれたその人のために竜の力を振り絞って使おうと決めていた。……そうすれば、あいつが俺を殺しに来る。俺はようやく死ねる。仲間のところに行ける」

あまりの衝撃だった。

「――そんな。……竜、僕を騙《だま》していたのか……？」

シルヴィエルが震える声で尋ねる。

「騙してはいない。最後にどうなるか言わなかっただけだ」

「そんなの……！」

炎はみるみるうちに広がっていく。最初に火が付いた槍の周辺の皮膚はもう黒く焦げ始めていた。

「だけど」と呟《つぶや》きながら竜が目を閉じた。

「……不覚だったなあ。まさか仲間以上に大事になってしまうなんて」

「竜……？」

「……でも、復讐《ふくしゅう》を手伝うって約束しちゃったからな。……竜は、約束を守るんだ……」

竜の声はどんどん弱くなり、もう耳を澄まさないと聞こえない。

「……お前と、旅、続けたかったな……」

それを最後に竜は何も言わなくなった。薄く開いた口から力なく舌が零れる。

ばくんとシルヴィエルの心臓が跳ねた。ざあっと全身の血が下がって目の前が暗くなる。

――嘘《うそ》だ。

なんでこんなことになっているのか訳が分からない。

ほんの少し前までは復讐できたことを喜んで、フロイア国の人たちの魂を解放できたことに感謝して、明るい未来のことを話していたのに。空はこんなに青く澄んで晴れ渡っているのに。

――竜が死ぬ……？

ばくばくと壊れそうに心臓が跳ねる。

――嫌だ、そんなの、絶対に嫌だ。

視界がぐらぐらと揺れた。吐き気も湧き上がってくる。

「――死なせない」

シルヴィエルは呟いた。

死にたがっていた竜は、それでも最後に自分と旅を続けたかったと言ってくれた。生きたいと言ってくれた。だったら、死なせない。

シルヴィエルはよろめきながら立ち上がった。

そして、足を踏ん張り、空を仰いで大声を張り上げる。

「神よ！　違います！　この竜は暴れてなどいません！」

返事はない。

「神よ！　お聞き届けください！」

さらに大声でシルヴィエルは叫んだ。

「竜は僕の故郷を解放してくれただけです！　どうか竜を許してください！　確かに竜は暴れました！　でも、害は為《な》していません。それどころか、この地に縛り付けられていた無数の魂を解放して天に還《かえ》しました。ですからどうか今回だけ……！　お願いです！」

沈黙が続く。

もう神は聞いていないのかと絶望が湧き上がる。

振り返れば、大きな竜の翼は神の炎に包まれ、さらに炎はいつの間にか竜の頭に近づいていた。

——嘘だ。

一気に血の気が引いて、シルヴィエルは自分に炎が移る危険も顧みないで「竜！」と叫んで駆け寄った。上着を脱いで竜の体で燃える炎を消そうと被せて叩《たた》く。

だが炎は消えない。

「なんでだよ！」

シルヴィエルは叫んだ。

「君は何も悪いことはしていないじゃないか！　獣も食べていない、もちろん人も食べていない、それどころか前回は村人を助けたために剣に突き刺され、今回は魂を解放したために槍に貫かれ、何なんだよ！　……そんなの……っ！」

シルヴィエルは炎が燃えさかる竜の体によじ登り、金色に光る槍を抜こうとする。

——熱い……！

だが、灼熱《しゃくねつ》の棒はびくとも動かない。しかも、シルヴィエルの手や服を炎が覆っていく。

「——……っ！」

熱さに我慢できずにシルヴィエルは竜から飛び降り、自分の手を見て息を呑《の》んだ。じんじんと焼けたように痛いのに、炎に覆われた手も袖もまったく焼けていない。

「神の槍、神の火……ということ？　人間なんかには何もできないと……」

悔しさに唇を噛《か》みしめ、地団太を踏みたいくらいに怒り、そしてシルヴィエルははっと気づいた。地面に置いてあった『英雄の剣』を手にして駆け戻ってくる。

――神の力には神の武器だ。この剣ならもしかして……。

再び竜の背に上り、燃える体の上で足場を固め、シルヴィエルは『英雄の剣』を大きく振りかぶった。

「折れ……ろっ！」と叫んで振り下ろす。

ガツンと大きな衝撃があり、槍の上端が吹っ飛んだ。金の光の塊は地面に落ち、溶けるように消えた。それと同時に、竜の体をじわじわと侵食していた炎の進みが止まる。

「――効いた……？」

はあっ、はあっと荒い息をつきながら「もう一回！」とシルヴィエルは剣を振り上げる。

だが、それを振り下ろすことはできなかった。竜の体から出ている部分が短かすぎるのだ。斬ろうとすれば、竜の体を傷つけてしまう。

シルヴィエルは唇を噛みしめて剣を下ろし、竜の背から飛び降りた。竜の顔の前に駆け寄って、「竜！　火が広がるのは止まった」と叫んで大きな顔を揺らす。

だがそれは力なく揺れるだけで、目は開かないし、垂れた舌に力が戻る様子もない。

それでも、竜はかすかに息をしていた。

「――そうだよ、竜、死ぬな。……絶対に死なせない……！」

もう神には頼らない。空なんか見上げない。

――だけど、どうする。どうすればいい。

そのとき、心配そうに集まってきた精霊の姿が目の端に入った。はっとする。

――そうだ、精霊。

シルヴィエルは周囲を見回した。見慣れた高位の精霊がそこに含まれていることを確認して、小さな声で祈りを捧げてから「精霊様！」と大声で呼びかける。

ふわふわと心配そうに飛んでいた精霊たちがびくっと震える。そんな彼らに、シルヴィエルは「お願いだから竜を助けてください。――竜に精霊の力を分けて、見守って死なせないでください」と懇願した。

「この竜は、『黒影』に捕らわれていた貴方《あなた》たちを解放しました。フロイア国の民の魂も救いました。……だから、お願いだから、どうか力を貸してください……！」

神の力には人間は何もできない。だから神なのだ。だけど、精霊ならどうにかできるかもしれないと、妖剣の『英雄の剣』で神の槍が斬れたことによって気付いたのだ。

「――僕は、ガラダ族の村に行ってきます。この神の槍が竜に苦しめられた生き物の怒りの結晶なら、僕は、ガラダ族の人を探して連れてきます。……あんな壁掛けを作る人たちだ。花喰《はなく》いの竜のこと、いや、この竜のことを恨んでいるはずはない」

精霊たちが顔を見合わせ、ふわりと竜の背に近寄った。抱きつくようにして燃える竜の体に寄り添い、……次の瞬間、シルヴィエルは目を瞠《みは》った。上着でどれだけ叩いても消えなかった炎が、ゆっくりと小さくなっていくのだ。

次から次と精霊が集まり、竜の体を覆っていく。竜の首まで広がっていた炎がどんどん鎮まっていくのを、シルヴィエルは感動して見つめていた。

——ああ、竜……。

だが炎は完全に消えてはいない。精霊が体を離した途端に、その場所にぽっと小さな炎が生じる。本当に、ただ押さえこんでいるだけなのだ。

だけど、それでもかまわない。竜の命を繋《つな》ぎとめておいてくれるのなら。

「——ありがとうございます。竜のことをお願いします、精霊様」

泣きそうになりながら頭を下げてから、シルヴィエルはぐっと唇を噛んで顔を上げた。

そして竜の頭に駆け寄り、その耳に「行ってくるよ」と声をかけた。

「待ってて。——絶対に待ってて。死なないで。お願いだから」

大きな口の端にそっと一度だけ唇を触れさせて、シルヴィエルは立ち上がる。

「——行くぞ。泣くな。……泣いている暇なんてない」

まず目的地は、一昨日《おととい》壁掛けを買った国境近くの町だ。あの乾物屋の店主に、ガラダ族が今どのあたりにいるのか尋ねるのだ。そして、町で馬を買ってガラダ族の村に行って、説得してここまで来てもらう。

町までは徒歩だ。シルヴィエルは背中に大きな剣を背負って、勢いよく駆け出した。

12　ガラダ族

乾物屋の主人に教えてもらった西方の山岳地帯に向かって、シルヴィエルは全速力で馬を走らせた。

町で金に糸目をつけずに買った駿馬《しゅんめ》は、シルヴィエルを乗せて勢いよく街道を走る。

──早く、できるだけ早く。急げ……！

心の中で呟きながら、シルヴィエルは乾物屋の主人に聞いた話を思い出していた。

「ガラダ族は、いい蜂蜜を取るから取引してるけど、気難しいから気を付けるんだな。竜なんかを祀《まつ》っていたせいではるか昔に村を焼かれて遊牧民になったのに、まだ竜を祀っている頑固者だからな」

「村を焼かれた？」と尋ねたシルヴィエルに、主人は「そうだよ。なんでも、竜殺しが流行《はや》った時代に、竜を隠していたらしい。美味《おい》しい蜂蜜を作るのにもったいないことだよ」と答えてため息をついた。

その言葉にシルヴィエルは息を呑む。

──竜がいた村だ！　まさか、本当にその村だなんて……。

興奮で体が熱くなる。だが同時に、その村を襲った過酷な出来事に胸が苦しくなった。

きっと、竜がいなかったせいで村は焼かれてしまったのだ。そしてもしかして、竜はそのことを知っていたから、シルヴィエルが誘っても村に行きたがらなかったのではないだろうかと思い至る。

——だけど、彼らはまだあんな壁掛けを作っている。だからきっと、……竜を助けるために力を貸してくれる。

シルヴィエルは、揺れる馬の背の上でぐっと奥歯を噛みしめた。


ガラダ族の村は山の斜面にあった。

柵で囲んだ敷地の中に、布を巻いて作った半球形の簡易家屋が点在している。その横では馬や羊や山羊《やぎ》、鶏などが数多く放され、のんびりと歩き回っていた。食事の準備をする時間なのだろうか、簡易家屋の屋根の真ん中から白い煙が糸のように立ち昇っている。

勢いよく馬を走らせて近づいてきたシルヴィエルに気付いた村人が家の中から出てきた。

「ここにいるのはガラダ族の皆さんですか？」

シルヴィエルは馬の背から飛び降りながら尋ねた。

「そうだが、なにか?」

シルヴィエルは「良かった、やっと着いた」と大きな息をつく。ここに辿《たど》り着くまで、二か所別の遊牧集団に立ち寄って空振りをしていたのだ。

そんなシルヴィエルの様子を、白髭《しろひげ》の民族衣装の老人が明らかに警戒した顔で見る。その様子に乾物屋の主人の言葉を思い出し、シルヴィエルが口を開けたときだった。

「長老、どうした?」と別の家から出てきた青年の姿にシルヴィエルは思わず息を呑む。

——似てる。

彼の姿形は、竜が人の姿をした時によく似ていた。瓜二《うりふた》つではない。だけど、黒い髪と黒い瞳と体格、そして何よりも、頼りがいのある雰囲気がそっくりだった。

——きっと、竜が助けた村人の子孫だ。生きていたんだ……!

自分を犠牲にして村を助けようとした竜の行為が無駄ではなかったことに感動しながら、シルヴィエルは荷物から二本の壁掛けを取り出す。

「これは、こちらの村の物で合っていますか?」

「——そうだが」と歩み寄った青年が用心している顔で答える。

「この、『幸せの竜』って、花喰いの竜のことですよね。『英雄の剣』で串刺しにされた……」

そうシルヴィエルが口に出した途端、老人と青年の顔が瞬時に警戒心で溢れた。

「なぜ花喰いの竜のことを……」と彼らは硬い声で尋ね返す。

どきりとして一瞬躊躇《ためら》ったが、シルヴィエルは意を決して口を開いた。すべて話すことにする。

「僕は、花喰いの竜から『英雄の剣』を抜いた者です。今までずっと竜と一緒に旅していて、竜から直接話を聞きました」

「あんたがあれを抜いた？」

彼らは信じられないという顔をする。それはそうだろう。シルヴィエルは力自慢とは程遠いやせっぽちの少年なのだから。

「はい、抜きました。あれがその剣です」と馬の体の横に沿わせた剣を示して言い切ってから、シルヴィエルはごくりと唾を呑み込んで、「皆さんは、その花喰いの竜を恨んでいますか？」と慎重に尋ねた。

「——恨む？」

「皆さんのご先祖は、最後に生き残った花喰いの竜をかくまったと聞きました。そして、そのせいで大変な目に遭ったことも。もし、——もし、その花喰いの竜を恨んでいないなら、僕と一緒に来てくれませんか」

縋《すが》る目で喋《しゃべ》るシルヴィエルに、村長と青年は訝《いぶか》し気な視線を崩さない。

——もし恨んでいたとしても、諦めて引き下がるわけにはいかない。

シルヴィエルは、ぐっと両手を握りしめた。

「その竜が死にそうなんです。お願いです。力を貸してください。助けてください……！」

シルヴィエルがガラダ族の三人の青年と一緒にフロイア国の都の大門を潜ったのは、旅立った日からちょうど三日後だった。

——お願い、竜。生きていて。

シルヴィエルの目には、空を漂う精霊が集まっている一角が見える。そこが竜のいる場所だ。

「あそこです」

指で示して馬を走らせる。小山のような銀緑色の体が見えてきて、シルヴィエルの心臓が痛いくらいに激しく音を立てはじめた。お願いだから生きていて、と必死で願う。

馬を降りて竜に駆け寄り、その銀緑色の体を覆っている精霊たちに「戻りました。ありがとうございます」と告げてから、息を詰めて巨大な顔を覗《のぞ》き込む。

竜は生きていた。目は閉じ、口は開いて舌が零れたままだが、竜はかすかに呼吸している。

——生きてる……！

シルヴィエルは安堵《あんど》のあまりへたり込みそうになりながら、精霊たちを見上げた。

「……ありがとうございます。精霊様……！」

噛みしめるように礼を言ってから、シルヴィエルは後ろに立って驚いた表情で竜を見ている三人の青年に振り向いた。

彼らは、初めて見る竜の姿に目を丸くしていた。

「……これが、花喰いの竜……」

「そうです。皆さんが壁掛けに刺繍《ししゅう》している『幸せの竜』です。五百年以上前に皆さんの祖先に助けられて、迷惑を掛けまいと村から逃げた最後の竜が彼です。皆さんが遊牧民になった原因の……」

竜が村を去った後の顚末《てんまつ》を、シルヴィエルはフロイア国に向かう道すがら彼らから聞いていた。それは、シルヴィエルが推測した内容とほとんど同じだった。

竜が去ったあとの村に「竜がいるはずだ、捜せ」と竜殺しの勇者と兵隊が大群で押し寄せたのだ。だが竜はいない。そうしたら、彼らは竜を炙《あぶ》り出せと村に火をつけ、それでも竜が出てこなかったので村の成人男性をすべて神殿に連行した。それで村は廃墟《はいきょ》になり、住処《すみか》と男手を失った女性と子供たちは流浪の旅に出るしかなくなった。

しかもその時に家畜もすべて失ったので、彼女たちは蜜蜂を追いかけて蜂蜜を集めはじめたのだと言う。やがて竜が砂漠で暴れたために無実を認められ釈放された男性陣が合流して、彼らは本格的に養蜂を始めた。今、ガラダ族は養蜂で生計を立て、花が咲く場所を追いかけて山岳地帯を移動して暮らしている。

「それは、――ものすごく苦労されたんですね」と呟いたシルヴィエルに、彼らは「だが、俺たちは竜を恨んではいない。恨んでいたら、『幸せの竜』の物語を語りついだりしないし、竜の教えを繰り返すこともない」とにこりともしないで言った。

『小さな幸せを大切にする』

『感謝は忘れるな。恨みは忘れろ』

彼らが親しくした花喰いの竜の教えは、布に刺繍されて、長い間彼らの村だけで秘かに言い伝えられていた。

人間に害を為す竜なんかの言葉を大切にしているなどと外に知れたら、またいつ迫害されるか分からないからだ。だが、五百年以上が過ぎて竜の悪行の記憶も薄れ、蜂蜜を買いに来た商人がそのついでに持ち出したものが、シルヴィエルが乾物屋で手に入れた壁掛けだったのだ。

その話を聞いて、シルヴィエルは、やはり自分は巡り合うべくしてこの貴重な壁掛けと巡り合い、ガラダ族と繋がったに違いないと思った。だからきっと、ガラダ族はこの竜を助けられるはずだと強く自分を励ます。

「それで、俺たちはどうすればいい？」とガラダ族の青年が尋ねる。彼は、シルヴィエルが一目見て驚いた、竜の人姿に似た青年だ。村長の孫の彼は、村の代表としてここに来ていた。

シルヴィエルは、竜の背中に刺さって一部分だけ見えている槍を指さした。

「あの光る槍は、神が竜に突き刺したものです。竜に苦しめられた生き物たちの恨みが籠っていると言っていました。だから、もし皆さんに、あの花喰いの竜が一般的な竜と違って、誰のことも苦しめていないと証明していただけるのなら、あの槍を抜けるんじゃないかと思ったんです」

「分かった。試してみよう。竜の体に乗っても構わないのか？」

「はい。お願いします」

彼らが竜の背に上るのをシルヴィエルは地面から息を詰めて見守る。さすがに四人も乗ったら竜も苦しいのではないかと思ったのだ。

彼らは槍を取り囲んで腰を屈めて手を伸ばし……、だが抜こうと力を籠める気配はない。

やがて諦めたように立ち上がった彼らにシルヴィエルは焦った。口に両手を当てて、「その槍は握っても僕たちの手を焼かないから大丈夫です。ただ熱いだけです」と彼らに告げる。

「そうじゃない。握れないんだ。幻のように実体がない。槍に触ることができない」

「え？」と慌ててシルヴィエルも竜の背に上った。そんなはずはないと槍に手を伸ばし、自分の手も槍を通り抜けてしまうことを知って愕然《がくぜん》とする。

「――うそだ。三日前は握れたのに……」

シルヴィエルは動揺をおして竜の背を飛び降り、『英雄の剣』を抱えて戻った。その刃を当ててみるが、それも素通りしてしまう。血の気が引いた。

「――なんで……。三日前は、この『英雄の剣』で槍の先を斬ったのに……！」

思わず叫んだシルヴィエルに、彼らが「残念だが、俺たちはなんの助けにもならないようだ」と申し訳なさそうに言う。

「――そんな」とシルヴィエルは焦って口を開けるが、言葉は探せなかった。彼らが正しいと思えた。彼らにも自分にも、もうできることは思い当たらない。

「……どうして。なんで……」

シルヴィエルが竜の背の上でへたりこむ。どうしようもなく悔しくて、そしてこのまま竜が死んでしまうかもしれない恐怖に、全身がかたかたと震えだす。

――嫌だ。竜が死ぬなんて……。どうする。なにができるか考えろ。

そんなシルヴィエルを置いて、ガラダ族の三人は竜の背から降りた。

「花喰いの竜よ、すまない」と彼らが告げる言葉がシルヴィエルの耳に届いてシルヴィエルは顔を上げた。彼らは竜の頭に歩み寄り、目を閉じた巨大な竜の顔に触れていた。

「俺たちは、お前を助けられない。――だが、俺たちガラダ族の民は、お前になんの罪もないことを知っている。お前は獣のことも人のことも殺したり食べたりしなかった。幸せを守る穏やかな竜だった。そして、俺たちの祖先を守ろうとして、遠い砂漠で暴れて倒された。五百年もの長い間、生きたまま剣に刺し貫かれ、さぞかし辛《つら》かっただろう」

青年の声は、静かに響いてくる。祈りのような彼らの落ち着いた言葉は、ずきずきとシルヴィエルの心に響いた。

「花喰いの竜よ。お前は他の竜とは違う。お前は良い竜だ。俺たちガラダ族の友だ。もしあの槍が、竜に対する恨みの塊ならば、俺は槍に告げたい。お前たちが恨む竜とこの竜は違うと。もし、槍を刺した神が目の前にいるのなら、何を置いても申し開きしたのに」

シルヴィエルの息が詰まった。シルヴィエルも叫んだ。だけど神は聞き届けなかったのだ。しかも今、その槍まで触れなくなってしまった。シルヴィエルは、目の前で光る槍の端を睨《にら》みつける。

——どうやったら、何をしたらこれが抜ける？　そうしないと竜が死んでしまう。……嫌だ、竜が死んでしまうなんて絶対に嫌だ。

だが。どうすればいいのかもう見当もつかない。絶望が膨れ上がって息もつけなくなる。

ふと気づけば、祈りのように静かだった青年たちの声が震え、感情が溢れだしていた。

「そんな良い竜に、俺たちの友に、何もしてあげることができないのが申し訳ない。お前は俺たちの祖先を助けてくれたのに、俺たちがお前を助けられないのが、……何よりも悔しい」

心から悔しそうに言葉を詰まらせ、彼が洟《はな》を啜《すす》り上げる。他の青年の目をこする仕草から、彼らが竜のために泣いてくれているのが分かった。

その時だった。突然槍に起きた変化に、シルヴィエルは息を呑んだ。

太陽のように輝いていた槍の光がすうっと弱まったのだ。そして数秒後、槍は姿を消した。

「——え……っ？」

シルヴィエルが慌てて立ち上がる。

槍が刺さっていた場所には、ぽっかりと深い穴が開いているだけだ。しかもそれも、じわじわと狭まっていく。

「槍が、……消えた」

呆然《ぼうぜん》として呟いたシルヴィエルの言葉に、ガラダ族の青年たちが驚いて顔を上げる。

「今、なんと言った？」

「槍が消えたんです！」と叫んで、シルヴィエルは竜の背から飛び降りた。そして竜の頭に駆け寄り、目の下をぺしぺしと叩きながら「竜！」と叫ぶ。

「竜！　竜、槍が消えた！　竜っ！」

竜の頬を叩くシルヴィエルを青年たちが息を詰めて見詰める前で、ぴくりと竜の長い銀色のまつ毛が動いた。薄く開いていた口から、ふう、とため息のような大きな息が漏れる。

「竜っ！」

力の限りシルヴィエルが叫ぶと同時に、竜の目がゆっくりと開いた。遅れて口も動く。

「――エル、これはどういう状態だ？　俺は神の槍に串刺しにされて死んだはずだが？」

懐かしい竜の口調に胸が一杯になり、シルヴィエルは声も出ない。ただ感動して、竜の頭に抱きついた。両手でぎゅうぎゅうと抱きしめる。ぼろっと涙が零れた。

「奇跡だ」とガラダ族の青年たちが呟く前で、シルヴィエルが涙を拭いて口を開く。

「――せ、精霊に力を借りて命を繋ぎとめてもらっていたんだ。その間に、僕は君の故郷の村を探して、ガラダ族の人に来てもらって手を貸してもらって……」

「故郷の……？」

竜がどきりとした顔をする。

「そんなはずがない。……あの村は、俺をかくまったせいで火をつけられて、村人もほとんどが連行された。俺を恨んでいるはずだ。だから……」

ああやはり竜は知っていたのだ、とシルヴィエルは思った。交易地の中心の広場で見世物になっていたのだから、竜を助けた村がどうなったか話に出ないはずがない。

竜からは死角になって見えていなかったガラダ族の青年が姿を現す。

竜は一目でそれが誰だか分かったようだった。息を呑んだように動きを止めた。

そんな竜に、彼はゆっくりと口を開いた。

「花喰いの竜よ。俺たちはお前を恨んではいない」

「――嘘だ」と竜が呻く。

「俺は、死にかけていたところを助けてもらったのに、何の恩返しもできずに、それどころか村を全滅にまで追いやった。俺さえ助けなければ、村のみんなはずっと幸せに暮らせたんだ。

――俺が、俺がいたせいで……っ」

竜が「グアアアアアッ」と叫んで頭を振る。

シルヴィエルは咄嗟《とっさ》に竜の首に抱きついた。罪悪感から呻いて慟哭《どうこく》する竜があまりに不憫《ふびん》で、きりきりと痛む胸を押し殺して、懸命に竜の首を撫《な》でる。

「――落ち着け、落ち着け、竜」

そんなシルヴィエルと竜の様子を、ガラダ村の青年たちが痛ましそうに見つめる。

「花喰いの竜よ。俺たちの祖先も、自分たちを捕らえて拷問し、村を焼いた奴《やつ》らのことは恨んだかもしれない。だが、花喰いの竜のことは恨んでいなかった。むしろ、自分たちと一緒に不幸を被った可哀想《かわいそう》な竜だと思っていたはずだ。そうじゃなかったら、花喰いの竜を『幸せの竜』と呼んだりしない」

そして彼は竜の顔の前にしゃがんだ。

「どちらにしろ昔の話だし、そうやって心から詫《わ》びる姿を見たら恨みなど浮かびはしない」

彼は、大きな竜の目の下に手を当てた。頬を撫でるように。

「花喰いの竜よ、お前は五百年以上そうやって苦しみ続けていたのか?」

竜は、呆然として青年を見上げた。

「長かったな。……辛かったな」と囁《ささや》き、彼は泣きそうに顔を歪《ゆが》めた。

「もう吠《ほ》えなくていい。お前が傷つく必要はない。俺たちは、誰一人お前を恨んでいないのだから」

グウウと呻いて竜が目を閉じる。小山のような竜の背中が震えていた。

そんな竜の頬を撫でた、かつての竜の友人の姿に似た青年の手は優しかった。

「では、俺たちは村に戻る」と馬にまたがったガラダ族の青年たちに、「本当にありがとうございました」とシルヴィエルが頭を下げる。

「村長にお礼をお伝えください。あと、お礼にお渡しできるものが何もなくてごめんなさい」

申し訳なさそうに言ったシルヴィエルに、青年はふっと笑った。それはシルヴィエルが初めて見た彼の笑顔だった。思わず見入ってしまう。

「礼などいらない。それより、いつかガラダ族の村に花喰いの竜と一緒に来てくれ。言い伝えの『幸せの竜』が目の前に現れたら、子供たちがさぞ喜ぶだろう」

彼の明るい笑顔につられて、シルヴィエルの顔にも笑みが浮かぶ。

「分かりました。必ず連れて行きます」

「……そうだ。礼代わりに頼みごとを一つしていいか？」

「はい。なんでしょう」

「竜の町に、ガブリンという老人がいる。竜がいなくなったのなら村に帰って来いと伝えてほしい」

その声が聞こえたのか、「ガブリン爺《じい》さん？」と竜が顔を上げた。

「知っているのか？」

「ああ。ずっと、『英雄の剣』に串刺しにされて動けない俺の話し相手になってくれていた」

「そうか」と青年が微笑《ほほえ》む。

「ガブリンはガラダ族の末裔《まつえい》だ。『花喰いの竜』を拾ってずっと面倒を見ていた祖先が、竜をかくまった罪で捕まって数年後に解放された後、自分たちを助けるために罪を被った竜を放っておけないと言って、竜を見守るために竜の町に移り住んだのだ」

竜は、あまりに意外だったのか、目を丸くして青年を見上げている。その姿にシルヴィエルのほうが泣きそうになって、手で目をこすった。

「では、俺たちはもう行く」

「あ。ちょっと待ってください」とシルヴィエルは彼らを引き留め、空に向かって小さく呟いた。そして「頼んだよ」と微笑んでから視線を青年たちに戻す。

「はい。お待たせしました。もう大丈夫です」

「——今のは……？」

「皆さんが無事に村につくまでの護《まも》りを精霊に頼みました。これで、悪霊にかどわかされることもなく、道に迷うこともなく無事に村に着けるはずです」

にっこりと微笑んだシルヴィエルに、「すごいな。そんなことができるのか」と彼らは目を丸くした。

「そうですね。僕は、……フロイア国の民ですから」

わずかに躊躇ってから答えたシルヴィエルに、彼らは「それこそなによりの礼だ。感謝する」と告げ、今度こそ都から去っていった。

それを見送って、シルヴィエルは竜のもとに駆け戻る。

銀緑色の大きな体は力なく横たわったままだが、黒い大きな目を開けて自分を見ている竜の姿に泣きたいくらいにほっとした。

「竜、どう？　辛くない？　大丈夫？」

「ああ。大丈夫だ」と答える竜の懐かしい声。それを再び耳にできたことが幸せで、じわっとシルヴィエルの目が熱くなる。「泣くな」と囁く声も嬉《うれ》しい。

「――だって、本当に大変だったんだよ。神の槍に突き刺されて、火が君の体を覆っていって、このまま君が死んでしまったらどうしようと怖くて……」

「俺は死ぬつもりで全力の技を出したんだけどな」と竜がため息をつく。

「ごめん、どうしても君を死なせたくなかったんだ。それに君は最後に、僕と旅したかったと言ってくれたから。……生き返らせて、迷惑だった……？」

「いや」と即座に竜が返してくれた言葉に、シルヴィエルがほっとして「良かった」と涙ぐむ。

「死にたかったはずなのに、エルと旅していたら、もっと生きていてもいいかと思うようになった。最初は反抗的で面倒くさかったのに、からかっているうちに素直になって可愛《かわい》くなって。俺の力が入って花を食べたり妖精が見えたりするようになってからは、どうしようもなく愛《いと》しくなった」

目を細めて噛みしめるように竜が囁いた言葉に、シルヴィエルの頬がわずかに赤くなる。

「――僕は、たとえ君が目を覚まさなくても、僕が死ぬまで君と一緒にここで過ごす気だったんだよ。串刺しでも、どんな姿でも、――君が生きてくれさえすればそれでいいと思ってた」

そして、目をこすりながら笑って、シルヴィエルは腰を上げた。

「竜、待ってて。花を摘んでくる。食べたいだろ？」

「いらない」と竜が言う。

「え……？」

たちまちシルヴィエルが不安な顔をする。

「悪かった。そういう意味じゃない。ただ、今は花よりもエル、お前の口づけが欲しいんだ」

シルヴィエルの顔が赤くなる。ついさっきまで死にかけていたくせに、元気になった途端に何を言い出すのかと思う。だけどそれすらも幸せで、シルヴィエルは「喜んで」と微笑んだ。

竜の頭の横に戻り腰を屈めて、大きな竜の口の端に自分の唇をそっと乗せる。

竜の口は大きすぎ、それに対してシルヴィエルの口は小さすぎて口づけとは程遠い。だが竜は嬉しそうに目を細めて笑った。シルヴィエルも笑う。

「いつもと逆だ。いつも竜が僕に口づけたのに」

「そうだな。エルから口づけを貰《もら》うのは初めてだな」

その言葉にシルヴィエルも笑う。

「ねえ竜。君が元気になったら、まずガラダ族の村に行こう。行かないなんて言わせないよ、これは、君を助けてくれた彼らへのお礼のひとつなんだから」

強気な口調で言ったシルヴィエルに「ああ」と竜が微笑む。

「そう言えば、彼らが言っていた『幸せの竜』というのは何なんだ？」

「あ」と呟いてシルヴィエルが荷物の中から二本の壁掛けを取り出した。竜の顔の前で広げる。

「これ、ガラダ族の壁掛けなんだ。こっちが『幸せの竜の物語』、こっちが『竜の教え』」

「——竜の教え？」

「そう。これが『約束を守る』、これは『感謝は忘れるな。恨みは忘れろ』、こっちは『小さな幸せを大切にする』、これはなんと『寝言には答えちゃいけない』だよ。ほら、銀色の竜と花が刺繍してあるんだ。……君のことだよ」

竜は身じろぎもせずに目を見開いている。

「僕はこれを、町の乾物屋で見つけたんだ。これを見たから、ガラダ族は絶対に君のことを恨んでなんかいないと信じて、——君の体に刺さった、竜に対する恨みが籠った神の槍を抜いてもらえるんじゃないかと思って、僕は彼らを連れてきたんだ」

竜の返事はない。壁掛けを見つめたまま動きを止めている。

シルヴィエルが戸惑うくらい長く彼は壁掛けから目を離さずにいたが、やがて片腕を伸ばしてシルヴィエルを抱き寄せた。シルヴィエルの肩に大きな顎を押し付ける。

「――竜……？」

「ああ、行こう。……この人たちに会いに行こう」

竜の言葉はかすかに揺れていた。竜が泣きそうになっていることが分かってシルヴィエルの胸が詰まる。

――良かった。

シルヴィエルも、自分の力が足りなかったせいでフロイア国が滅びたと思っていたから、竜の苦しい気持ちは嫌というほど分かった。これで竜の心から罪悪感が消えて、楽になってくれたらいいと心から願う。

やがて、シルヴィエルを抱き寄せたまま、竜がぽつりと呟いた。

「エル、ありがとう」

「――そんな、僕こそ……」

君のおかげで願いが叶ったと言いかけたシルヴィエルにかぶせて、竜が言葉を繋げる。

「エルに会えて良かった。エルは俺に山ほどの希望をくれる。最初に、剣を抜いて俺に自由をくれた。次に、孤独だった俺に守りたい相手をくれた。それだけでも十分なのに、今度は俺の後悔がいい思い出に変わるかもしれないという希望をくれた。――エルは、……エルこそが俺の精霊みたいだ」

とんでもない表現に、思わずシルヴィエルは恥ずかしくなる。

「そんな、僕は大したことはしていないよ。僕こそずっと竜に甘えてばかりだ」

そしてシルヴィエルは、できるだけ優しい口調で竜に語りかける。竜の心に沁《し》みこむように。

「それに、竜。君に訪れた希望は、君が自分で呼び寄せたものだよ。僕の力はほんの少しでしかない。君が今まで、花喰いの竜としていろいろなことに誠実に慈しみ深く接してきたから、それが次々と実を結んだだけだ。僕がいなくても、君はいつか必ず幸せになれた」

竜がシルヴィエルの肩に顔を押し付けたまま首を横に振る。

「――違う。エルだからだ。エルに会えたからだ」

涙交じりのその言葉に、シルヴィエルも泣きそうになる。

シルヴィエルにとっては、竜こそが救世主だ。復讐を助け、命の危機を救ってもらい、孤独だった自分にこんなに大切な相手をくれた。復讐して死ぬつもりだった自分に、幸せな未来の希望もくれた。

――ああ、そうか。一緒なんだ。

ふと気づく。竜はシルヴィエルに、シルヴィエルは竜に、幸せをもたらしたのだ。これは何といえばいいのだろう。

きれいな言葉は見つからない。だけど……。

シルヴィエルはゆっくりと口を開いた。

「――僕も、君に会えて良かったと思うよ。あの剣を抜いたのが僕で良かった。君が追いかけてきてくれて良かった」

竜が声もなくぎゅっとシルヴィエルを抱きしめる。

――良かった。本当に良かった。……精霊様、ありがとうございます。

感謝の気持ちが溢れて零れそうになった。

目の前で生きて、動いている竜が愛しい。息も止まるくらい。

何度でも口づけしたい気持ちになって、シルヴィエルはもう一度竜の口の端に唇を寄せた。

13　幸せの竜

その夜には、竜は体を起こせるようになった。驚異の回復力に驚くシルヴィエルの前で、竜が星空を見上げて「きれいだな」と呟く。

「こんな空を、また見ることができるとは思っていなかった。決戦の前夜、俺は最後のつもりで空の星を目に焼き付けていたんだ」

その言葉に、ぐっとシルヴィエルの胸が詰まる。

――本当に竜は死ぬつもりだったんだ。

死なないでいてくれて、助けることができて良かったと心から思う。

「ねえ、竜。――もし歩けるなら、もっときれいに星が見られる場所に行かない？　僕が子供の頃からよく星を見に行っていた丘が、すぐそこにあるんだ」

「ああ、いいな」と銀緑色の竜が重そうにのそりと立ち上がる。あんなに身軽だった竜の疲れたような姿にどきりとしながら、シルヴィエルは神殿の裏の丘に竜を案内した。

そこは、夜の花が咲く小さな丘だった。

「『精霊の泉』と似た力が働いているのか、この丘は時間で花が変わるんだ。夜には夜の花、朝には朝の花、昼には昼の花が咲く。そして、夜空も他の場所よりも澄んで見える。星の数が違う気がしない？」

「――ああ、そうだな」と竜が夜空を見上げて言う。

「美しいな」と呟く竜の横で、シルヴィエルはごろんと花の上に横になった。

「竜も寝転ばない？　星空がよく見えるよ」

「そうだな」と竜がシルヴィエルの横に寝転がる。大きな体は真上を向いて寝転ぶことはできず、横向きに体を伸ばし、首だけを空に向ける状態だ。

だが竜は、夜空を見上げるのもそこそこに、大きな顔を正面に戻してシルヴィエルをじっと見つめた。黒い大きな瞳に星々が映ってきらきらと光る。

「――なに？」

見つめられすぎて居心地が悪くなったシルヴィエルが竜に尋ねる。

「いや、……エルがいる、と思って」

「いるよ？」と不思議そうに答えたシルヴィエルに、竜が「もう二度と会えないと思っていたから、かなり感慨深くてな」と目を細めて囁いた。

その言葉にシルヴィエルの息が詰まる。

もう二度と生きた竜に会えないかもしれないと思ったのはシルヴィエルも同じだ。それだけは絶対に嫌で、必死でガラダ族を探しに行ったのだ。自分も泣きそうになって、シルヴィエルは無言で竜の腕の間にもぞもぞと体を押し込んだ。

「エル？」

竜の胸や腹の皮膚は鱗《うろこ》も小さくて柔らかい。その温かさと柔らかさに体を押し付けてシルヴィエルは目を閉じる。ああ、生きている、と思う。

「竜がちゃんと生きていることを実感してる。僕だって、竜が死んでしまうと思って怖かったんだからな」

ところが、すぐに返ってくると思った竜の言葉がない。なぜか戸惑っているように感じてシルヴィエルが顔を上げたら、案の定複雑そうな顔をしている竜と目が合う。

「――なに？」

「あのだな、エル。それをされると、俺は微妙に都合が悪い」

「ん？」

わずかに黙った後に、竜が不貞腐《ふてくさ》れたように呟いた。

「――腕の中でエルの体温を感じると抱きしめたくなる。……が、そうするとこの鋭い爪でエルを傷つけてしまうから、我慢が大変なんだ」

「なんだ。そんなの気にしないから、抱きしめていいよ」

「良くない。俺が嫌だ。エルを傷つけるなんて御免だ」

むすっとした口調で言われて、シルヴィエルは竜の腕の間から這《は》い出た。

「ごめん、そうだよね。僕も、仮に竜が自分を傷つけてもいいと言っても傷つけるのは嫌だ」

「分かってくれてありがたい」と竜がほっとしたように息をつき……、「だが、ここは本当に力が強いな。なんだか人の姿になれそうな気がする」と呟いた直後に、竜はいきなりすうっと人間の姿になった。

「――え……っ？」

驚きのあまり声を上げたシルヴィエルに、竜が「お、本当にできた」と自分でも驚いたように目を丸くした。

「――すごい。すごいよ。竜……！」

興奮して叫んだシルヴィエルに、竜が笑って「来いよ」と寝転んだまま両腕を伸ばした。

「これでやっとエルを抱きしめられる」

直球の言葉に赤くなりながら、シルヴィエルがおそるおそる竜の体の前に背中を向けて転がる。さっきは大きな竜だったから平気だったけど、人の姿だと病み上がりの彼を傷つけそうで怖い。

ずりずりと近寄れば、力強い腕にぐいと引き寄せられた。

背中に懐かしい熱が密着してどきりとする。頼もしい胸。筋肉質のしなやかな腕、大きな手。

――……竜だ。

そう思った途端、ぶわっと感動が膨らんで一気に胸が詰まった。慌てて手の付け根で目を押さえようとしたがもう遅い。ぼろっと涙が零れた。

いきなりしゃくりあげて泣き出したシルヴィエルに竜のほうが慌てる。

「お、おい、エル」

「――竜、……竜、良かった……っ」

胸に回った竜の腕を抱きしめて、シルヴィエルはぼろぼろと泣いた。

目を丸くしていた竜は、やがて愛し気に目を細めてシルヴィエルの頭を撫でる。その手の懐かしさに、やっとそれが戻ってきた嬉しさに、シルヴィエルの涙がいっそう止まらなくなる。

「相変わらずよく泣くなぁ」と竜が愛し気に笑った。

「――だって、どれだけ心配したか、……一人でどれだけ不安だったか……、竜は眠っていたから分からないかもしれないけど……」

「エル、どうせだったら、こっちに向けよ。ちゃんと前から抱きしめたい」

シルヴィエルが竜の腕の中でもぞもぞと寝返りを打つ。

半回転したところでぎゅっと強く抱きしめられた。竜の胸に顔が押し付けられる。

竜の匂いがした。耳に届く鼓動。

――ああ、竜だ。……生きてる。

また涙が溢れてくる。シルヴィエルも竜の背に腕を回して抱きついた。

「――良かった。本当に、……槍に触ることすらできなくなった時には、もう駄目だと思って……、怖かった。竜が死んでしまうと思って、本当に怖かったんだよ」

「そうか、心配をかけたな。悪かった」と囁き、竜がシルヴィエルの後頭部を撫でる。

「それにしても、どうして神の槍が消えたんだろうな」

「……ガラダ族の人たちが泣いてくれたからじゃないかな、と僕は思ってる」

くすんと洟を啜ってシルヴィエルは答えた。

「泣いた？」

「そう。君は他の竜とは違う。良い竜で、自分たちの友だ。人間を、自分たちの祖先を助けてくれた竜なのに助けられないことが悔しい、って泣いてくれたんだ。そうしたら槍が消えた。

――あの槍は、竜に苦しめられた生き物の恨みの塊だって神様が言っていたから、ガラダ族の人たちの言葉と涙で、これは成敗すべき竜じゃないと槍が理解してくれたんじゃないかな」

「……そうか」と竜が噛みしめるように呟く。

「そうだよ、……だって君は、本当に人間や他の生き物に害を与えなかったんだし」

心を込めて囁いて、シルヴィエルはぎゅっと竜を抱きしめた。広い背中をそっと撫でる。

――良かった。……本当に良かったね、竜。

彼が生きていてくれている喜びを噛みしめる。そして、彼が他の竜と違うことを分かってもらえて良かったと心から思う。

そうして広い胸に額を押し付けていたら、おもむろに竜が囁いた。

「ああ、――エルを抱きたいなぁ」

それはシルヴィエルも同じで、可愛いなあと思いつつ笑ってぎゅっと抱きしめる。

だが竜は「そうじゃなくて」とため息交じりに呟いた。

「抱きしめるだけじゃ足りない。エルを抱きたい」

言われた意味が分からなくて、シルヴィエルが目を瞬いて顔を上げようとする。

だが、それと同時に竜の唇が首筋に強く押し当てられて、シルヴィエルはその言い回しの意味を理解した。どきんと心臓が跳ねる。

「――な、なにをいきなり」

顔を上げた竜と目と目が合った。真摯な瞳だった。

表情も分からないくらい近くでまっすぐに見つめられてシルヴィエルが慌てる。

「エルのことが、どうしようもなく愛しいんだ」

いきなり直球の言葉を告げられて真っ赤になったシルヴィエルの額に、竜がこつんと自分の額を合わせた。そのまま息もかかるくらい近くで囁く。

「俺はエルに謝らなくちゃいけない」

「……な、なにを?」

「前に二回、力の受け渡しだと言ってエルと交尾まがいのことをしていた時、俺はずっとエルを抱いているつもりでいたんだ」

シルヴィエルは思わず耳を疑ってしまう。

「――え……？　抱いて、って……」

「口では力の受け渡しと言いながら、エルと愛し合う行為をしているつもりでいたんだ」

ぶわっとシルヴィエルの全身に汗が湧いた。

「――だって……君は治療だって。竜は性別は気にしないって言ってたじゃないか」

「あれは嘘だ。いくら竜でも、雄と雌を区別するくらいの分別はある。雄にまでのべつ幕なしに発情するほど野蛮じゃない。エルが相手じゃなけりゃ突っ込むことなんてできやしない」

「――え、どういうこと？」

竜がため息をつく。

「あれは、相手がエルだったからできたってことだよ。どうでもいい相手には勃《た》たない。もともと好ましいと思っていたからこそ、エルの体に『竜の雫《しずく》』を注ぎ込めたってことだ」

「……な、なにそれ」

なんだかすごい言葉を聞いた気がする。動揺のあまりくらくらくらする。

額を合わせているために互いの顔が見えないことだけが救いだ。

交わした二晩の行為を思い出して、シルヴィエルの心臓がばくばくと暴れている。心臓の音が自分のものじゃないみたいに大きい。

――あの時、竜は僕を抱いているつもりだったということ？

初めてで大混乱した最初の時はともかく、二回目は後ろから貫かれていたから、竜の様子は見られなかった。

――だけど、そういえば、後ろから首筋を舐《な》められたり、耳を齧《かじ》られたりした……。

シルヴィエルはそれを頭の中で治療行為ではなく愛する行為に変換して勝手に嬉しくなったり切なくなったりしていたのだ。あれは本当に愛情表現だったのだと知った途端、頭の中が沸騰したみたいに熱くなる。

「り、竜……」

シルヴィエルは額を離して竜を見つめた。

「なんだ」

竜の顔はどことなく複雑そうな顔をしている。

「あの、ごめん。僕も、……治療とか、力の受け渡しのためじゃなくて、これが愛する者の行為だったらいいのにと思ってた。いや、……勝手にそう思って竜と……やってた」

竜が目を丸くする。薄く開いた唇から「なんだそれ」とぽつりとつぶやきが漏れた。

「――ごめん……！」とシルヴィエルがぎゅっと目を閉じて力いっぱい謝る。

「いや、そうじゃなくて、……なんだ、俺たちは治療だ力を渡すためだと言いながら、互いに抱いて抱かれているつもりでいたということか？」

啞然《あぜん》とした口調で呟かれた竜の問いかけを、シルヴィエルは「そ、そうみたい」と赤くなりながら肯定する。

　ぶっ、と竜が吹き出した。

「なんだそれ」とげらげら笑いながら、シルヴィエルをぎゅうぎゅうと抱きしめる。シルヴィエルはいきなり笑い出した竜に戸惑ったが、あまりの笑いっぷりにつられてくすくすと一緒に笑い出してしまう。

　――頬が熱い。ぽかぽかする。

　思いがけず告げあった真実に、シルヴィエルの胸の中に幸せな気持ちが溢れる。

　――なんだ、そうだったんだ。竜もそう思ってたんだ。

　二人で互いに顔を見合わせて笑っていたら、唐突に竜の手がシルヴィエルの服を掻《か》いくぐって背中の肌に触れた。明らかにそういう意図を持った撫で方をされて、シルヴィエルが焦る。

「――待って、や、嫌だそれ！」

　咄嗟にその腕を押して背中から離させる。

　竜が顔を上げた。微妙に不服そうな顔をしている。

「なんだよ、俺たち相思相愛だぞ」

　相思相愛という言葉にどきんとしながら、それでもシルヴィエルは首を振って竜を押し返した。顔は真っ赤だ。

「いや、そうなんだけど、ここは神殿のすぐ裏だから精霊たちがいっぱいいるし。『精霊の泉』

の存在に近い、精霊のための大切な花咲く丘だし、それに君だって、ついさっきまで死にかけてて全然本調子じゃないだろ！」

一気に言い切ったシルヴィエルを、竜は不貞腐れた顔で見つめていたが、やがて「分かった」といかにもしぶしぶという様子で服の下から手を抜いた。

シルヴィエルがほっと安堵の息をつく。

竜の気持ちを知れたことは嬉しいし、相思相愛という言葉に浮かれもしたけど、ここで行為に及ぶのは何があっても無理だ。ここは精霊たちにとって大切な丘で、シルヴィエルは幼い時から聖なる場所と教えられてきたのだ。

だが、そんなシルヴィエルに竜がまた爆弾を落とす。

「じゃあ、ここを離れればいいんだな。さっさと力をつけて、竜の町に向かって旅に出るぞ。そうしたらエルを抱いていいんだな」

シルヴィエルの顔が一気に燃えるみたいに熱くなる。

「だろ？」

再確認されて、シルヴィエルは赤くなったまま頷《うなず》いた。

ははっと笑い、竜が嬉しそうにシルヴィエルの髪を撫でる。

――竜の手だ。

いつも自分を励ましてくれた大きな手。神の槍に貫かれて失いかけたそれが戻ってきたことが嬉しくて、幸せで、シルヴィエルは泣きそうになる。

「――でも、竜」とシルヴィエルは竜を見上げた。

「――竜と口づけするくらいは精霊も許してくれると思うんだけど。……だめ？」

くっと目を細めて竜が笑う。

「だめなわけあるか。大歓迎だ」

ほっとして、シルヴィエルは竜を見上げたまま目を閉じた。

だが、すぐに触れるかと思った唇がなかなか触れてこない。

不思議に思って目を開けたら、自分を見つめて微笑んでいる竜の瞳があった。

美しい黒。優しいきらきらした黒に吸いこまれそうになる。

「この口づけを境に、俺たちは晴れて恋人同士ってことでいいか？」

竜が囁いた。シルヴィエルの心臓がどきりと音を立てる。

「――あ、うん。……それでいいよ」

赤くなって返事をしたシルヴィエルを、「だったら」と竜が微笑んで見つめた。

「改めて言うぞ。――愛してる。エル」

ぶわっとシルヴィエルの顔が燃えた。耳まで熱くなる。きっと真っ赤だ。

「――ぼ、僕も、竜を愛してる」

口に出してしまったら、どうしようもなく恥ずかしくて、シルヴィエルは竜の胸に顔を押し付けた。痛いくらい心臓が暴れている。

「それじゃ口づけができない。エル、顔を上げて」

のろのろと顔を上げたシルヴィエルの瞳に、近づいてくる竜の整った顔が映った。

唇が重なる。

——あ。

竜の唇だ、と思う。

だけど、触れ方が違う。

ついばむように優しく触れてとろかせ、幾度も角度を変えながら、徐々に深くなっていく。

今までのような、すぐに密着して舌が入り込んで来た口づけとは違う。

——これが、恋人同士の口づけ……？

柔らかい。温かい。シルヴィエルを大切にしたいという竜の慈しみの感情が流れ込んでくる。

ふいに胸が詰まった。喉が音を立ててしまう。

「なんで泣く？」と竜が唇を離した。

「ごめん、なんだか、——幸せすぎて泣けてきた」

泣き笑いしながらシルヴィエルが答えたら、竜が安心したように微笑む。そして語り聞かせるように言葉を紡いだ。

「ああ。幸せにしてやる。一緒に幸せになろう。どうやら俺は『幸せの竜』らしいからな」

竜の顔が近づき、再度唇が重なりかけたその時、シルヴィエルは「ねえ、竜」と囁いた。

今なら、あのずっと言いたかった言葉を言えると思った。

「――だったら、ずっと、僕と一緒にいない？」

「エル？」

竜が動きを止めてシルヴィエルの顔を見る。

それを見つめ返しながら、シルヴィエルは繰り返した。

「ここを、竜の新しい故郷にしようよ。僕と一緒にここで暮らさない？」

「ん？　一緒に旅に出ようと言ってなかったか？　あと、ここには住まないとか」

「旅には出るよ。でも、ここを起点にする。僕だけなら淋《さび》しくてとても一人では住めないと思ったけど、精霊の泉は誰かが守ったほうがいいだろうし、……その、竜が一緒にいてくれれば僕は淋しくないから。……嫌？」

竜の表情を窺《うかが》いながら言ったシルヴィエルに、くっと竜が笑った。

「――新しい故郷か。悪くない」

ぱあっとシルヴィエルの顔が明るくなる。

「本当に？」

「ああ」と竜が笑って肯定する。

「よかった……！」

首に抱き着いたシルヴィエルに竜がくくっと笑う。

「そうだな。生きなおした二人で、ここで一緒に幸せになるか」

「――うん」

シルヴィエルは泣きそうになりながら竜の首に自分の頭を押し付けた。

14　旅の終わりと旅の始まり

街道沿いの宿屋の借りている部屋に入った途端、竜は「ああ疲れた」とばたんと寝台の上に大の字になって転がった。シルヴィエルが「お疲れさま」と笑ってその横に座る。

日が暮れるまで、竜とシルヴィエルはガラダ族の村にいたのだ。

ずっと物語でしか聞いたことのなかった『幸せの竜』が本物の大きな竜として現れて感動した子供たちに、竜は大人気だった。竜は最初から最後まで子供たちによじ登られ抱きつかれ、追いかけられて駆けまわって遊んでいた。竜がいう「疲れた」は体力の問題ではなく、小さな子供たちと、大きな体で気を遣いながら遊んだ疲れだろう。

「僕もさすがに疲れたよ。日が暮れてからガラダ族の村を出て、城門を閉ざされる前にここに辿り着かなくちゃってかなり急いで馬を走らせたからね。村長が提案してくれた通り、村に泊めてもらえば良かったと何度後悔したことか」

ふうと大きな息をついたシルヴィエルの腰に、ごろりと寝返りを打った竜が後ろから抱き着く。

「――俺は絶対にここに辿り着くつもりだった。あの村じゃエルを抱きしめることもできない」

　そして背中にぐりぐりと顔を押し付ける竜の意図に気付いて、シルヴィエルが「こらこら」と苦笑して竜の頭を押しのけた。

「言っておくけど、ここじゃ……しないからね」と小声で告げたシルヴィエルに、「えー？」と竜が不服そうな顔をする。

「当然だろ。ここは宿屋。隣の部屋にも廊下にも人がいるんだよ。声も物音も耳を澄ましたら聞こえてしまうんだから」

「声出さない。静かにする」

　駄々っ子のようにねだる竜に、シルヴィエルが顔を近づける。

「あのさ、竜。静かにするのは竜の努力でできるけど、声を出さないように努力するのは僕のほう。そして、それはとても無理」

「えー」と竜が呟く。

「……そのためにこんなに急いでこの宿に戻ってきたのに……」

　あまりにもがっかりした様子の竜に、シルヴィエルの心がちくりと痛む。

　――どうするかな。穏やかにしてもらえばどうにかなるのかな。

　とはいえ、シルヴィエルは今までの竜との閨事《ねやごと》で穏やかにできたことなどない。恋人宣言をする前ならともかく、その後の竜はまさに遠慮なしの抱き方をするのだ。一抹どころか、大きな不安しかない。シルヴィエルは顔を顰《しか》める。

――でも……。

シルヴィエルはちらりと竜を見た。

竜はシルヴィエルの腰に抱き着いて、ぎゅうぎゅうと額を押し付けている。まるで子供だ。

こうして子供のようにねだるときは、竜の心が大きく揺さぶられたことを示している。

ものすごく感動したり嬉しかった時、あるいは落ち込んだ時、いろいろな理由で泣きたくなった時、竜はこうしてシルヴィエルに甘えてくる。

――まあ、今日はガラダ族に会ったからな。積もっていた思いもあっただろうし。

シルヴィエルは小さく微笑んで、「そんなに嬉しかった？」と尋ねた。

竜が顔を上げる。

「これはそういうことだろ？　僕を抱くために急いで帰ってくるほど感動した？」

こくりと竜が頷く。

「……嬉しかったとか感動したというより、――ただ、胸の中がどうしようもなく熱くて、うずうずしているんだ。俺は、あの村の人たちに恨まれているとずっと信じていたから、あんなふうに笑ってもらえるなんて思っていなくて……」

「……そっか」

「本当は、エルにあの壁掛けを見せられるまで、俺は絶対に村に行かないつもりだった。あんなに迷惑をかけて、合わせる顔なんて欠片《かけら》もないと思ったから。あの人たちは、俺を拾って助けたりしなければ、村を焼かれたり、捕らわれたり、放浪したりする必要はなかったんだ。——だけど……」

「行ってみて良かっただろ」

竜が頷く。

「ありがとう、——エル。全部エルのおかげだ。エルが俺の幸せを招き寄せてくれる」

噛みしめるように言ったその言葉にどきんとする。

——ああ、僕は本当に竜に甘い。

シルヴィエルはゆっくりと口を開いた。

「竜、——する？」

がばっと竜が顔を上げた。

「いいのか？」

「……待って。でも、絶対にがっつかないでよ。声を出さないで、音を立てないで。それを約束してくれるなら」

「分かった！　絶対に守る！」

きっとほとんど頼りにならないと思われる宣誓にシルヴィエルは思わず笑う。

「——なんだよ」

「いや、――僕も本当は、こんな時こそ君を抱きしめたかったから」

微笑んで竜の寝床の上に寝転がったシルヴィエルに、竜が喜びもあらわに抱き着いてくる。

それを両腕で抱き返しながら、シルヴィエルはくすくすと笑った。


恋人同士になってまだ数回しか抱き合っていないが、どうやら竜はシルヴィエルの肌を舐めるのが好きらしい。特にうなじとか耳、首の付け根とか乳首とか、あるいは手足の指の先など突起のあるところが好みらしく、かなりしつこく舐めてくる。

シルヴィエルを仰向けに押さえつけ、服の前を広げて鎖骨を齧る竜に、「竜も脱いでよ」とシルヴィエルは訴える。竜はシルヴィエルがこうして言わない限り自分から服を脱いでくれない。

とはいえそれは脱ぎたくないわけじゃなく、単に無頓着なだけなんだろうと思う。シルヴィエルが言えば、「おう」と答えて一瞬で全裸になるからだ。

「――ほんと便利……」

思わずシルヴィエルは呟く。竜の人間の姿は想像を実体化したものだから、汚れてもきれいになるし、着るのも脱ぐのも一瞬だし、夏服も冬服も自由自在なのだ。

「ん?」と尋ねる竜に「一瞬で裸になれるから」と答えれば、竜は「俺は不便なほうが好きだ」と首に口を押し付けながら言う。

「エルを脱がすのが楽しい。少しずつ脱がせて舐めたり齧ったりするのが楽しい」

「――じゃあ、僕にもさせてよ」

「嫌だ。脱がされてる間がまどろっこしい。俺は一刻でも早くエルに触りたい」

「なにそれ、我儘《わがまま》だなあ」

思わず笑いながら、シルヴィエルは竜の裸の背中に腕を回す。

目を閉じていても分かる、立派な筋肉が盛り上がった逞《たくま》しい体。がっしりした肩、大きな背中。真ん中にきれいに並んだ背骨の手触り。竜が舐めたり齧ったりするのが好きなら、シルヴィエルは竜の体を撫でるのが好きだ。色っぽくてどきどきする。

その手が、竜の背中の二つの大きな凹《へこ》みに触れた。『英雄の剣』と神の槍に刺された傷痕だ。竜の力をもってしても傷を完全に消すことはできなかったのだ。それに触れるたびにシルヴィエルは、竜が今こうして生きて自分と一緒にいてくれる奇跡に心から感謝する。

竜がシルヴィエルの耳を齧る。耳を舐められながら項《うなじ》を弄《いじ》られると、くすぐったいのにぞくぞくして、徐々に体が熱くなってくる。耳や首で自分がこんなふうになるなんて、シルヴィエルはずっと知らなかった。

「――……ふ、……う」

気付けば、竜の股間の硬くて熱くて大きなものがごりごりと腹に当たっていた。服を脱いだ瞬間から臨戦態勢になっているそれからは、ぽたぽたと『竜の雫』が零れ落ちている。

——なんか、とんでもなく贅沢《ぜいたく》な無駄遣いの気がするけど……。

王様への献上品にも使われた貴重品の『竜の雫』。それをこんなふうに溢れさせるなんて。

「エル、膝上げて」

滴るそれを手に取って、竜がシルヴィエルの尻の谷間に塗り付ける。

指と一緒に入ってきたそれで、じわっと体の中が痺《しび》れた。

続く行為を期待して動悸《どうき》が高まり、シルヴィエルは竜にしがみつく。

竜の長い指が蠢《うごめ》くたび、体の奥がかっと熱くなる。単純なもので、『竜の雫』を注がれると機能が高まることを知ったシルヴィエルの体は、ちょっとそれに触れただけで飢えたようにその先を欲しがるようになっていた。

「いいか」と耳元で囁かれ、どきりとしながら頷けば、ひたりと谷間のそこに添えられた竜の屹立《きつりつ》がぐうっと中に入り込んできた。

「——う、ん、……っ……っっ」

この瞬間だけは、幾度経験してもどうしても声を抑えられない。

大きな熱の塊が体を押し開いて突き進んでくる感触に、全身がぞくぞく震えて痺れ、触れた先から形を無くしてとろけるような気がして、シルヴィエルは竜にしがみついた。快感には違いないのだけど、自分が持っていかれそうで怖い。

一気に最後まで押し込んで動きを止め、竜はいつものように「大丈夫か」とシルヴィエルに尋ねた。

「――だ、大丈夫……」

そう答えるのに、竜は気遣うようにシルヴィエルの頬を両手で包み、瞼《まぶた》や額に繰り返し口づけを与える。衝撃も弱まり、「大丈夫だってば」と改めて告げて苦笑したシルヴィエルに、「だが、エルはあの時泣きまくったから」と心配そうに竜が言った。

思わずシルヴィエルの顔が赤くなる。

「あ、あれは、やっと竜とできたから嬉しかっただけだよ」

春になり、二人で一緒に初めての旅に出た最初の夜のことだ。街道から離れた森の中で、シルヴィエルと竜はやっと恋人として情を交わした。

死にかけていた竜が自分を抱けるくらいに元気になったことが嬉しくて、愛してると伝えあったあの日の約束をやっと果たせることの幸せと感動で、繋がった時の衝撃で箍《たが》が外れたシルヴィエルは竜にしがみついて子供みたいに泣いたのだ。

竜は「痛いのか？　苦しいのか？」と大慌てで騒ぎ、せっかく繋がったのに抜こうとするから、号泣してしゃくりあげて声も出ない状態でシルヴィエルがそれを嫌がって抱きつき、また竜が焦り、……あの夜はもう大変だった。

泣きすぎて朦朧《もうろう》としたまま、「君の雫をたくさん入れて。溢れるほど入れて」とねだってしまったのは、今思い出しても顔から火を噴くくらいに恥ずかしい。

ようやく気持ちが落ち着いた後に、自分の嬌態《きょうたい》を思い起こして死にそうになったけど、包むように抱きしめられた竜の腕の中で感じた幸福感は忘れられない。

思わずくすくすと笑いだしてしまったシルヴィエルに「大丈夫そうだな」と微笑んで、竜がゆっくりと前後に体を揺らし始める。

「――……っ」

それと一緒に耳を甘噛みされ、胸をきゅっと摘《つま》まれて、シルヴィエルは咄嗟に両手で口を押えた。

――今日は声を出すわけにはいかない。

竜は、繋がったままシルヴィエルの体を愛撫《あいぶ》することを好む。あそこをシルヴィエルの体内の熱に包まれた状態のほうが興奮するのだそうだ。

シルヴィエルのほうも、撫でられるだけでもぞくぞくするのに、竜が愛撫で体を動かすたびに、大きくて熱いものが体内の敏感なあちこちをごりごりと擦《こす》ってかき混ぜまくるから、正直言うと堪《たま》ったものではない。最初の頃は感じまくってあられもなく喘《あえ》いで涙をぼろぼろと零していた。そしてそのたびにきゅうきゅうと竜のそれを締め付けてしまい竜がまた興奮するという、相乗効果なのか果てしない暴走なのか分からない状態で……。

今では多少慣れたとはいえ、竜が過剰に興奮すると、シルヴィエルが感じすぎて意識が飛んでしまうのは変わらない。

——待って、まずい……。

シルヴィエルが焦る。がっつかないと言ったはずなのに、竜にその落ち着きがない。シルヴィエルの薄い胸を激しく揉《も》んで強く吸う。夢中になっている。

昼間にあんなに感動したのだから、その気持ちは分からなくはないが、今は困る。

「——竜……！」

小声で諫《いさ》めながら、シルヴィエルが竜の肩を押した。

「……本気でまずいから。頼むから今日は激しくしないで」

むうっと顔を顰めて、竜が「どうすればいい？」と尋ねる。

「……舐めるか、入れるかのどちらか……？」

様子を窺いながらシルヴィエルが提案したら、ぐううと唸《うな》った末に竜が「入れる」と呟いてシルヴィエルの胸から手を離した。

そして、ほっとしたシルヴィエルの唇に自分の唇を合わせる。

口づけして声を塞いでくれるのだろうと安心した次の瞬間、股間をぎゅっと握られてシルヴィエルが身を跳ねさせた。その拍子に体の中にあった竜の熱の塊に奥を抉《えぐ》られてしまい、ぶわっと湯が蒸気に変わるように快感が膨れ上がった。

「——竜……っ、……それは無しだって……っ」

「舐めることも齧ることもしないから、ここだけ」

ねだるように囁いて、竜は今度こそがっちりと口を合わせてシルヴィエルの声を吸い取りにかかった。そして激しく律動を開始する。

「——……っ……！」

シルヴィエルの目の奥に星が散った。

大きく引き抜かれて、力いっぱい押し込まれる。そのたびに体の中に塗り付けられる『竜の雫』が体内をとろかして燃えるような痺れを広げていく。全身が頂上知らずに熱くなっていくというのに、それに加えて大きな手で股間を揉まれて、シルヴィエルの体がびくびくと震えた。

——……や、無理……っっ！

あまりに急で声を抑えられる気がしない。外からも内からも一気に快感が膨れ上がって、早々と意識が飛びそうになっている。

「——ん、ん、……ん、……っ」

——だめ、だめだ。意識が飛んだら声が出てしまう。

だけど、勝手に全身がうねる。悶《もだ》える。どんどん体が自分の言うことを聞かなくなっていく。急激に膨れ上がった快感に翻弄され、感じすぎて目の前が涙で滲《にじ》んでいく。

——もうだめ……っ！

そう思った次の瞬間、腹の中でぶわっと痺れが爆発した。すうっと楽になると同時に、体の中に燃やし尽くされそうな熱が広がる。

——あ……。

終わった、叫ぶ前に終わってくれた、と安堵で全身の力が抜けた。

口づけを解いた竜が、ぐったりとしたシルヴィエルを抱きつぶしそうな勢いでぎゅうぎゅうと抱きしめる。そして、治まらない荒い息の合間に「どうだ、早かっただろ」と囁いた。

シルヴィエルは目を瞬いた。それならば、この強引さはわざとだったのだ。

「——は、早かったけど……」

一気に頂上まで引き上げられて、正直言うと辛かった。いつ限界を超えて自分が叫んでしまうか分からなくて怖かった。……とは言えない。竜なりに工夫してくれた結果なのだ。

ふわっと愛しさが湧き上がって、シルヴィエルは竜に身を摺《す》り寄せた。

そうやって身を寄せあってしばらくして、シルヴィエルはふと気づいた。

竜の指が微妙に蠢いている。そして竜の顔はシルヴィエルの首筋に押し付けられたままだ。

——これは、そういうこと？

くすっと笑いが込み上げた。

「チェーチェ」

「……その呼び方恥ずかしい」

「チェチェ」

「子供みたいで嫌だってば」

「子供みたいだからそう呼んでるんだよ。そんなに舐めたい？」

ぴくりと竜が震えた。

「……舐めたい。齧りたい。……エル成分が足りない」

ふふっとシルヴィエルは笑った。

「いいよ」

がばっと竜が顔を上げる。

「だけど、入れないでね。舐めて齧るだけだよ」

「それでもいい！」

喜色満面で竜がシルヴィエルの乳首に吸い付いた。いきなり強く吸い上げられてシルヴィエルの息が詰まる。歯先で甘く噛まれるたびにびくびくと痙攣《けいれん》するように体が震えた。

――でも、大丈夫だ。これだけなら我慢できる。

目を閉じてゆっくりと息をついて、快感から気を逸《そ》らす。本当なら快感を追いかけたいのに、もったいないことをしているなぁと自分でも思うけど仕方ない。

竜は夢中でシルヴィエルの体を舐めながら、あちこち撫でたり弄ったりしている。大きく足を広げられて股間を舐められた時には思わず声を漏らしかけたけど、それと同時に笑いもこみあげてきた。

「竜」

「ん？」と顔を上げないまま竜が答える。

「草食とか言ってるけど、こんなに舐めたり齧ったりするのが好きって、やっぱり肉食の気があるんじゃない？」

「それはないな」と竜が即座に答える。

「えー？」

「だって、エルの体はどこもかしこも花みたいに甘い。いや、花よりも甘い。エルは俺の最上の花だ」

ぶわっとシルヴィエルの顔が赤くなる。

「なにそれ」とシルヴィエルは笑った。そして、「そうだ。花といえば」と言葉を続ける。

「竜って本当は何年くらい生きるの？」

「三百年から四百年くらいか？」

その言葉に、シルヴィエルの顔が輝く。

「エル？」

「あのさ、つい最近気づいたんだけど、髪とか爪が全然伸びないんだよ。髭も伸びない」

「――ん？」

「空っぽになった体を『竜の雫』で埋めてもらって、体の造りが竜に近くなって、もしかして成長速度も竜に近くなったんじゃないかと思うんだけど。……このままだったら、かなり長生きできるんじゃないかなと思って。ほら、竜も言ってただろ、『竜の雫』は不老長寿の力もあるから献上品にも使われるほど高級品だったって」

一気に言い切ったシルヴィエルの言葉に、竜が目を丸くする。

「――エルが、長生きする……？　普通の人間よりも？」

「そうじゃないかと思うんだ」

シルヴィエルが頬を紅潮させて嬉しそうに笑った。そして竜の首に抱き着く。

「そうだったら、ずっと君といられる。君をまた一人にしないで済む。……君が嫌にならない限り、僕は君のそばにいるよ」

「――嫌になるはずがない。ものすごく……嬉しい」

半ば呆然として呟いた竜にしがみつくように抱きしめられて、とくんとシルヴィエルの心臓が音を立てる。

――ああ、また泣いてる。君こそこんなに泣き虫だなんて……。

じわっと瞼が熱くなって、シルヴィエルは竜の背に手を回した。

自分より大きくて強いはずの竜を、慈しんで守りたい温かい気持ちが膨らむ。

シルヴィエルは、大きな竜の背中をゆっくりと撫で、後頭部の髪を梳《す》いた。いつも竜が自分にしてくれるように。竜の黒い髪は、シルヴィエルの金色の髪よりも硬くてしなやかだった。

夜が明けた。

「……腰が痛い」とシルヴィエルが馬を引きながら呟く。竜の町が近くなり、人通りも多くなり、さすがに馬に乗って進むのが危なくなったのだ。

「だから、悪かったって」と隣でしゅんとして竜が謝る。

「確かにどちらかって言ったけど、一緒にやらないからって、交互に三回ずつってずるくない？　しかも、『竜の雫』の治癒能力を使ってもこんなに腰が痛むほど」

「だから、ごめんって……。あんな話を聞いてしまったら、エルをできるだけ長生きさせたくて、……止まらなくなっちゃったんだよ」

ふう、とシルヴィエルがため息をついた。

「まあ、止められなかった僕にも責任はあるけどさ。――こんなに注がれたら、長生きどころか若返りそうだよ」

「そうしたら、俺がエルと同じ年の人間に変身するから大丈夫だよ」

その答えに思わず笑ったら腰に響いて、「いたたた」とシルヴィエルが膝に片手をついた。

「大丈夫か？　背負おうか？」

申し訳なさそうに竜は言ったが、「こんなに人通りが多かったら無理。さすがに恥ずかしい。歩くよ」とシルヴィエルは腰を上げた。

実際、竜の町に近づき、街道を歩く人の数は想像以上に多くなっていた。生け捕りにされた竜という見世物はなくなったのに、なんでこんなに栄えているんだろうと不思議に思う。

「——竜、あれはなに？」とシルヴィエルが道の向こうに見える高い塔を指さす。

「さあ。俺がいたころにはなかったな」

竜の町に近づいてみて、その正体に驚く。

それは、かつて竜が捕らえられていた円形の広場の中心に建てられたとんでもなく高い塔だった。フロイア国の神殿の尖塔《せんとう》よりも高い。

しかも、まだ工事中のそれには『竜の塔建設中』と看板が立てられていた。

「——竜の塔……？」

塔の一階から三階まではもう出来上がっていて、塔の中に竜を描いた絵が山ほど飾られている。三階の窓からでも見晴らしはかなり良いうえに、四階以降がいつ頃観覧可能なのかの予定表が置かれていて、それを楽しみに人々が訪れているのだった。竜の塔は、完成後に最上階に消えない火がともされ、月や星が無い夜でも旅人の目印になる計画らしい。

「すごいな。商人魂旺盛だ……」

さすがの竜も唖然とする。

塔の周りの土産物屋は竜がいた時と変わらず繁盛していた。しかも定刻になったら大道芸人が練り歩いて、華やかな楽器の音に合わせて、竜の剣が抜けた時の出来事を面白おかしく、あるいは情緒たっぷりに演じて去っていく。

「——あれ、エルのことだぞ」

金色のかつらをかぶった芸人を見ながら竜が笑う。

「竜だってなんかすごいことになってるじゃないか」

竜役は、三人の大人が大きな人形の中に入って首と前肢《まえあし》と後ろ肢を動かして演じていた。色とりどりの石がぶら下げられてきらきらと輝いている。

土産物屋には、もともとあった竜の置物や小物に加えて、『英雄の剣』を抜いた勇者の商品が増えていた。ただし、シルヴィエルのはずのその勇者は、似ても似つかない長身で体格のいい騎士になっていたが。

だが、最大の目的の老人の姿は見当たらない。

「ガブリン爺さんいねぇなぁ」

きょろきょろとあたりを見回しても、いつも竜の周りを掃除してくれた老人の姿はない。

「店で聞いてみよう」とシルヴィエルが竜の腕を引いて一番手近な土産物屋に入っていく。

「すみません、一つお伺いしたいんですが」

「はいはい、なんでしょう」と店番の女性が出てくる。

「ここでずっと竜の周りを掃除していたご老人は今どこにいらっしゃるかご存知ですか？」とシルヴィエルがはきはきと尋ねる。

「ああ、ガブリン爺さん？　彼なら今、腰を痛めてお休みしてるよ」

竜がどきりとした顔をする。それをちらりと見ながら、シルヴィエルは「もしよければ、どこに行けば会えるか教えていただけますか？」と重ねて尋ねた。

「んー、今の時間だったら、運河沿いのベンチで昼寝かな？」

「ありがとうございます。行ってみます」とシルヴィエルがにっこりと笑った。

二人が去った後、土産物屋の女性は「ん？」と首を傾《かし》げた。

店内にぶら下げてある『英雄の剣』を抜いた勇者の壁飾りを見上げて「まさかね」と笑う。

「あの勇者は、もっとやせっぽちで暗くて無表情で、今の元気な子とはまったく違ったよ。まったく、同じ金髪で緑の瞳だからってねぇ……」

老人は、彼女が言った通り、運河沿いに植えられた木の下のベンチで昼寝をしていた。

「ガブリン爺さん」と竜が声をかけたらびっくりして飛び起き、「いたたたたっ」と腰を押さえて丸くなる。

「ああ、驚かせて悪かった。具合はどうだ？」

親し気に手を伸ばす竜を見上げて、老人は「どちらさま？」と怪訝《けげん》な顔をする。彼があの竜だと分からないのだ。銀緑色の竜の姿しか見たことなければ当然だ。

「竜だよ」と言われて、老人は「は？」と顔を顰める。

「あの広場でずっと見世物になっていて、ガブリン爺さんと毎日のように話をしていた竜だよ。爺さんに餞《はなむけ》の言葉を貰って旅に出たあの竜だよ」

「はあ？」

いっそう眉間にしわが寄る。まるで狂人を相手にしているかのような表情だ。

竜は素早く周囲を見渡して、「一瞬だぞ」と言ってから、すうっと銀色の竜の姿に変身した。

驚いた老人が「ああっ！」と声を上げるのと同時にまた人の姿に戻る。

「おま、お、お前、本当にあの竜か」

「だからそうだって」と竜がけらけらと笑う。

「な、なんで人の姿に……」

「もともとできたんだよ。だが、『英雄の剣』が刺さっている間は、剣のせいで竜の力が使えなかったのさ。よう、ガブリン爺さん、最近はどうだい？」

口をぱくぱくさせて老人は竜を見つめ、そしてその後ろに立っているシルヴィエルに気付いてまた「ああっ」と声を上げた。

「こんにちは」とシルヴィエルが微笑んで頭を下げる。

「あんたはあの、剣を抜いた……」

「はい。シルヴィエル＝フロイエです」

「な、なんであんたまでここに……」

「今、この竜と一緒に旅してるんですよ」

驚いて目を白黒させる老人の前に竜がしゃがみこんだ。

「ガブリン爺さん、俺、ガラダ族の村に行ってきたよ」

竜の言葉を聞いて、老人の表情が固まる。

「『幸せの竜の物語』と『竜の教え』を聞いて、村長と話をして、子供たちと遊んできた。――竜の姿で」

はあっと老人がため息をつく。

「……そうか、知っちまったか。秘密だったんだけどなぁ」と老人はがしがしと頭を掻いた。

「なんで秘密だったんだよ」

「知ったら、お前は俺たちに気を遣うだろ？」

竜が黙る。まさにその通りだったからだ。

「ほら、だからうちの一族は、まったく関係のない普通の町人の顔で竜のそばにいて話し相手になって、もし竜に何か悪さをしようとする者がいたら竜を守る、という決め事を何百年も守ってきたんだよ」

竜が驚いた顔をする。シルヴィエルも驚いて目を瞬いた。話し相手になっているのはともかく、竜を守っていることまでは知らなかったのだ。

「――ありがとな、爺さん。……俺はずっと守ってもらってたんだな」

その言葉に、老人は柔らかく目を細めた。

「それは違うぞ、竜。お前が最初にわしらを守ったんだ。わしらに害を与えないように村から出たんだろ？」

「……でも、それで村が焼かれた。村のみんなも捕まった」

「だが、その後でお前がここで暴れてくれたから、お前が俺たちの村にいたことを欠片も喋《しゃべ》らないでくれたから、ご先祖さまは釈放されたんだ。そうじゃなかったら、ご先祖様はきっと生きていなかった。お前がしてくれたことは正しかったんだよ。――だから、ご先祖様はお前をこんなところに一人にしておきたくなくて、ここに移り住んだんだ」

ゆっくりと語る老人と、その前でしゃがんで泣きそうになっている竜の姿を、シルヴィエルは少し離れたところから見つめていた。

――良かったな、竜。

心からそう思う。

竜の心の中にあった罪悪感が少しでも薄まって、これからの竜の一生が温かくて明るいものであるようにと心から願う。竜は剣に貫かれていた五百七十八年間ずっと彼らに心の中で謝って生きていたのだろうから。

しばらくして竜は顔を上げた。

「ガブリン爺さん、もう俺は自由になったから、爺さんはガラダ族のみんなのところに戻っていいんだよ。村長も、もう竜はいないのに何で戻ってこないんだって言ってたぞ」

「いや、それなんだがな、実は竜に渡さなくちゃいけないのに渡し忘れたものがひとつあってさ、どうしたものかと悩んでいるうちに冬も越えて春になっちまったんだよ」

ははは、と老人が笑う。

「渡すもの？」

「これさ」と老人が銀のペンダントを自分の首から外す。

それを見て、竜がはっとした顔をした。

「――ガブリン爺さん、それ、ジニエルがつけてた……」

「おや、初代のことを覚えてるかい。そう、初代が付けてたペンダントさ。こう、……ここをこうやって開けると、お前が一番喜んで食べていた花の種が入ってる。この地の気候じゃこの花は咲かないから、いつかお前が旅立って、新しく住み着いたところで植えるように渡してくれと言われて、代々受け継いできたんだよ」

「……ジニエルが……」

　今度こそ竜は泣きそうになっている。

「悪かったなあ。わしもうっかりして渡し忘れちまってさ、渡さなくちゃと思ったんだが、そもそも五百年以上前の花の種だ。もう芽なんか出ないだろうし、でも初代から受け継いだものだし、どうしたものかと困っていてさ。いやはや、こうやって戻ってきてくれて良かったよ」

　はははは、と老人は笑ってペンダントを竜の首に掛ける。

　竜が詰まった声で「――ありがとう、ガブリン爺さん」と囁いた。

「いやいやいや、わしこそ渡し損ねてすまなかった」

　首からぶら下がったペンダントをじっと手に取って見つめて、「なあ、爺さん」と囁くように竜が言う。

「俺のこの姿、……ジニエルなんだ」

「ほう?」

「死にかけていた子竜の俺を拾って助けてくれたジニエルのことを忘れたくなくて、人の姿になるときはジニエルの姿になることにしたんだ」

「ほう!　すごいじゃないか」と老人が手を叩く。

「だったら、このペンダントはぐるっと一回りして持ち主の姿のところに戻ったってことだな」

ははは、と老人は声を出して笑いながら、両手を伸ばして竜の肩を抱いた。

「竜よ。元気で暮らせ。わしも村に戻るよ」

竜がぎゅっと目を閉じる。

「――ああ。……俺も、時々村に行っていいかな」

「もちろん大歓迎だ。待ってるぞ」と老人が微笑む。

肩を抱き合う二人の後ろで、運河の水面《みなも》がきらきらと光っていた。爽やかな風が梢《こずえ》を揺らし、さらさらと優しい音を奏でる。

――良かったな、竜。

そんな二人の姿を、シルヴィエルは泣きそうになりながら見つめていた。


「よし、行こうか、エル」

竜が荷物を肩にかけ、すっきりとした明るい笑顔でシルヴィエルを振り返る。

「そうだね。ガブリンさんにも『竜の雫』を渡せたし」

あのあと、竜は老人の部屋に行って竜の力で老人の腰痛を治し、尻尾の先から滴らせた『竜の雫』をコップになみなみと入れて置いてきたのだ。

「ガブリン爺さんが飲んでもいいし、売ってもいいし、好きにしていいよ。万能薬だ」と。

「こ、これがあの伝説の『竜の雫』……？」とわなわなと震えていた老人の姿を思い出してシルヴィエルはちょっと複雑な気分になる。コップ一杯であんなに感動するものを、自分はしょっちゅうたっぷりと体に注いでもらっているのだ。なんという贅沢だろう。

――待て待て待て待て。

そのことを深く考えると昨夜のことを思い出して真っ赤になりそうで、シルヴィエルは慌てて思考を切り替えた。竜を見上げる。

「竜、そのペンダントの中の種だけど、精霊にお願いしたら蘇《よみがえ》らせてもらえると思うよ」

「そうなのか？」

「できると思う。そういうのは精霊の得意分野だから」

竜は「そうか」と少し考え、「だったら神殿の花壇に植えるか」と呟いた。

その言葉にシルヴィエルの顔がじわっと赤くなっていく。

「どうした？」

「いや、なんでもない」

「真っ赤だぞ。体調を崩したか？　やっぱり昨晩無茶しすぎて……」

「いや、本当になんでもなくて。……君が、神殿に植えるって言ってくれたことが、思った以上に嬉しかったんだ。これからも僕とフロイアにいてくれるってことだから」

シルヴィエルの言葉にわずかに目を丸くしてから、ふう、と竜が呆《あき》れたようにため息をつく。

「ああもう、まったく。エルは不思議なところで心配性なんだよな。俺はエルのそばにいるってあの夜言ったよな。やっと見つけた大切な相手を離すものか」

「いやあの、心配なんじゃなくて……。ちょっと、幸せ慣れしてなくて」

その言葉に竜がぷっと笑う。

「そうかもな。最初に会った時のエルは、じとーっとした目で俺を睨んで、笑顔なんて想像もつかない顔をしていたからな。これからたっぷり、溺れるくらいに幸せに慣れさせて、笑顔で埋めてやる。なんといっても、俺は『幸せの竜』だからな」

そして竜は、シルヴィエルを柔らかい目で見つめて、その耳に口を寄せた。

「いいか、俺はエルを愛してる。エルを守って、エルがいつでも笑っていられるように、ずっと隣にいる」

じわじわとシルヴィエルの顔が赤くなっていく。

「俺がいるのはエルがいるところだ。フロイア国を起点にして、寒い冬には南に旅して、暑い夏には北に旅して、春と秋は神殿で過ごすんだ。ずーっと、いつまでもな」

真っ赤になった頬を腕で隠して俯《うつむ》いて、シルヴィエルは「ありがとう」と呟いた。

「――ものすごく、嬉しい」

竜はシルヴィエルの顔を覗き込んで笑った。

「信じろ。花喰いの竜は約束を守るんだ」

「……信じるよ。もう信じてる。――僕も、竜と一緒にいたい。竜を愛してる。だけど時々、幸せすぎて、夢みたいな気分になるんだ」

ははっと身を起こして竜が笑った。

「不安になったらいつでも言いな。何度でも打ち消してやるから。何千回でも、何万回でも言ってやる。時間だけはいくらでもあるんだから」

シルヴィエルが見上げた竜の顔は、頼もしく輝いていた。

――ああ、竜だ。

とくんとシルヴィエルの心臓が音を立てる。彼がこの先もずっと一緒にいてくれるのが嬉しい。孤独に旅していた七年間が嘘みたいだと思う。

シルヴィエルは竜を追い抜くようにして横に並んだ。

不思議そうな顔をした竜に、頬を赤くしながらも晴れ晴れとした笑顔を見せる。

「君の隣を歩きたい」

目を瞬いてから、「ああそうだな」と竜が満面で笑った。

その笑顔が嬉しくて、シルヴィエルが「南にも北にも東にも西にも、あちこちに行こう。五百年の間に世の中は大きく変わったんだ。いくらでも見るところはあるよ」と勢い込んで言えば、竜が「いいいな」と笑う。

「あと、——ねえ、もう一回君の名前を聞かせて」

「ん？」と竜が不思議そうな顔をする。

「聞きたいんだ。だめ？」

「べつに構わないが」と言いながら、竜がシルヴィエルの耳に口を寄せて、グオーグァーグルルルと唸った。

「これでいいのか？」と耳から口を話した竜に、シルヴィエルが「やっぱり聞き取れないや」と苦笑する。

「でも、僕はいつかちゃんと君の名前を呼んでみせるよ」

明るく笑って言うシルヴィエルに、竜が目を丸くした。

「呼びたいんだ。——だめ？」

「……だめなはずあるものか。ああ、俺もエルに名前を呼んでもらいたい」

「良かった」とシルヴィエルがさりげなく竜と手を繋ぐ。

竜が涙をこらえるように顔を上げて空を仰いだ。

「そうだな。……もし本当にもう一度竜の名前を誰かに呼んでもらえる日が来たら、……夢みたいだな」

「来るよ。僕は君の仲間に近づいてるんだろ？」とシルヴィエルがきゅっと手を握る。

竜が顔を下ろしてシルヴィエルを見つめて目を細める。その目が潤んでいたように見えたのは光の加減だったのか。

「ああ、すごいな。未来はずっと真っ白だったのに、エルに会った途端に夢が山盛りだ」

吹っ切るように言った竜に、シルヴィエルが笑う。

「これからもどんどん増えるよ。僕も君も、長い旅を終えて故郷を見つけて、今から新しい旅を始めるんだから。二人で一緒に」

竜もくっと笑った。

「そうだな。二人一緒にな」

竜がシルヴィエルの肩に腕を回して抱き寄せる。

その腕を抱き返して、シルヴィエルもさらに笑った。

あとがき

こんにちは、月東《げっとう》湊《みなと》です。

このたびは、西洋風ファンタジー『旅の道づれは名もなき竜』を手に取ってくださいましてありがとうございました。


このお話は、ものすごく大きな一本の剣が丘に刺さっているイメージから始まりました。そんな剣があれば抜かせたいじゃないですか。そして、抜いてしまったがために相棒ができ……。えーと、相棒どうしよう。西洋ファンタジーだったらやっぱり竜かな、と出現したのが竜。で、その竜なのですが、実は私、爬虫類《はちゅうるい》がかなり好きです。幼い頃、家の中に普通にヤモリがいる環境で育ったのですが、本当に家の中にしか住んだことのないヤモリって白いんですよ。淡い灰色かな？　大きな真っ黒の瞳、照明器具の後ろからちょこんと顔を出して、五本指を目いっぱい開いてそろりそろりと壁や天井を歩き、チチチッて小さな声で可愛《かわい》く鳴くんです。

というわけで、竜の初期のイメージは二本足で歩く「ヤモリ」でした。つまり西洋ドラゴンではあるのですが、角も翼もなく背中もつるんとした、どこか野暮ったい感じ。……だったのですが、この度、テクノサマタ先生がものすごく格好良くアレンジしてくださって、ちゃんとドラゴンにしてくださいました！　その竜の人型も格好いいうえに、さらにシルヴィエル。初期の懐いていない頃の表情から、徐々に素直になっていく変化がものすごく愛らしくないですか？　竜もシルヴィエルも、キャラララフを拝見した時に正直言って惚《ほ》れました。

テクノサマタ先生は、ふわりとしたイラストが大好きで長い間憧れていた方です。そんな先生に、こんなに素敵な挿絵を描いていただけてすごく嬉《うれ》しかったです。この物語も私も幸せものです。本当にありがとうございました。

この本は、私の三十一冊目の本です。

いつも書く言葉ですが、私がこうして小説を書き続けていられるのは、私のお話を読んでくださる皆様のおかげです。本当にありがとうございます。そして、このようなご時世に本を出してくださる出版社様にも心から感謝いたします。

せめてこのお話を読んでいる間は夢見心地になっていただけるよう、心を込めて書きました。どうか、少しでも楽しんでいただけますように。そしてまた次のお話でもお会いできたら心から嬉しく思います。

２０２０年　自粛モード真っ只中の頃に　月東湊

この本を読んでのご意見、ご感想を編集部までお寄せください。

《あて先》〒141-8202 東京都品川区上大崎3-1-1 徳間書店 キャラ編集部気付
「旅の道づれは名もなき竜」係

【読者アンケートフォーム】

QRコードより作品の感想・アンケートをお送り頂けます。

Chara公式サイト http://www.chara-info.net/

■初出一覧
旅の道づれは名もなき竜……書き下ろし

Chara
旅の道づれは名もなき竜
……【キャラ文庫】

2020年6月30日　初刷

著　者　月東　湊
発行者　松下俊也
発行所　株式会社徳間書店
〒141-8202　東京都品川区上大崎3-1-1
電話　049-293-5521（販売部）
03-5403-4348（編集部）
振替　00140-0-44392

印刷・製本　図書印刷株式会社
カバー・口絵　近代美術株式会社
デザイン　モンマ蚕（ムシカゴグラフィクス）

ISBN978-4-19-900993-8